捕獲屋カメレオンの事件簿

滝田務雄

目次

第一話　銀葉館(ぎんようかん)のタブー

最寄りの地下鉄の駅から徒歩で数分。この四階建ての雑居ビルについて褒められる点があるとすれば、交通のアクセスがさほど悪くはないことぐらいだろう。

コンクリートの壁は冷たい灰色、天井はくたびれた灰色、すっかり輝きを失ったアルミサッシも、すりガラス越しに見える十二月の曇天も灰色。切れかかった蛍光灯の放つ点滅さえもが灰色がかっている。

一切の色彩を拒絶したモノクロームの空間の中、浜谷良和はやや不健康そうな青白い顔をしかめ、軽いため息をついた。

黒のスーツの上着とノーネクタイの黒のカラーワイシャツ。両手はポケットの中。堅気の範疇からやや外れた黒ずくめの良和の姿は、このモノクロームの空間の一部として、実によくなじんでいた。

良和は「非常階段」と書かれた重い防火扉を押し開けながら、奥にあるエレベーターを一瞥した。エレベーターは止められており、操作ボタンはビルのオーナーの手によりガムテープで厳重に封印されている。まあ、仮に動いていたとしても、乗るのに勇気と覚悟がいる骨董品だ。良和はそのまま非常階段を使い、ビルの二階へと上がった。

二階の防火扉に取りつけられた社名のプラスチックのプレートが、薄暗い照明に照らされて彼を出迎えた。

「シンデレラ出版、か」

なんともメルヘンチックな社名だが、なにもかもが灰色なこのビルにある会社には、むしろぴったりかもしれない。シンデレラとは「灰かぶり」という意味だったはずだ。

シンデレラ出版は、この四階建ての雑居ビルの二階と三階部分を借りている。二階は二部屋にわかれていて、それぞれ会議室を兼ねた社長室と、大量の蔵書や文献が詰めこまれた資料室になっている。一方、三階は一つの大きな部屋になっており、編集者と事務員を合わせて九名の社員が仕事をしている。

一つの会社で二フロアも借りているというと、ゆとりがあるようだが、ビル自体が小さいので、かなり手狭であり、さらに二階の資料室に入りきらなかった蔵書まで三階に置いてあるため、気の毒な社員たちは毎日肩をぶつけあうようにして仕事をしている。

ちなみにビルの一階の大部分は巨大なシャッターがついた詳細不明のガレージになっており、ビルのオーナーが倉庫代わりにしている四階は、得体のしれないガラクタに占拠された魔窟と化している。とにかくガラクタと古本がぎっしりと詰まっている建物なのだ。

「まったく、そのうち重さで床が抜けちまっても知らんぞ」

良和はだれに聞かせるでもなくつぶやくと、二階の防火扉を開けて、そのまま廊下の突き当たりにある資料室へと向かった。

良和が資料室のドアを開けると同時に、中から真夏のような熱気が噴き出した。

過剰な暖房によるエネルギーの無駄遣いに良和が軽く顔をしかめていると、事務机の上に山のように積まれた資料の向こう側から、長身痩軀の初老の男が軽く手を振った。

「やっと来たのか。ずいぶんと遅いじゃないか」

「人を電話でいきなり呼びだしておいて、それはちょっとないんじゃないですか」

少なからぬ憤りをこめて男にそう言いながら、良和は上着を資料室の入り口近くにあるコートハンガーに無造作にかけ、資料室の隅に置かれた木製の箱型スツールに腰をおろした。

「社会人として非常識なのは、どう考えてもそっちだと思いますぜ」

「そう言うな。ちょっとした手ちがいで、急に穴埋めの企画が必要になったんだよ」

まったく悪びれる様子のないこの初老の男は、名を諏訪院雲斗という。

年甲斐もなく髪を金色に染めあげ、上半身は派手なアロハシャツ、下半身は原色を大胆に使用したハーフパンツとゴムのサンダル履き。真冬にもかかわらず、こんな格好をしているから、資料室に熱帯植物園並みの暖房が必要になるのだ。

遊び人としか思えない見た目だが、これでも彼はシンデレラ出版が出している唯一の雑誌『季刊パンプキン』の編集長であり、この会社の代表取締役社長でもある。だが、そのような重職にあるとはいえ、この人物は社長室にも編集室にもめったにいない。良和が顔を出すときは、決まってこの資料室であやしげな資料をにらみつけている。

見た目どおりに常識はないが、見た目とはちがい学者肌の人物というのが、彼に対する良和の人物評であった。

良和が『季刊パンプキン』に記事を提供するライターになってから、もう半年以上が過ぎた。良和の身分はフリーであり、ここの社員というわけではないが、ほかの雑誌からの仕事などないので、この編集長は実質的に彼の上司のようなものだった。

「お前さんが来るまで、この山に目を通していた。これなんか良いと思うんだが」

編集長は資料の山の中から、バインダーに挟んだファイルを一つ選び、フリスビーの要領で軽く良和に投げつけた。良和はスツールに腰かけたまま、飛んできたファイルを片手でキャッチすると、手を返してファイルのタイトルを読んだ。

「ふむ『写真を撮(と)ってはいけない絵』ですか」

「なかなかそそるお題だと思わないかね。タブーは人を惹(ひ)きつける」

編集長は目を細めた。

「博物館や美術館での絵画の撮影厳禁なんて常識だと思いますがね」

「ここに保管してある情報だぞ。そういう意味のはずはないだろう」

「ええ、わかっていますよ。例によってオカルトネタでしょう」

ロマンチックな社名と、愛らしい印象の雑誌名にもかかわらず、『季刊パンプキン』に掲載される記事といえば、オカルト関連の話題やあやしげな都市伝説ばかりなのだ。

「ま、このネタで文句はないですよ」

本音(ほんね)ではこのあやしげなネタに言いたい文句は山のようにあるが、下手(へた)に反論して「ならば、お前さんが自分で選んでみろ」などと言われるのはもっと困る。

自分より長身の編集長の姿が完全に隠れるまで積みあがった資料ファイルの山へ、目を通さなければならない事態こそ、良和が最優先で避けるべきことであった。


「写真を撮ってはいけない絵では、記事に写真は使えませんね。誌面の構成が難しいな」

「おいっ、お前さんは何年この仕事をしている」

「ここに拾ってもらってから、まだ半年ちょっとです」

にらみつける編集長の視線をいなすように、良和は軽く肩をすくめた。季刊誌ゆえ、良和がこれまで手がけた記事は、まだ二つしかない。

「私は期間の長さではなく、深さのことを言っている」

いきなり編集長が立ちあがって、良和に熱く語りはじめた。

「なぜ人がタブーに惹かれると思う。それを破るという前提があるからだ。タブーを大きく取りあげておきながら、それを破らないのは、肉のないハンバーガー、すなわちパンバッカーのようなものだぞ」

中途半端に上手いことを言われるのが、一番リアクションに困る。

「つまり俺に問題の絵の写真を撮影しろとおっしゃるわけで」

「左様、そもそも多くの怪談はタブーを犯すことから始まるのだ」

こうなると反論など無意味。良和はこの半年間の経験でよく知っていた。

「まさかお前さん、絵の写真を撮るのが怖いとは言うまいね」

編集長から挑発気味に言われて、良和は苦笑しながら軽くうなずいた。

「怖いですよ。絵の所有者から倫理的、あるいは法的な追及を受けるのがね」

今でこそなりゆきでオカルト関係の仕事をしてはいるものの、良和は超常現象のたぐいには懐疑的である。もちろんそのようなものに遭遇したことも一度もない。

「たしかにタブーなんてナンセンスですが、それを信じている人間の気持ちを強引に踏みにじるのは御免こうむります。それにトラブルが伴うならなおさらだ」

「たしかにそういうのは野蛮だと私も思う。ならばこっそり撮影すればいい」

「なにを言っているんですか。絵をこっそり撮影しても、できた本を所有者が見れば、すぐにばれちまいますよ」

「安心しろ、うちの雑誌なんぞだれも読まん」

編集長は自信に満ちた表情で言った。

「返本が来なかったら、それこそが最大のオカルトになるほどだ」

「そういや先月は実売数が、ついに二千部のラインを切ったんでしたね」

良和が深いため息をついた。

「四千部出して、売れたのは千七百十四部だよ。どうしよう、いや、マジで」

具体的な部数を口にした瞬間、いつも能天気な編集長の顔が暗くなった。

「だ、だが、これまで山のように嘘(うそ)やインチキを書いてきたが、訴えられたことは一度もないぞ。それだけが唯一の自慢だ」

そこは誇るべきポイントではない。要するに「まともに相手にするに値(あたい)しない存在」と世間から思われているということだ。

「そのうち本物の天罰が下(くだ)りますぜ」

ま、とっくの昔に下っているのかもしれないが。良和は心の中でつけ加えた。

「失うものがないから、天罰やタタリのたぐいなど怖くない。まさに最強の雑誌だ」

早いところ次の仕事を見つけたほうがいいかもしれないな。やけくそになって、老鶏(ろうけい)のように胸を張っている編集長を見ると、良和は真剣に考えざるをえなかった。

「なあに、うちが撮影した写真ではないということにすればいい。出所不明で編集部に送られてきた写真ということで掲載する」

良和の表情はさらに苦々(にがにが)しくなった。つくづく酷(ひど)い会社としか言いようがない。

「正攻法での撮影が難しいからこそ、お前さん向けの仕事というわけだ」

良和は編集長の言葉をさえぎるように手を前に差しだした。

「残念ですが、俺では編集長のご期待にはそえません」

「いや、しかしお前さんにはあれがあるんだろう」

あれか。たしかにあれは隠し撮りにも有効かもしれない。良和はほんの一瞬そう考えたが、すぐに首を大きく横に振った。

「あれだけでは心もとないですよ。あれは隠し芸には大仰(おおぎょう)ですが、それだけを武器にするにはあまりにも貧弱です」

それを聞いて編集長はしばらく考えていたが、やがておもむろに手を叩(たた)いた。

「あっ、そうだ、ちょっと待っていてくれ」

良和にそう言って資料室を出ていった編集長は、しばらくしてから名刺を整理するケースを持ってもどってきた。

「ずっと昔、私の知り合いから面白い会社を紹介されたことを思いだしてね」

編集長は名刺整理ケースのふたを開けて、一番上にある名刺を一枚取りだした。一見すると光沢のある緑色の名刺だが、表面が加工してあり、光の加減や角度によって色が変わるようになっている。なかなか凝った名刺だが、無駄に値段も高そうだ。

「オフィス・カメレオン。ふむ、なんの会社ですか」

「捕獲屋だ。捕獲対象は生物、非生物を問わない」

名刺には社名と連絡先のほかに、デフォルメされたカメレオンのイラストと「森羅万象よろず捕獲請け負います」というキャッチコピーが書かれている。

「捕獲をするとはありますが、器物の盗撮をやるとまでは書いていませんよ」

「実体のない『タブーの捕獲』だ」

「そんな屁理屈をこねてまで、ここに依頼しなくてもいいと思いますが」

良和は名刺を軽く指先ではじいた。

「依頼達成率は百パーセント。不可能を可能にするって評判だ。この業界には利用しているところも多いようだ」

「あまり気が進みません」

「うさんくさいと言いたいのだろう」

「そうではありません。うさんくさいのはお互いさまですからね」

はしゃいでいる編集長とは対照的に、やや重い表情で良和は首を横に振った。

「自称であれ、他称であれ、百パーセントというふれこみが気に入らないんです」

「うん、まあ、とにかくここへ連絡して、お前さんの手助けを依頼してみるからな」

気が進まないが、断る理由も見つからない。良和はわずかに顔をしかめると、あやしげな名刺をもう一回だけ指ではじいて、編集長へ返した。


企画の決定から二日後。良和は捕獲屋と合流するため、都心某所にある私鉄の駅前に立っていた。

「さすがに少し早く来すぎたな。捕獲屋はまだ来ていないか」

良和は腕時計を見て頭をかいた。現在の時刻は午前十時。オフィス・カメレオンとの合流予定時刻である午前十一時より一時間も早い。

初対面の相手に会うということで、久しぶりにつけたネクタイが落ちつかない。良和は駅前のベンチに腰を下ろすと、自嘲の笑みを浮かべた。

「まったく、こんなのは一年前からは考えられないな」

同期の新人の中から、たちまち頭角を現した警視庁の敏腕刑事。それが一年前までの良和だった。今の仕事も刑事時代の上司である海科という警部から、あの編集長を紹介されたのがきっかけである。

報道などを扱うしっかりした出版社の編集長ならまだしも、警視庁勤めの刑事である海科から、あのようにあやしげな人物を紹介されたのは正直意外だったが、それでもとりあえず路頭に迷わずにすんだことに、良和は感謝していた。

良和は周囲を見回した。平日の午前中の駅前。体の一部のようにネクタイをしめたビジネスマンたちが、それなりに忙しそうに広い通りを往来している。

ベンチを占拠している良和に目を留める者など一人もいない。まるで透明人間、いや、それこそ密林のカメレオンにでもなった気分だ。

「まあいいさ、行き着く先なんぞ、人それぞれだ」

強がってはみたが、人生の先が見えないのは面白い話ではない。まだまだ世間では若造扱いされることが多いとはいえ、良和もそろそろ三十路に手が届こうとしているのだ。良和は軽く舌打ちして、両手を頭の後ろで組んだ。


太陽が南の空の中央に近づいたころ、エンジン音とともに鮮やかなライトグリーンのワゴン車がやって来て、良和の待機しているベンチの前に停まった。

ワゴン車の横にはカメレオンのイラストが大きく描かれている。変幻自在に身を隠すカメレオンを名乗るにしては、この車は少々目立ちすぎの気がしないでもない。

「ふむ、ようやく来てくれたか」

もうすぐ正午。かれこれ一時間の遅刻だ。文句の一つも言ってやろうと運転席の横へ立った良和に、勢いよく開いたドアが絶妙のタイミングで激突した。

「あ、ヤバい」

ワゴン車を運転していた若い女は小さくそう叫ぶと、素早くドアを閉めて再びエンジンをかけた。

「おいテメエ、逃げるんじゃねえ」

顔を片手で押さえながら、良和は今にも走りだそうとするワゴン車のドアを無理やり開けて、若い女の首根っこをつかんだ。

「な、なにをするんですか、危ないじゃないですか、常識がないんですか」

「そりゃこっちの台詞だ」

良和はワゴン車のエンジンを切ると、若い女を強引に車から引きずり下ろした。

「もしかして、あんたが捕獲屋のカメレオンさんか」

「ええ、はい、とりあえずそういうことになってしまいました。えへへ」

首根っこをつかまれた女は、揉み手をしながら良和に向けて媚びるような笑みを浮かべた。

車と同じライトグリーンのつなぎの作業服のポケットに、作業用の手袋が無造作にねじこまれている。機械油の臭いが染みついた安全靴。目が悪いらしく、度の強そうな大きな丸眼鏡をかけている。

見た目より実用優先。良和が見たかぎり、彼女が純粋にファッションのために身に着けているものは、首に巻いている淡い緑色の絹のスカーフだけだ。

童顔な顔立ちは整っている部類だろう。しかし、あまり手入れしていないショートヘアが、中途半端に伸びてなんとも形容しがたいヘアスタイルになっている。

さらに背がただでさえ高くないのに、姿勢がわずかに猫背気味なので、余計に背が低く見えてしまう。そんな彼女の姿は、どことなく本物のカメレオンを良和に連想させた。

「オフィス・カメレオン二代目社長の阿過沙汰菜（あかさたな）です」

「はあ、あかさたなさんね。俺はこういうもんだ」

沙汰菜は、良和が差しだした名刺を受け取ると、眼鏡に手を当てて読みあげた。

「ふむ『はまやよしかず』さん、ですね」

「いや、名の読みは『らわ』だ」

「えっ『はまやらわ』ですか、うへえ、変な名前。親がバカなのかな」

「あんたが言うな。お互いさまだろうが」

とにかくこの小柄な女性が、人をいらつかせる天才で、なるべく関わり合いになりたくないタイプの人物だということだけは即座に理解できた。

「かなりの凄腕（すごうで）と聞いたけど、本当なんだろうな」

「それはもう凄腕でしたよ、私のパパは」

「パパだと」

良和はしばらく絶句して、沙汰菜にたずねた。

「もしかして依頼達成率百パーセントというのは」

「もちろんオフィス・カメレオン初代社長のことです」

「いや、その、待ってくれ」

沙汰菜の話をさえぎるように、良和が手を突きだした。

「そうなると、あんたの依頼達成率はどうなる」

「今回が初仕事ですから零（ゼロ）パーセント。でもこの一件が成功すれば百パーセントです」

こいつはたしかに百パーセントっぽい。ダメなほうにだが。良和は片手で頭を抱（かか）えてため息をついた。


「で、あんたは今回の依頼については、どれぐらいのことを把握している」

「はい、任（まか）せてください。ちゃんと把握していますよ。あなたはエッチな雑誌のライターさんで、ふとどきな盗撮を、この可憐（かれん）で清純な私に依頼してきたわけですよね」

沙汰菜は口元にいやらしい笑みを浮かべて、横目でこちらを見た。

「もう、真面目（まじめ）そうな顔をしてこのむっつりスケベ。よっ、セクハラ変質者」

基本的には下手（したて）に出ているが、隙（すき）を見せると調子に乗ってなんとも鬱陶（うっとう）しい。このままだと本気で殺意が芽生（めば）えそうだ。

「まともに依頼内容を把握しているとは思わなかったが、そういう方向性で来たか」

「あれっ、もしかしてちがうんですか」

沙汰菜は不思議そうに首をかしげた。

「もういいや、ここで説明するのも面倒だ」

良和はため息をつくと、少し離れた場所にある有料の駐車場を指さした。

「その派手なワゴン車は、あそこの駅前有料駐車場にでも置いておけ」

「ええっ、あそこですか」

やたら大きな有料駐車場の料金表示の看板を見て、沙汰菜が不満そうに口を尖らせた。

「一時間で三百円も取られますよ。いくら駅前だからって、ぼったくりじゃないですか」

「経費で請求してくれれば、あとで精算する。どうせ払うのは編集長だ」

良和は眉一つ動かさず沙汰菜に告げた。もとが公務員だった名残か、良和はこういう部分の経済感覚は乏しい。仕事で必要な経費で、なおかつ払うのが他人だと、収支のバランス感覚が著しく欠如する。

「あんたが遅刻したせいで安い駐車場を探している時間なんてない。これからあそこで取材先と会わなきゃならんのだからな」

良和は沙汰菜に駅の正面に建つ大きなホテルを指さした。

「六〇五号室に宿泊している磯部葉子さんに連絡してくれ」

沙汰菜を連れてホテルに入った良和は、フロントへそう告げた。

「約束していたシンデレラ出版の浜谷と足手まといのオマケが来た、とな」

良和たちがしばらくその場で待っていると、一人の女性がフロントにやって来て、二人に一礼した。

「はじめまして。私が磯部葉子です」

「いいえ、こちらこそ」

あわてて二人も頭をさげた。西洋人形のような気品のある美人。月並みだが、それが磯部葉子という人物の第一印象だった。

高価そうな服と銀製らしいアクセサリーを、嫌みなく身に着けている。容姿だけなら二十代後半ぐらいにも思えるが、落ち着いた物腰から考えると、実際の年齢はもっと上なのかもしれない。

動作は優雅で上品ではあるものの、やや力強さに欠けている気がする。肌も透きとおるように白い。あまり体は強くないのかもしれない。

「取材のお願いを快諾していただきまして、ありがとうございます」

「そんなに恐縮なさらないでください。取材に来ていただくよう、無理をお願いしたのは私のほうなのですから」

「えっ、どういうことですか、磯部さん」

思わぬ葉子からの言葉に、良和が目を丸くした。

「絵を取材していただくよう、私のほうからそちらへ依頼したのです」

葉子はにこやかに良和に述べた。

どうやら机の上に積みあがっていた資料の山は、良和にこの厄介そうな取材を、有無を言わさず引きうけさせるために編集長が用意したハッタリだったようだ。

山のような資料に目を通すぐらいなら、素直にその仕事を引きうけたほうがいいと考えてしまった時点で、すでに良和は罠にはまっていたのである。

「チッ、あのタヌキ親爺。やりよる」

「どうかなさいましたか」

「いえ、なんでもないです、はい」

良和はあわてて両手を振った。

「ここから先は、ホテルの部屋でお話ししましょう。ええと」

「浜谷良和です」

「阿過沙汰菜です」

「ではまいりましょう、良和さんに沙汰菜さん」

二人の珍名に動じることもなく、葉子は優雅に手をのばして、二人をエレベーターホールへと促した。その手を見た良和がほんの少しだけ残念そうな顔になった。左手薬指に指輪。彼女は人妻だ。

葉子が宿泊している六〇五号室は、ホテルの最上級の部屋というわけではなかったが、それでも良和が暮らしているアパートよりも大きな部屋であった。

「ルームサービスで、お茶を頼みましょうか」

「いいえ、結構です」

良和が内線電話を取ろうとした葉子を制した。

「それよりお話を始めましょう」

葉子はほんの一瞬、虚を衝かれたような顔をしたが、すぐに柔和な笑みを浮かべて、自分も椅子に腰を下ろした。そんな葉子を良和は油断なく見つめた。

「最初に確認させてください。あなたの家には『写真を撮ってはいけない絵』が存在するとお聞きしましたが、それは本当なのですか」

「はい、存在しております。ですが、その表現は適切ではございません」

葉子は胸に手を当てながら良和にゆっくりと言った。

「あの絵は私、つまり『磯部葉子が見てはいけない絵』なのです。写真を撮ってはいけないというタブーもありますが、それは写真を通じて、私があの絵を目にすることがないようにするための戒めです」

「なんですって」

まったく、あの編集長の話は肝心なポイントがいつも抜けているのだ。良和は額に手を当てて、ため息をついた。

「問題の絵は、私たち夫婦が暮らす家の地下室に封印されています」

「封印ということは入れないのですか」

沙汰菜が軽く眼鏡の位置を直しつつ、葉子にたずねた。

「完全に封印したわけではございません。除霊師や悪魔祓いを名乗られるかたや、怪奇小説の作家やオカルト雑誌社の記者を、地下室へ招き入れたことはございます」

「ということは、地下室に入って絵を見た者が皆無というわけでもないのですね」

「はい。しかし写真を撮影なさったかたは、もちろん一人もおりません」

良和はしばらくうつむいていたが、やがて顔をあげて葉子にたずねた。

「絵を見た人たちは、どのように言っていますか」

「どなたも『見るからに気味が悪い』ですとか『不吉な絵』だとおっしゃっていました。そう、とてもきまりが悪そうに」

軽く苦笑しつつ葉子は良和に答えた。

「どうしてあなたに絵について話した人は、きまりが悪そうにしていたのです」

「その絵は、この私を描いたもの。つまり磯部葉子の肖像画だからです」

絶句した良和たちに、磯部葉子は絵の因縁(いんねん)について話しはじめた。

葉子の話によれば、磯部家は全国的に知られているというわけではないが、その地方ではかなりの知名度の旧家であり、かなりの資産家であるという。

そして問題の絵は今から五年前、磯部家当主の磯部綿彦(わたひこ)の依頼で、婚約者である葉子への贈りものとして制作されたものである。

「私ども夫婦が暮らしている磯部家の屋敷を、銀の葉の館と書いて『銀葉館(ぎんようかん)』と申します」

説明しながら、葉子は指先で空中に字を書いた。

「かつてその地方の養蚕(ようさん)業で財を成した磯部家の先祖が、養蚕に欠かせない桑の葉にちなんで名づけた建物だとか」

「なるほど桑の葉は蚕(かいこ)のエサ。当時はまさに金銀を生む葉だったわけだ」

良和はうなずいた。

「画家のかたが、なるべく集中できる場所で絵を描かせてもらいたいと申されたため、絵は銀葉館の地下室で描かれました。そして今もそこに置かれています」

「しかし肖像画ということは、あなたが絵のモデルをなさっていたんですよね。描いている最中に、絵の出来栄えを見たりしなかったんですか」

「ええ、制作途中の絵は何度も拝見いたしましたし、完成した絵も拝見しております」

「では、いつから絵を見てはいけなくなったんですか」

葉子はそれを話すのにやや抵抗があるような表情を見せたが、やがて意を決したように
ゆっくりと良和たちに言った。

「画家のかたが、お隠れになってからです」

「あのう、どこに隠れたんですか。やっぱベッドの下とか、タンスの中とかですかね」

不思議そうに言う沙汰菜に、良和が苦い顔をした。

「一つ覚えておけ。『お隠れ』ってのは『死ぬ』の婉曲的表現だ」

「えっ、画家の人って死んじゃったんですか」

「はい、完成の直後、五年前の十二月七日に、お隠れになりました」

葉子が静かにうなずいた。

「死因は病気ですか。それとも事故」

葉子はその問いに首を横に振った。

「どちらでもございません。自殺なさいました」

「ひいいっ、じ、自殺ですか」

自殺という単語にやけに敏感に反応して、沙汰菜が怯えた叫び声をあげた。

「絵に自殺した画家の悪霊が憑いている。それが絵の封印された理由です」

「しかし、なぜ画家の悪霊があなたの肖像画に憑いたのですか」

「隠さずに申しましょう。自殺の原因がこの私だからです」

　葉子ははっきりと二人に告げた。

「非常にお恥ずかしい話なのですが、私をモデルに肖像画を描くうちに、画家のかたが私に好意を持たれてしまったのです」

　これだけの美人だ。画家が横恋慕しても無理もない。

「もちろん私は主人との婚約をひかえて、画家のかたにそのような気持ちは皆無でしたから、はっきりとそのように申しあげました。でもそれが良くなかったのでしょう」

「ゲージツカってもんはナイーブですねえ」

　沙汰菜が腕組みをして、もっともらしい顔で何度もうなずいた。

　良和はしばらく無言で考えていたが、やがて顔をあげて葉子へ言った。

「画家の自殺についてもう少し詳しくお聞かせ願えますか。あなたにとっては忌まわしい記憶でしょうが、手掛かりになるかもしれませんので」

「わかりました。あの画家のかたは名前を、不破来人と申しました」

「知らない名ですね」

良和が首をかしげる。

「画家としてはまだ無名でしたが、主人の高校の後輩ということで肖像画の制作を依頼したのです。年齢は当時の主人と私より、一つ下だったと思います」

「自殺の方法はなんだったのですか」

「警察のかたからは、毒ガス自殺だったと聞いております。市販の薬剤を混ぜ合わせて発生するガスが死因だとか。たしか硫化なんとかという」

「硫化水素ですね。その自殺方法は一時期、社会問題化もしました」

刑事時代を思いだして、良和は不快そうに顔をしかめた。彼自身、そういう現場を目にしたこともないわけではない。

「不破さまは自殺に使われた薬剤とともに、このホテルの近くにある有料駐車場に置かれた御自身の愛車の中で発見されました。十二月八日の朝のことです」

「その有料駐車場とは」

「このホテルのすぐ近くにある有料駐車場です。事件当時は月極駐車場でした」

「ぎゃあ、うちのワゴンがある場所じゃないですか。縁起でもない。早く動かさなきゃ」

沙汰菜が椅子から飛び上がるように立ちあがった。

「落ちつけ。五年も前の話だ」

「ご、五年だろうが十年だろうが、自殺の現場に自分の車を置いておくなんてなんてまっぴらです。絶対に不吉です」

「車の持ちぬしが超のつくほどオメデタイ脳みそだから、打ち消しあって大丈夫だろ」

沙汰菜に冷たくそれだけ言うと、良和は葉子のほうを見た。

「月極ということは、画家の不破氏は、そこを借りていたのでしょうか」

「このホテルは私鉄の再開発で造られたものです。現在ホテルがあるこの場所は、五年前は小さなマンションでした。不破さまはそこで暮らしていたそうです」


良和はしばらく考えていたが、やがて葉子に遠慮がちにこう言った。

「不破氏があなたに恋慕の情を持っていたと判明したのは、自殺の後ですか、前ですか」

「前です。お恥ずかしながら。絵の完成直後に」

おそらくそのことについて、彼女を取り巻く人々に一悶着あっただろうが、それを根掘り葉掘り聞くのはマナー違反であろう。

「では、警察は殺人の可能性も疑ったのではありませんか。まあ、その」

良和はきまりが悪そうに言葉を続けた。

「あなたがた夫婦にとって彼の横恋慕は厄介事だ。ご主人には目障りな恋敵ですし、あなたには資産家との結婚の邪魔者。殺害の動機がないわけではない」

「その疑問はもっともです」

葉子は目を閉じて胸に手を当てた。

「しかし、私ども夫婦にはアリバイがありました。不破さまの死亡推定時刻である、十二月七日の午後九時ごろ、家族全員で私の祖父母の家へ泊まりに行っておりました」

「あなたの御祖父母さままでですか」

「はい、以前からの計画でした」

「死亡推定時刻にまちがいはないのですね」

「はい、警察によれば、もし誤差があったとしても、せいぜい一時間前後だと」

「ふむ、なるほど」

良和はうなずいた。真冬の蛇のように眠っていた刑事の本能が、事件の残り香で目を覚まし、良和の中でゆっくりと鎌首をもたげていた。

「あなたの御祖父母さまは、どこにお住まいなのですか」

「銀葉館から車で十分足らずの場所です」

孫の夫である磯部氏とも関係が深いはずだが、葉子たち夫婦以外の家族全員に、アリバイのための嘘をつかせたとも考えにくい。

「一方、不破さまは死の直前までご自宅、つまり現在のこのホテルの場所にいらっしゃいました。銀葉館や祖父母の家と、この場所との往復には、どんなに急いでも三時間はかかります。私も主人も午後八時から十時まで、一人きりになった時間がなかったわけではありませんが、さほど長く姿は消しておりません」

「不破氏が午後九時ごろに、この周辺にいた事実は、どうやって証明されたのです」

「不破さま自身が、死の直前の午後八時半ごろ、ご友人へ『今、自宅でテレビを見ている』と電話をかけていたのです。ご友人の証言によれば、その時間にやっていたテレビ番組の音声が、電話の向こうから聞こえていたとか」

良和は葉子の話を聞きながら、無言で指を額に当てた。たしかに磯部夫妻にとっては強固なアリバイである。だが自殺した画家の行動が不自然だ。そんな良和の思いを察したように、葉子はこう言葉を続けた。

「その日の不破さまは同様の電話を何本か、ご家族やご友人にかけていたそうです。電話を受けたかたたちは、みな不思議に思われていたとか」

「やっぱり自殺前で情緒不安定だったんでしょうねえ」

横から沙汰菜が気味悪そうに口を挟んだ。

「その直後からです。あの絵を主人が封印してしまったのは」

葉子は記憶を呼び起こすかのようにわずかに上を向いた。

「不破さまとの一件ののち、主人は『こんな絵など見たくもない』と地下室に鍵をかけて放置していました。しかし、絵を地下室に置いてから一か月ほどすぎたある日、主人は妙なことを言いだしました」

「具体的にはどのようなことです」

「連日のように同じ悪夢を見るようになったのです。私が絵から出てきた不破さまに、さまざまな方法で殺されてしまうという夢を」

葉子は胸に白く華奢(きゃしゃ)な手を当てて、呼吸を整えるようにわずかにうつむいた。

「主人は私へ、こう話すようになりました。『あの絵には不破の怨念が取りついている。このままではお前が連れてゆかれてしまう』と」

たしかにそんな夢を本当に毎日見れば、ノイローゼにもなるかもしれない。

「そこで主人は厳重に鍵をかけ、絶対に地下室へ入らないように私に言い聞かせると、霊能現象の専門家に相談するために、海外へ旅立ちました」

「その霊能力者のお名前はわかりますか。どの国の人でしょうか」

「いいえ、存じません。その人物については絶対に秘密だとかで」

「秘密にしろというのは霊能力者からの指示ですか」

葉子は胸に手を当てたまま、首を横に振った。

「はい、主人はそのように申しておりました」

「ご主人は帰って来られてから、絵を封印するようになったわけですね」

「はい、主人が聞いてきたという、呪いを封じるための条件は三つございます。一つは絵を処分してはならない。二つ目は絵を館の外に持ちだしてはいけない。そして三つ目が絵を不破氏の執着の対象、つまり私に見せてはいけないということです」

話を聞きながら良和はあごに手を当てた。一見、不気味な話に思えるが、客観的に不可思議な現象は確認されていない。悪夢を見たということも霊能力者の存在や助言も、あくまでも磯部氏の自己申告でしかない。

こういう話は否定的な視点で情報をとらえなければ、真実を見失いかねない。それが刑事とライターという二つの仕事から、良和が得た経験であった。

「問題の絵について、よくわかりました。お話ししづらい内容を教えていただき、ありがとうございます」

良和は葉子に丁寧に一礼した。

「最後にあなたの目的を教えてください」

良和は葉子の目を見つめた。

「あなたはご主人に従い、五年間も絵のタブーを厳粛に守ってこられた。なにが今になってあなたの好奇心を呼び起こしたのですか。そのきっかけが気になるのです」

「好奇心ではありません。私の目的はあの絵のタブーの破棄。それだけです」

「では言いなおします。どうして今さらタブーを破棄しようと思ったのです」

「主人の精神がもう限界だからです」

葉子は白い手を胸に当てた。

「主人が私に触れてほしくないと思っているものに、あえて触れる必要はない。今まで私はそう考えていました。しかし主人はこの五年間、地下室の絵を守るため、銀葉館から一歩も出ていません。仕事も社会生活も放棄し、磯部家の資産を食いつぶすだけの生活を送っています。とはいえ、今となっては言葉による説得は困難でしょう」

葉子は静かに、しかし力強く良和たちへ述べた。

「だから私が絵を見ることで、タブーが無意味だと主人に証明したいのです」

「しかし万が一にも呪いが本物だったらどうしますか」

良和はあえて真顔で葉子にたずねた。

「私は科学的な思考をする人間であると自負しています。死者はなにもできません。タブーを生みだしたのは死んだ不破さまではなく、生きている主人の心です」

胸に手を当てたまま、葉子はきっぱりと答えた。

「失敬、愚問でした」

磯部葉子。彼女には邪気がないように見える。だが、この小さな鉤針(かぎばり)のような違和感はなんなのだろう。目を覚ました刑事の本能が、良和に不吉ななにかを告げていた。

葉子と会ったその翌日、良和は沙汰菜が運転するカメレオンのワゴン車で、磯部家の邸宅である銀葉館へと向かっていた。

「しかし五年前の画家の自殺。本当に自殺なのかね」

ワゴン車が寂しい冬の山道へと入ったところで、良和がふとつぶやいた。

「私だってそう願いたいですよ。自殺ではなく他殺だったらどんなに良いか」

ハンドルを握る沙汰菜が深いため息をついて答えた。

「普通は逆じゃないのか。他殺のほうが厄介だ」

「私は『自殺』にトラウマがあるんです。それもこれも今から一年ぐらい前に駅でトンデモナイ光景を見たせいでして。ああっ、また思いだしてきた」

沙汰菜が目を閉じて硬直したように体をすくめた。こんな状態で普通の道路を運転するだけでもあぶないのに、ここは曲がりくねった山道で、片側はガードレールもついていない崖(がけ)なのである。今度は良和が硬直して青ざめる番であった。

「バカ、目を開けろ。事故を起こすぞ。死ぬぞ」

良和は必死に助手席からハンドルを握り、暴走するワゴン車を制御しつつ、運転席まで足を伸ばしてブレーキを思いきり踏んだ。

ライトグリーンのワゴン車は冬枯れした立ち木に横腹を激しくぶつけはしたものの、崖から落ちる寸前でなんとか止まることができた。まさに間一髪(かんいっぱつ)である。

「こんなことなら電車を使うべきだったな」

助手席からブレーキを踏むというアクロバティックな姿勢から、良和はギアをパーキングに入れて、さらにサイドブレーキを引いた。

「私はね、その一年前の経験から電車や駅が大嫌いになったんです。駅に行くぐらいならこのまま落ちたほうがマシです」

ハンドルを握ったまま沙汰菜は蒼白な顔をあげ、良和をにらみつけた。

「というか自殺の一件を聞いてから、ここまでずっと緊張でカチカチ山の狸さんでして」

「なら背中に火がつく前に運転交代だ」

「大事な車ですから、乱暴な運転で傷とかつけないでくださいね」

「車ごと崖から落ちかけたやつが吐く台詞とは思えんな」

そう言って運転を交代するため助手席から降りた良和は、ワゴン車の脇腹を一瞥して肩をすくめた。

「傷については手遅れだ。盛大にへこんでいる」

「うへえ、またやっちゃいましたか」

肩を落とした沙汰菜が運転席から降りてきた。

「少し前にぶつけたところを、やっと直したばかりだったのになあ」

「同じ車を何度も修理に持ってこられた板金屋は、この車以上にへこむだろうよ」

「いや、板金屋さんは関係ないですよ。前にぶつけたところも自分で直しましたからね」

沙汰菜は少しだけ得意げな顔になって、丸眼鏡に手を当てた。

「運転は下手でも、車を直すのは得意なんです。そもそもワゴン車を今の形に改造したのは、この私ですからね」

「車を修理するだけでなく、改造までしたのか」

良和の目から見ても素人の仕事ではない。とはいえ、改造したのがこいつでは、道路交通法を守っているのかというような懸念以前に、走っている最中での分解や爆発が心配にならないでもない。

「本当に大丈夫なのかね、この車」

「機械工作や造形技術には自信があるんですよ。ワゴンの後部に簡易工作室もあるし、設計図と材料があれば、この場で爆弾でも迫撃砲でも作ってみせます。あっ、でも鉄道関係の機械は駄目ですけど」

戦場じゃあるまいし、爆弾や迫撃砲が必要になる機会があるとは思えないが、どんなやつにも一つぐらい取り柄はあるものだ。良和はほんの少しだけ彼女に感心した。

運転を交代したワゴン車は、慎重に山道を走りぬけて寂しい集落へと入った。

集落と言っても道は狭く家もまばらで、山道を走るのとあまり変わりはない。良和は慎重にワゴン車を走らせた。

「なんで良和さんはそんなに画家の死が気になるんですか」

「前の仕事の職業病がぶり返しちまったのかもな」

ハンドルを握りながら良和は不機嫌そうに言った。

「前の仕事と言いますと」

「刑事」

良和はぶっきらぼうに答えた。

「今の仕事はライターですよね。なんで刑事を辞めたんですか」

「俺が立案した計画のせいで、銀行強盗の人質になった子どもに怪我をさせたんだ」

「その責任を取ったんですか」

「まあな」

良和は小さくうなずいた。

「俺の作戦が危険だという指摘は受けたよ。だが俺は『百パーセント大丈夫』と上司に大口を叩いて作戦を強行した。その挙句の大失敗だ。あんたのところも達成率百パーセントなんて宣伝文句は、さっさと取り下げちまうことだな。ろくなことにはならんぜ」

「でも、どうしてそんな危険な作戦を強行したんです。会ったばかりで決めつけるのもなんですが、良和さんって、そういう軽率な人とは思えないんですよね」

「俺も一年前にはいろいろあった。それだけだ」

良和は苦い記憶を振り払うかのように、ワゴン車のハンドルを荒っぽくきった。


集落の中をしばらく運転して、良和は大きな屋敷の門の前でワゴン車を停めた。

「着いたぜ。ここが銀葉館だ」

良和はワゴンから銀葉館を見上げた。煉瓦の塀は赤く高く、鉄の門は黒く重い。そして屋敷は白く広大である。すべてが個人の生活空間としては破格の大きさだ。

「いよいよ、問題の絵の写真撮影ですね。燃えてきましたよ、私も」

屋敷を目の前にして、両手を握りしめた沙汰菜が鼻息を荒くした。

「いや、今日は挨拶をしてくるだけだ」

「挨拶ですか」

「ま、本番前の偵察ともいうがね」

屋敷をにらみ、見つめたまま、良和は沙汰菜に言った。

「では、二人で偵察に行くとしますか」

「いや、今回は俺一人で行く。あんたは車で留守番していてくれ」

良和はそれだけ言うと、不服そうな沙汰菜を残してワゴンを降りた。

良和が玄関のチャイムを押してしばらく待っていると、黒いスーツを着た、絵にかいたような強面(こわもて)のスキンヘッドの大柄な男がドアを開けた。

「取材のお約束をいただいた浜谷です」

二メートル近い身長のスキンヘッドの男に、良和は軽く頭を下げた。

「お入りください。奥で磯部氏がお待ちです」

そのままスキンヘッドに案内されて応接室へ行くと、一人の紳士が良和を迎えた。

「ようこそ銀葉館へ。私が磯部です」

磯部氏の顔のパーツはどれもしっかりしていて、かなり精力的な印象がある。だが、その顔つきに反して、体はかなり痩せていた。元からの体格というより、かつて大柄で筋肉質だった体が衰えてしまったという感じだ。

ホテルで葉子は、死んだ画家について「年齢は当時の主人と私より、一つ下だったと思います」と言っていた。ということは磯部氏と葉子は同じ年齢のはずだが、磯部氏の見た目は、良和よりはるかに年上に思われた。

「浜谷良和です。今回は取材を快諾(かいだく)していただきありがとうございました」

良和は深々と頭をさげた。

「いや、そう恐縮しないでください」

磯部氏は、にこやかに良和に言った。

「私を案内してくれた大柄な人は、住みこみの執事さんですか」

「いいえ、外部の取材を受けるときだけ、ガードマンを呼んでいるのですよ。取材のかたを疑いたくはないのですが、力ずくという手段で、あの絵を撮影しようとする困った人がいないとも限りませんからね」

　常時ではないにせよ、ガードマンをわざわざ呼んでいるなんて、やはり尋常ではない。

「正式な取材の前に、問題の絵を少しだけ拝見させていただけますか」

「ええ、どうぞ、こちらです」

　磯部氏は応接室の外へ出て、片手をあげて良和を促した。そのゆったりとした動作は、彼の妻である葉子の姿を良和に想起させた。


「問題の絵は私の妻を描いたものです」

　長い廊下を歩きながら磯部氏は静かな口調で良和へ告げた。

「委細は存じ上げております。それなりに予習はしてきましたので」

「あらかじめ言っておきますが、妻への取材はお断りさせていただきますよ。会うのもご遠慮ください」

「はあ」

　本当は昨日のうちに彼女と会って話を聞いているのだがな。そう思いながら、良和はあいまいな笑みを浮かべた。

「磯部さんのご家族は奥様だけですか」

「ええ、父は私が高校を卒業した年に事故で、母は半年ほど前に心臓病で、それぞれ他界いたしました。今は夫婦で二人暮らしです」

「お母様は心臓がお悪かったのですか」

「ええ、父が亡くなってから心労で体を悪くしてしまいましてね。十年ほど前からは、ずっとペースメーカーをつけて生活していました」

「無神経な質問でした。ご容赦を」

「いいえ、お気になさらずに」

磯部氏は感情を感じさせない静かな声で良和に言った。

「しかし、お母様はどうだったのですかね」

良和の何気ない一言に、磯部氏が歩みを止めて振り向いた。

「どうだった、とは」

「いや、絵を見てはいけないタブーの対象は奥様だけですよね。では、あなたのお母様は地下室に入って、問題の絵を見たことはあったのかと、ふと思いまして」

しばしの沈黙ののち、磯部氏は静かに良和に言った。

「あの日以降、母を地下室に入れて絵を見せた記憶は私にはありません。普段から地下室は施錠してあります。そしてこの特注の地下室の鍵は、常に私が身に着けています」

磯部氏はポケットから鍵を取りだして良和に見せた。金属製の鍵ではなく、銭湯の下駄箱に使われている木札状の鍵を複雑にしたような構造の鍵である。

元刑事ゆえ、良和は防犯用品や鍵には普通より詳しいが、こんな形状の鍵は見たことがない。たしかに特注品のようだ。

ということは画家が死んでから、磯部氏以外の家族で問題の絵を見た人間はいなかったということになる。良和がそんなことを考えているうちに、磯部氏とガードマンは再び廊下を歩きだしていた。良和は思考を中断して、あわてて二人を追った。

磯部氏は廊下の奥にある地下への階段の前で立ちどまった。

「絵はこの先の地下室にあります」

呪われた絵が封印された部屋へ出入りできるただ一つの階段。その唯一の入り口を守護し、侵入者に立ちはだかる存在。それは封印の祭壇でもなければ、魔よけの魔神像でもなく、巨大な金属の門だった。

「ゲート式の金属探知機ですか」

なかなか手ごわそうだ。良和は心の中でつぶやいた。警備の死角を突破する犯罪者の手口は、刑事時代にいくらでも目にしてきた。だからこの屋敷の警備も簡単に突破できると思っていたが、その予想は甘かったようだ。

　磯部氏は何事もなく金属探知機のゲートを通りぬけた。身に着けているものから、あらかじめ金属を外していたのだろう。部屋に入る鍵が木製なのは、この金属探知機を反応させないためだ。

「今度は良和さんが、ここを通りぬけてください。服に外せない金属があった場合は、着替えも用意してありますので」

「インプラントや虫歯治療の金属の詰めものなんかがある場合はどうするんですか」

「あるのですか」

「いいえ、幼少のころから、必ず毎食後に三分間は歯を磨いています」

　良和は口角を軽く引っぱって、磯部氏に自分の歯を見せた。

「ただ、参考までに、そういう場合はどうするのかと思いましてね」

「そのときは手持ち式の探知機を使って、身体のどこに金属があるのか、別室で詳細なボディチェックを行います」

「なるほど、厳重なことですな」

　スキンヘッドに金具のついたベルトや携帯電話や財布などを渡して、良和が金属探知機のゲートに足を踏み入れると、耳をつんざく凄まじい大音響が建物の内部に鳴り響いた。

　実は良和は、金属探知機の性能を試してやろうと思って、わざと小さな金属製のボールペンを上着の内ポケットに隠し持ったまま、金属探知機をくぐりぬけたのである。

「おっと失敬、いつもの習慣でつい商売道具をポケットに入れていたようです」

良和はごまかすような薄笑いを浮かべて頭をかくと、ゲートの外に立つスキンヘッドにポケットの中のボールペンを渡した。

ボールペンを受け取ったスキンヘッドは、良和をとがめるように顔をしかめると、ポケットからカードキーを取りだして金属探知機の裏のふたを開け、なにやら複雑な操作をして音を止めた。

「ではもう一度、ここを通り抜けてください」

スキンヘッドに言われた通り、良和は金属探知機をくぐりなおした。

「はい、問題はありません」

「どうもお手数をかけました」

しかし金属探知機の精度にも驚いたが、同時にその音量にも驚かされた。てっきり小さなチャイム程度の音だと思っていたが、これではまるで非常ベルだ。この屋敷のどこにいても聞こえるにちがいない。

「妻に絵を見せないためだけに、どうしてここまでするのか、そう言いたげなお顔ですね」

磯部氏はゲートをくぐりぬけた良和の顔を見つめながら、口元をかすかにゆがめた。

「私の行動が、はたから見ておかしいものであることは自覚しています」

自分自身を冷笑するように磯部氏は良和に言った。本気で呪いを信じているのか芝居なのかは測（はか）りかねるが、この奇妙な金持ちは、少なくとも自分の姿を客観視する理性を持っているように良和には思われた。


金属探知機をくぐりぬけて、地下室へと続く階段に入ると、見たこともない外国の文字で書かれた札が、壁面にほぼ等間隔（とうかんかく）ではりつけてあった。

科学的な金属探知機の次は、オカルトな防御手段がお出迎えということらしい。

「おや、オカルト関係のライターさんなのに、お札が珍しいのですか」

立ち止まって気味の悪い札を見つめていた良和に、磯部氏が笑いながら声をかけた。

「ええ、日本のお札ではないようなので」

良和は頭をかきながら、磯部氏に答えた。

「海外の霊能力者からもらったお札です。その人物については、なにも申しあげることはできません。その霊能力者との約束でしてね」

「ええ、そのいきさつも存じております」

「そうですか。では参りましょう」

磯部氏は良和を連れて、薄暗い照明に照らされた地下室への階段を最後までおりると、行き止まりにある重厚なドアを示した。

「ここが絵のある地下室です」

ドアには「銀葉の間」と書かれた真鍮のプレートがつけられている。

「曽祖父がこの建物を建てたとき、金蔵の代わりに造られた部屋です。今では中の品物は処分されていますが、言わばかつての我が家の宝物蔵ですよ」

階段の入り口にある金属探知機をよほど信頼しているのか、銀葉の間の入り口の守りはシンプルなものだった。頑丈そうだが簡素な木製のドアに、あからさまな素人仕事で金具と錠が取りつけてある。おそらく元は鍵のないドアだったのだろう。

大金持ちの邸宅とはいえ、ごく普通の居住空間として造られた家だ。設計段階では鍵のない部屋があるのは、なんらおかしい話ではない。むしろ全部の部屋のドアに鍵がかかるほうが、この国ではめずらしい。

ドアと錠はしっかりしているが、ありふれたドライバーが一本あれば、錠ごと外すことで、さほど苦労せず中に入れるはずだ。もっとも金属探知機に引っかからず、金属製のドライバーをここまで持ちこむことができればだが。

木製の鍵を手にした磯部氏が錠を外した。無言でそれを見守る良和の目の前で、銀葉の間の扉がゆっくりと開けられた。

銀葉館に入って三十分後、ワゴン車へ戻ってきた良和は、助手席で特大の大いびきをかいていた沙汰菜の尻を軽く蹴り飛ばした。

「ぎゃんっ、いきなりなんの狼藉ですか、可憐な乙女のヒップを足蹴とは」

「金属探知機だ」

「はあ、なんのことです、トンチキがどうかしましたか」

蹴られた尻をなでつつ、寝起きの沙汰菜が不満げな顔で良和にたずねた。

「トンチキはあんただろうが。探知機だ、タンチキ」

良和が指先で沙汰菜の額を軽く小突いた。

「絵画の置いてある地下室に下りる階段の手前に、金属探知機のゲートがある。それがこの撮影の最大の難関だ。超小型の隠しカメラでも持ちこむのは無理だ」

今はカメラが非常に小型化している。撮影には針で突いたほどの孔があればよく、ボタンやメガネのフレームに仕込めるほどだ。しかし人の目をそうやってごまかせても、金属探知機の目はごまかせない。

「ありゃ、感度を空港なんかに置いてある探知機の何倍にも上げてあるな。ボタンやメガネのフレーム程度の金属でも、おそらく引っかかるぜ」

「ははあ、それはきっと特注品ですね」

特注品のトンチキはそう言って軽く肩をすくめた。

「こりゃ金属を使わないカメラが必要ですよ」

「そうだな、あんたには明々後日にある本番の取材のときまでに、金属を使わないカメラを作ってもらわなきゃならん。機械工作の腕をさっそく見せてもらう」

良和は沙汰菜を指さして言った。

「な、なんで私の小粋なジョークを真に受けているんです。私だってキテレツ大百科じゃないんですよ。構造的に破綻したカメラを作れるわけがないでしょうが。それに時間だって短すぎます」

「安心しな。プランはある。俺たち二人の力を合わせた『とっておき』がな」


銀葉館から戻ると、良和はすぐにインターネットと電話帳を駆使して、丸一日借りることが可能な写真スタジオを探した。そして提示した条件を呑んでくれるスタジオが見つかると、良和は沙汰菜に電話を入れて、明日スタジオで待っている旨を伝えた。


「良和さん、例のものができましたよ。御注文のカメラです」

翌日、思っていたよりずっと早くスタジオにやってきた沙汰菜が、黒い色をした持ち手つきプラスチック製ツールボックスを、誇らしげに高々と片手にかかげた。

「もちろん、金属はなに一つ使っていません。掛け値なしの非金属素材です」

沙汰菜は中型のツールボックスを太鼓のように平手で叩いた。

「でもやはり、これを絵の撮影に使うのは現実的に無理だと思います。このカメラは一度に一枚しか写真が撮れませんからね」

沙汰菜はツールボックスを床に置いた。

「うまく撮影するには、何回も現場で試し撮りをして、絵がきちんとフレーム内に収まる距離と高さにカメラを置かなきゃなりません。それにシャッターを下ろすベストなタイミングも割りだす必要もあります。今回みたいに、現場に持ちこんで一回勝負で使うのは、ちょっと無理がありますよ」

「心配するな。あんたはよくやった。ここからは俺の役目だ」

一メートル半ほどの長さの紙の筒を自分の横に置いて、スタジオの床にあぐらをかいていた良和が、ゆっくり立ちあがって、とびきり大きな深呼吸を一つした。

「撮影のための位置は、このスタジオ内部で割りだせる」

「ええっ、なにもないこのスタジオで、ですか」

沙汰菜はスタジオを見て首をかしげた。薄汚れた白い壁とスタジオの内部に、照明器具以外のものは、なに一つとしてない。

「俺には正確な『銀葉の間』の内部が見えているんだ」

「あのう、なにも見えませんけど」

「だろうな。俺にしか見えない」

良和の表情は真面目で、沙汰菜をからかっているようには見えない。

「まさか超能力ってやつですか」

「そう定義できるかは微妙なところだな」

良和は自分の頭を指さした。

「俺は三次元空間上の物体の形状と配置、大きさや距離を座標として記憶して、正確に再現した虚像を視覚に投影できる。世界で俺だけが持っている脳の突然変異みたいなものらしい。使いこなすのにそれなりに訓練もしたけどな」

「ええと、要するにどういうことなんですか」

「今の俺はあの銀葉の間の内部を、正確な実物大の模型にして、このスタジオの中へ投影したように知覚しているんだよ」

「あっ、もしかして『映像記憶』ってやつですか。世の中には見たものをそのまま記憶できるカメラみたいな目と脳を持った人間がいると聞いたことがあります」

「いや、学者の話だと、いわゆる『映像記憶』とは原理そのものがちがうそうだ」

良和は首を振った。

「俺が記憶と再現をしているのは、画像ではなく三次元の座標の位置だ。こいつはどういうわけか対象が二次元だと働かない。つまり平面に書かれているものや色彩については、記憶も再現も不可能だ」

「映像や写真、絵画の模写なんかはできないわけですね」

「そういうこと。立体限定だ」

「でも、大きさまで正確に記憶できるというのはすごいですね」

「子どものころに俺を調べた学者によると、記憶するときに自分の体の各部を、無意識に測定のスケールにしているらしい」

良和はまっすぐ指をのばして、手を沙汰菜の目の前へ差しだした。

「無意識だから、どうやっているか自分でもわからんけどな」

「とにかく良和さんの指示に従えば、部屋の内部を再現できるわけですね」

「ああ、絵と同じ大きさのポスターを、再現した空間の絵の位置に設置して、そのカメラの撮影テストをすればいい」

良和は足元に無造作に置いてある紙の筒を沙汰菜に指差しながら言った。

「その記憶って一瞬でやれるんですか」

「いや、部屋の広さや構造、家具なんかの複雑さに応じて、部屋の内部を調べて集中する時間が必要だ。そこも『映像記憶』とは異なる点だな。今回の場合、十秒ぐらいの集中でデータを脳にインプットできた。家具なんてほとんどなかったからな」

よく見ると説明している良和の額にはうっすらと汗がにじんでいる。記憶した空間の再現にはかなりの集中力が必要になるらしい。

「たしかにその力を使えば、このカメラを配置すべきポイントはわかります。だけどシャッターのベストなタイミングには、明るさもわからないといけませんよ」

「露光の条件が本番と近くなるよう、電球のワット数と個数と配置から、部屋内部の明るさは再現してある。そういう点で陽光の影響がない地下室なのは好都合だ」

良和はさらに強くスタジオの中へ意識を集中させた。幸いあの部屋の広さはこのスタジオとほぼ同じ。広さがちがう場合は遮光幕を使い、部屋の広さにスタジオを仕切るつもりだったが、幸いその必要はなかった。

「刑事をやっていたころ、こいつはそれなりに重宝していたものさ。まあ、つまずいたのもこいつのせいだけどな」

子どもを人質に取って銀行に長時間立てこもる強盗を確保するため、良和はこの特殊能力を使った救出作戦を提案した。

日が落ちた時間を見計らい、良和が犯人と交渉するという名目で単独で銀行内に入る。交渉するふりをして良和が銀行内の構造を記憶したタイミングで、外部から銀行内部への電源を遮断。銀行内を完全な暗闇にする。その闇の中で記憶した内部の構造を頼りに、良和が犯人を取り押さえるという計画だった。

しかし計画は失敗した。突然の暗闇にパニックになった子どもが暴れたのである。あわてた犯人は、その子どもを逃がすまいとして拳銃を発砲した。そして次の瞬間、人質となっていた子どもの悲痛な悲鳴が、良和の耳に一生刻みつけられた。

「自分で言うのもなんだが俺の記憶と再現の精度は完璧だ。だが過信はできんぜ」

良和は軽く肩をすくめた。


数日後、良和と沙汰菜を乗せた緑色のワゴンが、再び銀葉館を訪れた。

「荷物はそれだけですか」

良和が片手に提げているツールボックスをうさんくさそうに見ながら、この前に来たときと同じスキンヘッドのガードマンが良和たちを出迎えた。

「はい、そうです。お荷物は一人増えていますが」

横に立つ沙汰菜を一瞥して良和は答えた。

「そうですか。ではどうぞ」

大柄なガードマンは二人に中に入るようにうながした。どうやらこのスキンヘッドには客人の荷物を運ぶという発想はないようだ。あくまでも絵を守るためだけに雇われているということなのだろう。

ガードマンに続いて出迎えた磯部氏に案内されて、二人はさっそく銀葉の間へと案内された。磯部氏が二人を先導し、スキンヘッドが最後尾から二人を見張る。まるで連行される囚人だな。良和は心の中でつぶやいた。

「浜谷さん、そちらの女性がイラストレーターさんですか」

「はい、うちの雑誌の専属です」

「では、そのお荷物は」

「絵を描くための道具が入っています。彼女の愛用品でしてね。もちろん金属は使っていませんし、中にも入っていませんよ」

良和はツールボックスを片手に掲(かか)げた。

「スケッチの許可はいただいていますよね」

「はい、あくまで禁止されているのは写真だけです。今まで取材したみなさんも、そうやって本や記事にしてきました。ただし」

磯部氏は鋭く良和をにらみつけた。

「描いたイラストはチェックさせていただきます。あと長時間の模写についても遠慮していただきます。あくまで模写の時間は取材の間のみです」

「わかっていますとも、磯部さん」

良和は自分でも慇懃(いんぎん)無礼(ぶれい)だと思えるぐらい、丁寧に頭をさげた。

「問題なし。浜谷さんは金属類を持ってはいないようです」

ツールボックスを持った良和が廊下に設置されたゲート状の金属探知機をくぐりぬけると、次にスキンヘッドは沙汰菜のほうを見た。

「次、イラストレーターさん、どうぞ」

沙汰菜がゲートをくぐりぬけたと同時に、異常な音量のベルが鳴り響いた。

「ひょんげえ」

なんとも形容しがたい間の抜けた悲鳴とともに腰を抜かした沙汰菜へ、先にゲートをくぐりぬけていた磯部氏が冷静に声をかけた。

「大丈夫ですか」

「は、はひ、し、心臓が止まるかと思いましたが、なんとか生きています」

この前と同じ手順でスキンヘッドが金属探知機の反応を止めると、沙汰菜は若干ふらつきながらも、どうにか自力で立ちあがった。

「ははあ、その不潔で不格好でデカい眼鏡に反応したな」

良和が沙汰菜の丸眼鏡を指さしながら言った。

「だめです、この清潔でキュートでおしゃれな眼鏡を外したら、私はなにも見えません」

眼鏡を守るように両手で押さえながら、沙汰菜が必死の形相でわめいた。

「しかし、それを外さないなら、彼女をこの先へ入れるわけにはまいりませんね。疑うわけではありませんが、今は眼鏡に仕込めるカメラもあると聞きます」

磯部氏は重々しい口調で告げた。例外を許容するつもりはないという感じだ。まあ、そう簡単に例外を許容されたのでは、知恵を絞ったこちらの立つ瀬がない。良和はそう思った。

「そのカメレオン目玉を、ここに置いてゆけば済む話だな」

良和は沙汰菜の顔から眼鏡を無造作にむしり取り、金属探知機の外に立つスキンヘッドへ、ぞんざいに投げ渡した。

磯部氏は木製の鍵で錠前を外して銀葉の間に入ると、部屋の照明をつけた。

「お二人ともどうぞお入りください」

部屋の内部はほぼ立方体だ。かつては骨董の保管庫だったそうだが、今ある家具は黒檀(こくたん)でできた戸棚が一つだけだ。家具が少ないためやけに広く感じられる。部屋の天井には通気口が見える。部屋の内部には換気のためのスイッチは見当たらないので、機械はおそらく上の階に取りつけられていて、そこで操作するのだろう。

部屋に入って右手側の奥の壁には、若い女性を描いた高さ一メートル半ほどの肖像画が固定されて飾られている。言うまでもなく、描かれているのは磯部葉子だ。

これを描いた画家は、葉子にただならぬ執着があったということだが、たしかにこの絵には、どこか暗い情念のようなものが感じられる。

窓がない地下室を殺風景にしないためなのか、絵が飾られている面の反対側、つまり部屋に入って左手側の壁面には、畳一枚ほどの大きさもある、炭のように真っ黒な木の葉の形のレリーフが何枚もはめこまれている。

良和は照明の位置を見るため天井を見あげた。良和の目と脳は光量までは記憶できないので、シミュレーションと完全に同一条件というわけではないが、ほぼ許容範囲だろう。

入り口近くでこちらを見張っている磯部には聞こえないように、小声で良和は沙汰菜に耳打ちした。

「早く絵を描け。なるべく本職っぽく頼むぞ」

「絵心は割とあるほうですけど、眼鏡がないとよく見えませんよ」

二人の小声でのやり取りを見ていた磯部が、ふと思い出したように良和にたずねた。

「ああ、そう言えば、そちらの女性はイラストレーターということですが、眼鏡がなくてあの絵が見えるんですか」

「ええ、眼鏡の有無にかかわらず節穴みたいなもんですから問題ありません」

良和はツールボックスから鉛筆数本と、紙を束ねるリングがプラスチック製のスケッチブックを取りだし、それらで沙汰菜の後頭部を軽くひっぱたいた。

「視力なんぞ根性で補え」

「サディスト。黒ずくめの変質者」

「あん、なんだと」

「いや、そうじゃなくて、その」

つい口からもれたつぶやきを沙汰菜は必死にごまかそうとして手を振った。

「そう黒です。黒いなあ、と」

「なにが黒いんだ」

「えっ、ええと、あ、あそこのレリーフとか」

沙汰菜は壁のレリーフを手にした鉛筆でさした。

「まあどうでもいいや、とにかく絵を描け」

「はいはい、スケッチを開始しますよ」

沙汰菜は渋々と鉛筆を持ち、スケッチブックを広げた。


こうやって沙汰菜にスケッチさせていることも、決して意味のない行為ではない。良和が絵を撮影するあいだ、磯部氏の注意を引きつけるのが目的だ。

二人を監視している磯部氏の意識は、もっぱら沙汰菜の描いているスケッチに集中しており、良和にはあまり注意を払ってはいない。

目を閉じて軽く息を吐き、神経を集中させてから目を開く。すると空間へ投射されたように、半透明の立体の像が浜谷良和の視界に再現される。

虚像の表面に色彩や模様はない。立体物ならばあるべき陰影すらもない。ただし再現された像は、形状も大きさも位置も距離も計測したように正確だ。

そして良和はバーチャルリアリティの空間のように、この知覚した空間を立体的に動き回ることができる。

自分だけが認識できるこの異様な光景を、他人に的確に伝える言葉を良和は持たない。強いて説明するのなら、半透明のモノクロームの虚像とでも言うべきか。

物心ついたとき、良和にはすでにこのささやかな超能力があった。最初、彼の両親はこれを幼児期特有の一人遊びの一つだと思っていた。もう少しすると幻覚を我が子が見ていると考えて、病院の門を叩いた。

医師はこの幼い少年の見る「幻覚」が、実物に対して異常に正確であることに気づき、より大きな病院での検査を勧めた。

紹介先の大きな病院でいくつかの検査を経たのち、少年の両親はさらに専門の研究機関を紹介された。そしてようやく良和に見えている光景の正体が漠然とながらも判明したときには、幼稚園児だったこの少年は小学生になっていた。

傍目には超能力にも思える現象だが、念力や透視やテレパシーのようなオカルトめいたものではなく、あくまでも脳の突然変異による機能にすぎない。

これがあることで生活が便利になるというわけではなく、むしろこの特殊能力がコントロールできないと、日常生活で事故などに遭う可能性が高くなる。そのためまず彼は、自身の能力を伸ばすのではなく、抑制することを必死に学ばなければならなかった。

さらに同様の症例が過去にないため、この機能が脳に与える負荷や悪影響についても未知であった。ある研究者は良和の両親に「この子は成人するまで生きられないかもしれない」とさえ告げた。

幸運なことにその不吉な予想は外れ、彼はこうして成人しても生きている。しかしこの先も人並みの寿命があるかどうかの保証など、どこにもない。

良和はそのことで自暴自棄になったり、道を踏み外したりはしなかったが、常につきまとう死への不安は、いささか独特の価値観と視点と思考回路をこの男に与えたのである。


良和は、自分もスケッチを見守るふりをしながら、さりげなくスタジオでシミュレートした撮影のベストポジションへと、ツールボックスを持って移動した。

磯部氏が囮の沙汰菜に気を取られているあいだに、さっさと撮影してしまうとするか。

「いや、待て」

何気なく心の中でつぶやいた一言が、良和の集中を解いた。あの日、葉子とホテルで話をしてから、ずっと心の底に引っかかっていた違和感の正体に気づいたのだ。

五年前の三角関係、画家の自殺方法、アリバイ、地下室、肖像画、銀葉館という屋敷の名、変質、そしてあのときの編集長の言葉。良和の頭脳の中でロジックの歯車がしっかりとかみ合って、ゆっくりと連動を始めた。

「そうか、タブーを捕獲するためには、これではダメなんだ」

良和は小声でそうつぶやくと、自分の立つ位置を移動させた。

「一か八かだが、こうするしかない」

このタブーを撮影するためには像ははっきりしなくてもいい。ピントが合わず曇りガラスを通したようなぼんやりした画像でも、色さえわかれば充分だ。

「なにしているんですか」

驚いた沙汰菜がスケッチを中断して、あわてて良和にかけよった。

「これでいい。依頼人の求めている『真実』を捕獲するためには、な」

良和は素早く沙汰菜の口を押さえて、早口で耳打ちした。

「それよりスケッチを続けろ」


磯部邸の取材から二日後。

のどかな昼下がり。エアコンがよく効いた居心地の良いガレージの中、沙汰菜が鼻唄まじりでライトグリーンのワゴン車の整備をしていると、乱暴にドアを開けて、良和が中に入ってきた。

「まさかシンデレラ出版のすぐ足の下、雑居ビル一階のガレージがカメレオンの隠れ家(が)だったとはな。灯台下(もと)暗し、か」

「ああっ、は……良和さん」

沙汰菜は思わず工具を取り落とした。

「ど、どうしてうちの会社の場所がわかったんです。名刺の連絡先からだけでは、この場所は割りだせないはずなのに」

沙汰菜に聞かれて、良和は軽く肩をすくめた。

「おたくの間抜けな先代社長を尾行させてもらっただけだ。獲物を狙うのは凄腕(すごうで)でも、狙われることには慣れていなかったようだな」

「ええっ尾行ですか。でも依頼人さんはうちのパパの顔は知らないはずでしょう」

沙汰菜は不思議そうな顔をした。

「しかし自分のところの編集長の顔はわかる」

沙汰菜にそう言うと、良和はガレージから雑居ビルの屋内へと続いている灰色のドアをにらみつけた。

「親子で俺を舐(な)めるのもいい加減にしてください編集長。いいや、捕獲屋の先代社長。いいかげんに出てこないと、デコピンしてこいつ泣かしますよ」

「ひいっ、なんで、私がデコピンされるんですか、私はなにも悪くないのに」

良和が沙汰菜の額に指を当てると、即座にドアが開いて編集長が姿を見せた。

「わ、わかった良和くん、私の負けだからやめてくれ、私が悪かった。これ以上、うちの天使ちゃんをいじめないでくれ」

「えっ、天使って、どこに」

真顔で良和は編集長にたずねた。

「お前さんの目の前にいるだろう、輝くような我が家の天使ちゃんが」

どうやら編集長と良和とで、それぞれ別の世界が見えているらしい。

「捕獲した『獲物』である写真を編集長に渡せば、今日のうちにカメレオンのオフィスへ持ち帰ると思いましたよ。まさにドンピシャでした」

「しかし短距離とはいえ、お前さんにつけられていたとは思わなかった」

「あのね、俺の前の仕事を忘れていませんか」

「むう、たしかに」

編集長が低くうなった。良和は元刑事。尾行技術は素人ではない。

「しかしお前さん、どうして私が捕獲屋だとわかったのだ」

良和はうんざりした顔で額に手を当てた。

「あのね、編集長、かなり昔に知り合いからもらったはずの名刺なら、名刺整理ケースのふたを開けたとき、一番上に入っているわけがないでしょうが」

「ああっ、そうか、うっかりしていた」

編集長は大声でそう叫んで自分の頭を叩いた。この調子では、本当に凄腕の捕獲屋だったのかどうかもあやしいものだ。

「それに葉子さんのうちへの取材依頼も不自然でした。オカルトを信じていない彼女が、オカルト雑誌にお願いするなんて、どうもちぐはぐです。彼女の依頼先は最初から捕獲屋だったと考えたほうが自然でしょう」

「ああ、ご明察だよ。彼女にはお前さんと会う前に、口裏を合わせてもらうようにした」

編集長は観念したようにため息をついた。

「親子で姓がちがいますが、どちらが本名なんですか」

「阿過姓が本名だ。本名は阿過雲斗。諏訪院は記事を書くときのペンネームだ」

「いつから捕獲屋なんて裏稼業(かぎょう)をしていたんです」

「昔からだよ。雑誌編集部という表の身分は、捕獲屋の仕事にも便利でね」

「海科さんが俺に紹介したかった次の仕事とは、出版社の専属ライターではなく、こっちの仕事だった。そうですね」

ビルの外観からは想像もつかないほど、きれいに整頓(せいとん)されたガレージの中を、少し意外そうにながめつつ良和は編集長に言った。

「ああ、この半年間でお前さんという人間を見極(みきわ)めさせてもらった。そして最終試験を受けさせるに足る人間だと知った」

「その試験が今回の依頼だったわけですか」

良和はため息をついた。

「ああ、そうだ。この件が片付いたら、合格通知とともに本当のことを説明するつもりだった。まさか私が告白するより先に見破られるとは思わなかったよ」

「まったく、とんだ入社試験だ」

心底あきれた顔で、良和が首を横に振った。

「そして社員が増えたのを機に、副業の経営はうちの天使ちゃんに譲(ゆず)ろうと考えた」

「内定者の意向も聞かないうちに、勝手に決めないでください。潔(いさぎよ)く廃業したらどうですか。どうせ公安委員会に届けも出していない、ろくでもない裏稼業でしょ」

「だめです。私が無職になっちゃいます。私は電車に乗れないトラウマのせいでどこにも就職できなかったんです。このお仕事しかないんです」

編集長が沙汰菜を庇(かば)うように抱きかかえて、涙ながらに良和にうったえた。

「そうだぞ、良和くん。こんな愛らしい天使ちゃんを路頭に迷わせたら、胸が痛むだろう」

ひしと抱き合う親子をあきれ顔で見ながら、良和は大きなため息をついた。

「胸より頭と胃が激しく痛みますな」

「しかしツールボックスを改造したピンホールカメラとはお前さんも考えたな」

編集長ことカメレオンの先代社長は、ほんの十分ほど前、資料室で良和から渡されたばかりの封筒を見せながら、愉快そうに言った。

光学的ピンホール現象を利用するピンホールカメラなら、金属探知機にも引っかからないカメラを作ることは可能だ。

金属部品を使わず、プラスチックと竹とゴム、そして接着剤のみで、二重底にしたツールボックスにピンホールの穴を開け、その内部にシャッターの仕掛けを作った沙汰菜の仕事は、素直に賞賛に値する。

レバーを操作して微細な穴を内側から開閉するだけの簡単な仕組みとはいえ、スムーズにシャッターを動かす機構の製作にも、ツールボックスの内部へ、わずかな光も外から入らないようにする加工にも、相応の精密な工作が要求される。

「まさにハイテクの盲点を衝いたアナログの勝利だね」

そう言いながらはしゃぐ編集長に、良和は肩をすくめて冷めた口調で言った。

「編集長はまだ封筒の中を見ていないでしょう。きちんと中身を確認しておいたほうがいいですよ。ちょいと説明が必要な代物なんです」

「この写真がどうかしたのか、どれどれ」

封筒を開けて写真を取りだした編集長が驚きの声をあげた。

「うおい、お前さん、これって」

「えっ、どういうことですか、あっ」

写真を横から覗きこんだ沙汰菜も大声をあげた。完成した写真には予定していた被写体である肖像画ではなく、反対側の壁にある黒い色をした葉っぱのレリーフが、ぼやけて写されていたのである。

「まったくなんてミスをしてくれたんだ、こんな真っ黒い葉っぱを撮影してもなんの意味もない。必要だったのは銀葉の間に置かれたタブーとなる絵の写真だぞ」

「待ってください、編集長」

忌まわしい失敗を破り捨ててしまおうと写真に手をかけた編集長を、良和が止めた。

「タブーの捕獲は成功です。それこそが真の銀葉館のタブーですよ」


「これが真のタブーだと、ううむ」

ぼやけた写真にもう一度目をやりつつ、編集長は顔をしかめてうなった。

「どういうことなんですか、良和さん」

横から沙汰菜にたずねられ、良和は軽く肩をすくめた。

「あの絵はフェイクだ。部屋に入った人間の注意を一点に集めるため、さも意味ありげな因縁を創作されていただけなんだよ」

あの日、写真を撮影しようとしたまさにその直前に、良和が気づいた違和感の正体。それは、タブーそのものにあった。

悪夢に悩む磯部氏が、海外にいる霊能力者から、絵の扱いをアドバイスされたというのは、まちがいなく磯部氏の作り話であろう。つまり銀葉館の奇妙なタブーは、すべて磯部氏が考えたものだったと考えられる。

ではなぜ磯部氏は、呪いを封じるための条件と称して「葉子に見せてはいけない」という条件だけでなく、「絵を処分してはならない」そして「絵を館の外に持ちだしてはいけない」などという、余計なタブーを二つも作りあげたのだろうか。

もし、絵を葉子に見せないのが磯部氏の目的なら「霊能力者にそうアドバイスされた」とでも言って、問題の絵を持ちだすなり、処分すれば済むだけの話である。絵を処分すると言われても、葉子は強く反対はしなかっただろう。あれは彼女にとっても不吉な記憶とともにある絵画なのだ。

よしんば、彼女が反対したとしても、あれだけの大仕掛けを独断で屋敷に作った磯部氏なら、妻の反対を押しきってでも処分を強行できたはずだ。

また仮にどうしても処分できない理由があったとしても、見せたくない絵をわざわざ飾っていたのはおかしい。絵を金庫にでもしまっておけばいいだけの話だ。

地下室への階段の前に高価な金属探知機を設置して、部屋ごと封印するなんて大がかりな方法より、ずっと安上がりで簡単である。

しかし磯部氏はそれらをしなかった。なぜか。

「最初にこの仕事を持ってきたとき、編集長は俺に『タブーは人を惹きつける』と言いましたよね。まさにその通り。絵のタブーは人の目を惹きつける囮で、本当に隠したかったタブーは別にあったんです」

「それがこれかね」

ピンホールカメラで撮影した写真を見ながら、編集長は眉をひそめて良和にたずねた。

「そう、絵の反対側の壁一面に飾られていた、黒い葉っぱのレリーフです」

良和はうなずき、編集長の問いに答えた。

「そもそも銀葉館の銀葉の間に飾られている葉のレリーフが銀色ではなく黒色。なんだかしっくりこないと思いませんか」

「む、たしかに部屋の名前からすれば、飾られた葉のレリーフは銀色が自然だな」

編集長が腕組みをして、ガレージの灰色の天井を見上げながらつぶやいた。

「それで俺は思ったんです。銀色のレリーフが黒くなってしまった。それこそが本当のタブーではないのか、とね」

「私には理解不能です。わけがわかりません」

「しっかりしろ、金属の特性なんかは得意分野だろ。あんたが見つけた事実だぞ」

話についてゆけず半ベソをかいている沙汰菜に、良和は諭すように言った。

「私が見つけたヒントってどういうことです」

「ほら、壁のレリーフが黒いって言っただろ」

「ああ、あれのことですか。そういやそんなこと言いましたね、苦しまぎれに」

沙汰菜が手を叩いた。

「銀色が黒く変質するとしたら、どのようなケースがまず考えられる」

「銀は空気中に放置しておくとわずかに黒ずみます。これは空気中の微量な硫化ガスに長時間さらされることで、銀が硫化銀になるためです。これを化学薬品などで、短時間で意図的におこなうのが、いぶし銀処理です」

「あんたの見立てでは、あのレリーフが、そうだったんだな」

「はあ、とはいえ自然な空気中にある硫化ガスの量で、銀があそこまで真っ黒になるというのも、ちょっと考えにくくもあるんですよね」

「では自然な空気でないとしたら」

悩む沙汰菜に良和が静かに言った。

「強力な硫化ガスが、あの地下室で人為的に発生していたと考えたらどうなる。銀の葉の黒変はその副次的な作用だったとしたら」

良和の言わんとしていることに気づき、沙汰菜と編集長が思わず息をのんだ。それを見た良和は満足げな表情で腰に手を当てて、さらに言葉を続けた。

「そうなると思いだされるのは、画家の不破が五年前に硫化水素で死んだという事実だ。部屋の中に致死量の硫化水素が発生すれば、そのガスで銀葉は黒葉になる」

「つまり画家の人が死んだのは自宅近くではなく、あの銀葉館の銀葉の間だった。死体が発見現場まで動かされただけだった。良和さんはそう言いたいんですね」

「そういうことだ」

「でも良和さん、硫化銀って、こすれば簡単に落とせるものですよ」

「あんなに大きなレリーフだ。いくら金持ちの家でも、さすがに銀ムクとは思えん。あのレリーフの銀は表面だけに薄くメッキしたものなんだろう」

「あっ、そうか、こすれば地金(じがね)が出ちゃうんだ」

「どちらにせよ、レリーフに変化が起きたことは隠せないわけだ。地下室の壁と一体化した巨大なレリーフだから、もちろん個人で処分もできない」

「でも、この真っ黒なレリーフが、事件の前までは銀だったことは、どうやって証明するんです。元から黒かった可能性もありますよ」

　写真を手にして首をかしげる沙汰菜に、良和はこともなげに言った。

「レリーフの本来の色は葉子さんに聞けばすぐにわかるさ。あそこでモデルをしていたんだからな。だからこそ磯部氏はレリーフの黒変を葉子さんに見せないようにするために、あのややこしいタブーをでっち上げたんだ。ドライバーなんかで錠をこじ開けられないよう、念入りに金属探知機まで用意してな」

　良和は沙汰菜の手から写真を取りあげると、写真を編集長の鼻先に突きつけた。

「というわけです。納得していただけましたか」

「ああ、理解したとも。だが、そうなると」

「ええ、画家の死が殺人だった可能性が出てきます」

「ふむ、してその犯人は」

「今回のタブーを作りだした男、磯部氏であるというのが妥当でしょうね」

　磯部氏は不破の死亡推定時刻には完璧なアリバイがある。しかしそれは不破が自宅で死んでいた場合の話だ。

「でも被害者の画家は死の直前まで自宅にいたんですよ。ただ、話をしただけじゃなく、見ているテレビの音声まで電話で聞いた人がいるんですから」

「公共の交通機関が使えない夜にあそこへ行くために車は必須だ。今のカーナビならテレビ音声ぐらい聞ける。車を停めて、車内から携帯電話でテレビ音声を聞かせればいい。エンジン音を拾わないよう、TVのボリュームを目いっぱい上げてな」

良和はこともなげに言った。被害者が自宅にいたというのは、被害者自身の自己申告にすぎない。被害者自身が嘘をついていたなら、簡単に崩れるアリバイだったのである。

「だがどうして死んだ側がアリバイ工作なんかしていたんだね」

編集長が不思議そうに首をひねった。

「もしかして画家のほうが殺意を持っていて、正当防衛で返り討ちに遭ったのかな」

「いいえ、刃物や鈍器で襲われ、奪い取って反撃したというのならわかりますが、画家の死因は硫化水素です。正当防衛の返り討ちが成立するシチュエーションは考えにくいです」

「ふむ、それもそうだな」

「なによりその日、銀葉館を留守にしていたはずの磯部氏が、銀葉館の地下室で殺人者に偶然に遭遇したというのは不自然です。あの日、銀葉館で硫化水素が使われることを知っていたからこそ、磯部氏はあらかじめ母と妻を、妻の祖父母の家に避難させていた。そう考えるべきでしょう」

「つまり磯部氏は明確な殺意を持って万全の罠をはり、被害者をおびきよせたわけだ」

「でも屋敷への帰りはどうしたんでしょう」

　説明を終えると、良和は写真を封筒にしまった。


「ええ、被害者自身にアリバイ工作をさせながらね」

「でも良和さん、どうやって画家の人にアリバイ工作をやらせたんでしょうか」

「ここからは完全に想像だが、おそらく葉子さんの名前で、駆け落ちか心中をほのめかした手紙でも出したのではないかな。『あなたは夫に見張られている。自分の家にいるふりをしながら、だれにも見られないようにここへ来て』とでも書いておけばよかった」

「そして磯部氏は銀葉の間で画家を殺害したわけですね」

「そうだ。あの部屋を殺害場所に選んだのは、地下室で空気より重いガスが溜まりやすかったこと、換気扇を使ってのガス抜きが容易なこと、窓がないことなど、毒ガス殺人に好都合だったからだろう」

「なるほど」

「そして磯部氏は葉子さんの祖父母の家へ一度戻った。そして深夜を待ち、葉子さんの祖父母の家を抜けだした。万全を期すため、もしかしたら食事に睡眠薬でも入れていたかもしれないな。そして夜中のうちに自宅へ戻り、おそらく上階にあるスイッチで換気扇を操作して、地下室から毒ガスを抜き、地下室から死体を運びだし、被害者の車を使い被害者の自宅付近へ運んだわけだ」

「前もってバイクか車を被害者の自宅付近に用意しておいたんだろうな。ああいうところでは、家に複数台の自家用車を持つ家は珍しくない。資産家ならなおさらだ」

淡々とそこまで話し終えると、良和は厳しい表情をした。

「とはいえ、もう五年前の話です。黒変したレリーフは硫化ガスが発生した証拠ではあっても殺人の証拠とまでは言えません。俺の推理は半分以上を想像で補っています。捜査班はとっくに解散していますし、法で彼に裁きをくだすのは困難だと思いますね」

良和は軽いため息とともに頭を左右に振った。


「でもどうして、磯部氏は外部の取材を許可したんですかね。奥さんに銀葉の間の秘密を知られたくないなら、取材の依頼が来ても断固拒否しておくのが安全なのでは」

「大がかりな奇行に説得力を持たせるためだろうな。磯部氏には呪いに怯える自分を宣伝してくれる人が必要だったんだ。だから彼はレリーフの以前の姿を知らず、オカルトに肯定的な人間、というか肯定的に振る舞わなければならない立場の人間にのみ、銀葉の間への入室を許可していたんだ」

「それで絵についての噂が広まれば、タブーにも説得力が出るってわけですね」

「ああ、真実を隠すため、彼は自尊心を捨ててバカバカしい見世物に徹したのさ」

「あのね、うちの表の仕事を全否定しないようにね」

編集長が苦々しげに良和に言った。

「しかし、妻が入ってはいけないというタブーに、夫の罪を隠した禁断の部屋。まるで童話の『青ひげ』の話だねえ」

編集長がゆっくりとあごをなでた。

「ええ、葉子さんには夫から『入るな』と言われた場所に入る気なんて、さらさらなかったようですけどね。もっとも、夫の体調が悪くなるまではの話でしたが」

それから良和はしばらく黙っていたが、やがてゆっくり口を開いた。

「この写真をどうするつもりです」

「捕獲したものは、依頼人に渡すのがうちの鉄則でね」

「内定者が先代社長に経営方針について意見するのもさしでがましいですが、そいつは渡すべきじゃないと思いますよ、個人的に」

編集長は良和と沙汰菜に背を向け、ガレージから外へ通じるドアを開いた。

「あとは依頼人が決めることさ」

良和に背を向けて編集長は静かにつぶやいた。

磯部氏が自宅の銀葉館に自ら火を放ち、焼死したというニュースが報じられたのは、それから一週間後のことである。

銀葉館は全焼したが、このとき磯部氏の妻の磯部葉子は外出しており無事であった。出火場所が磯部氏しか自由に入れない地下室であったことや、地下室の絵の呪いを信じていた磯部氏が、長年強いノイローゼ状態にあったという周囲の証言もあり、警察は磯部氏の死を、ノイローゼによる自殺であると判断した。

磯部氏の死が地方ニュースの片隅でひっそりと報じられたその翌日、良和は電車とバスを乗り継いで、磯部家当主、磯部綿彦の通夜が行われる寺をおとずれていた。

まだ通夜が始まる時間ではなく、寺の中は準備に追われている段階のようだ。良和が古びた寺の正門の前で待っていると、奥から葉子がゆっくりとした足取りで出てきて、良和に深々と一礼した。

「ご無沙汰(ぶさた)しています。浜谷さま」

洋装の喪服を身につけた葉子は、あの日会ったときと同じような柔和(にゅうわ)な笑みをたたえながら、良和に丁寧に挨拶した。

「なにがあったのですか。いや、なにをしたんですか」

良和は葉子に単刀直入(たんとうちょくにゅう)に切りだした。

「この前いただいた写真を元に、夫婦で話をしただけです。これからの私たちにとって、なにをどうするのが正しい道なのか、その話を」

「あなたとの話し合いで、磯部氏は自ら命を絶つことを正しい道だと判断したということでしょうか」

「さあ、今となっては主人の真意など測りかねますわ。私はただ話をしただけですので」

葉子はほほ笑んで、幼い少女のように首をかしげた。

「あのレリーフはどうなりました」

「溶けて大量の瓦礫と混ざってしまいました。あれは錫に銀メッキしたものでしたから」

錫の融点は約二百三十二度、対して一般的に火災の温度は五百度以上にもなる。あのレリーフを隠滅するなら、火をつけるのが確実で簡単だ。

証拠隠滅のための放火。良和は頭を軽く振って、甦りかけた、ある苦い記憶を追い払った。

「磯部さん、質問を一つよろしいでしょうか」

「なんでしょうか」

「ご主人は霊能力者に会うため五年前に一人で海外に行ったということでした。そうですね」

「はい」

「そして海外から帰ってきてからは、金属探知機まで設置して、あなたに地下室を見せないため、ろくに外出もしない生活を続けた」

「はい」

「ご主人は自分の留守中、あなたが地下室に入るとは思わなかったんですかね」

「入るなと言われていましたので」

「なら帰ってからも、あなたにそう言っておけば良かっただけでは」

「きっと海外で話を聞くまで、そこまで深刻には考えていなかったのでしょう」

「霊現象や呪いならそうかもしれません。しかし彼がタブーを作った原因はオカルトではない。人為的な事件が原因です。その霊能力者もおそらく存在しません」

「あら、つい失念していました。でも先ほども申しあげたように、今となっては主人の真意など測りかねますわ」

「そうでしょうか」

一連の事件を説明する、もう一つの可能性。五年前の事件は、本当に磯部氏の犯行だったのだろうか。自分が推理した不破殺害の手順とアリバイ工作。まったく同じ手段をもちいて不破の殺害が可能だった人物がもう一人、目の前にいるではないか。

不破を呼びだし、行動をコントロールすることも、彼女、磯部葉子なら磯部氏より、もっと容易く確実にやれたはずだ。

もしこの考えが正しいなら、磯部氏が作りあげたタブーは、磯部氏自身の罪ではなく、愛する妻の過去の罪を隠すためだったことになる。

もしそうなら、磯部氏はだれから地下室を守っていたというのだ。警察だろうか。それともマスコミか。不破の親族か。いや、あの設備は外部からではなく、内部の人間が地下室へ侵入することがないようにするためのものに思える。

そう、銀葉の間のレリーフの本来の色を知り、同じ屋敷に暮らしていた人物が、かつてあの屋敷にもう一人だけいた。

磯部氏の母親。

心の中で良和はつぶやいた。銀葉館のタブーに関するフェイクが、実はもう一つあったのだとしたら。妻の葉子に地下室を見せてはいけないのではなく、本当は母親に地下室を見せてはいけなかったのだとしたら。

磯部氏の母親は、十年ほど前からペースメーカーを常に身につけていたという。あの金属探知機は、はずすことのできない金属を身につけて生活していた磯部氏の母親を、地下室へ入れないための設備としてこそ、ふさわしいのではないか。

そうなると彼女が今回の依頼をしてきた理由も変わる。半年前に磯部氏の母親が死んだことで、地下室を封印しておく必要はなくなった。磯部夫妻は捕獲屋にあえてタブーを破らせて、生活を不自由にしているだけのタブーを破棄しようとしたのだ。

だが彼女たちの期待通りに障害を乗り越えた良和たちが、銀葉の間の本当のタブーに気づいたことは想定外だった。

だから磯部氏は彼女を守るため、すべての罪を被り、自ら命を絶ったのだ。いや、あるいは銀葉館の本当の支配者だった彼女に「絶たれた」のか。

しかしこの考えを裏付ける確証などどこにもない。あくまで良和の思いつき。可能性の一つに過ぎない。

「どうかなさいましたか、浜谷さま」

「いえ、なんでもありません」

葉子の一言で我に返った良和は、思わず葉子の柔和な笑みから目をそらした。本当にこの人なのか。この人ではなく、たとえば磯部氏の母親が、画家を殺害したという可能性もあるのではないのか。

いや、それはない。良和は心の中で頭を振って、自分のもう一つの仮説を即座に否定した。五年前の事件は一晩がかりの重労働である。心臓にペースメーカーが必要な磯部氏の母親に一連の犯行が実行できたとは、体力的に考えにくい。

(左様、そもそも多くの怪談はタブーを犯すことから始まるのだ)

ふと、良和の脳裏に編集長の言葉が反響した。たしかにそのとおりかもしれない。自分たちが銀葉館のタブーを破ったことで、ここに新たな怪談が始まったのだ。だれにも語られることのない、真の怪談が。

「俺はこれで失礼します。ご多忙な中、お時間を取らせて、すいませんでした」

やっとのことでそれだけ言葉を絞りだすと、良和は葉子に背を向けた。

葉子は去りゆく良和の後ろ姿をしばらく見守っていたが、その姿が見えなくなると、空を見あげた。

冬の鉛色の空に、いつの間にか小さな紺碧の隙間ができている。まもなくこの陰鬱な空はどこかに消え去るだろう。

「青空はいつでも美しいもの。そう、たとえ凍てつく風の中でも」

空を見あげたまま葉子は目を細めてつぶやいた。

良和がバス停で帰りのバスを待っていると、道の向こうから見覚えのあるライトグリーンのワゴン車がやってきた。ワゴン車はバス停の前で停まり、助手席の窓が開いて編集長が顔をのぞかせた。

「よう、お前さん、やはりここに来ていたか」

「ええ、なにかが引っかかっている気分だったもんでね」

「で、その引っかかりは取れたかね」

「かえってひどくなっちまいましたね。無駄な悲劇を増やしただけに思えます」

それを聞いた編集長は、ため息をついて肩をすくめた。

「あいにくだが、今回うちに来た依頼はタブーを捕獲することでね。正義やハッピーエンドを捕獲しろとまでは言われていない」

「では正義やハッピーエンドを捕獲しろと言われたらできましたか。編集長は捕獲率百パーセントの凄腕なんでしょう」

良和が投げかけた問いに、編集長は困ったような顔でしばらく考えていたが、やがて苦笑しながらこう言った。

「もうなんとも言えんよ。私は一線を退いた身だ」

「世代交代したのなら、これからは若い者の流儀でやらせてもらいますよ、編集長」

「ならば、これからは私を編集長ではなく会長と呼びたまえ。新入社員の良和くん」

そう言いながら、編集長、いや、会長は片手に持ったピンク色のファイルを、車の窓から良和へ差しだした。

「ほれ、次の仕事だ。こいつも面白そうなネタだぞ」

良和は会長が差しだしたファイルを一瞥すると、意地の悪そうな笑みを浮かべてファイルを受けとり、軽くウィンクした。

「ま、こっちの仕事のほうが、頼りない編集長の作るオカルト雑誌より、よほど将来性がありますからね」

不意打ちで皮肉を言われて苦い顔をしている編集長は無視して、良和はワゴン車の運転席側まで行き、窓をノックした。

「あっ、良和さん、どもっ」

　沙汰菜が窓を開けて軽く一礼した。

「車の運転は俺がやる。そいつがあんたと組む条件だ。わかったらとっとと交代」

「了解です」

　そう言いながら沙汰菜が勢いよく開けた運転席のドアは、狙いすましたかのように良和に激突した。

第二話　美食家の葡萄酒（ぶどうしゅ）

いつものように止められたエレベーターを横目で見ながら重い防火扉を開け、非常階段をシンデレラ出版がある二階まで上った浜谷良和は、フロア全体に充満している、むせ返るような酒の臭いに思わず顔をしかめた。

「うっ、なんだこりゃ」

今はまだ午前の十一時前。ろくな会社ではないと常々思ってはいたが、ついにお天道様が空にあるうちから、酒盛りを始めるぐらい落ちぶれたか。

良和は小さなため息を一つつくと、首を横に振って、そのまま二階の奥まで進み、資料室のドアを開けた。

「よう、お前さん、来たか、そうかそうか、うん、ご苦労さん」

十数本のワインの瓶とコルク栓に囲まれて、シンデレラ出版社長の諏訪院雲斗が、やたらと元気に良和に手を振った。

顔色を見れば彼に酒が入っているのはすぐわかる。長身に派手なアロハシャツをまとい、年甲斐もない金色に髪を染めていることからもわかるように、普段から無駄に陽気な人物だが、酔っているせいで、今日はさらにテンションが高い。

「まずはお前さんも一杯どうだね」

編集長が良和に濃緑色の瓶を差しだした。

「遠慮しておきます。酒は一人で飲む主義なもので」

そう言いながら良和は肩にかけていた背広の上着をコートハンガーにかけて、編集長の向かいの席に腰をおろした。

「それにお天道様に睨まれながら飲んで美味い酒なんぞありませんぜ」

「おいおい、そうとがめるような目で見るなよ。これも仕事なんだからさあ」

新しいワインのコルクを開けながら、編集長は言った。

「今度、雑誌でワインの特集をやることになってね。その取材のためにワインの研究をしているのだ」

「はて、うちの雑誌が扱うのは、オカルト関係だったはずでは」

うちの雑誌とは、シンデレラ出版唯一の雑誌である『季刊パンプキン』のことだ。良和は、シンデレラ出版の社員ではないものの、フリーのライターとしてこの雑誌に記事を書いているため「うちの雑誌」と呼ぶのである。

「ワインだろうがイワンだろうがワンワンだろうが、読者に読んでもらうためならなんだって、やりゅぞ」

呂律の回らない口調でそう言いながら、編集長は良和にコルク抜きを向けた。

「タフでなければ生きられない。そうチャンドラーも書いているではないか。これもハードボイルドな生き様ってやつだよ」

生憎だが、そいつはタフとは言わない。やけくその迷走と言うやつだ。良和はため息をついて、酒臭い資料室を見回した。まるで激戦地で戦死した兵士たちのように、そこかしこに酒瓶が転がっている。

「ここの床や机の上に転がっている酒瓶ですけど、まさか編集長が全部一人で空にしたわけじゃないでしょうね」

「ん、さすがに一人では無理だよ。社員全員に手伝ってもらった」

「ほかの社員さんはどうしたんですか」

「さあ、よくわからん。編集部のある上の階で酔い潰れているか、はたまた早退したか。まあ、死人は出ていないと思う。あはは」

きっと上の階は死屍累々だろうな。良和はうんざりした顔で頭を抱えた。こちらは一滴も飲んでいないのに、悪酔いしたかのように頭が痛くなってきた。

「で、今日はなんの用ですか。まさか俺にワインについての蘊蓄記事を書けとでも」

「んあ、お前さんにそんなもん書けるの。ワイン飲む気がないんだろ」

ワインの瓶を片手に持った編集長が、呆けたように顔をあげた。

「編集長だって、そんな洒落たものはあまり飲まないでしょう。もっぱら発泡酒と消毒液みたいな焼酎じゃないですか」

「なんのコニシキ千代の富士、大鵬照國羽黒山。この私とてインテリゲンチャの端くれ、ワインの味の一つや二つ、ほれこのとおり、サラサラのスイスイだ」

開けたワインをラッパ飲みで喉を鳴らしながら飲むと、編集長はペンを片手に持ち、机の上に置いてあったノートにペン先を走らせた。

「で、どういう感想を書いたんです」

「ええと、うん、まあなんだ。お前さん、これなんて書いてあるか読めるか」

「書いた本人が読めないものが、他人に読めるはずもないでしょう」

「むう、肝心なときに頼りにならんやつめ」

理不尽なことを言いながら、編集長はメモをにらみつけた。

「ええと、ふむ、とりあえずこれは赤だ。専門用語で言うと赤ワインだな」

「飲まなくてもわかりますし、専門用語でもありません」

「甘い、赤と見せかけて白かもしれんではないか。最近は食品偽造とかも多いから、油断がならん。これも不正を見逃さぬジャーナリストの鋭い目というやつだ」

節穴が二つ開いたワイン樽がなにかほざいている。

「あと原料はおそらくブドウだな。果物のブドウ」

「ブドウはわかりますよ。その原産地なんかが重要なんじゃないんですか」

「ブドウの原産地だと。ええと、その、あれだ、日本ブドウ館」

あの建物の屋根にタマネギのようなものはついていたが、ブドウはなかったと思う。

「そして酒だな。これは酒。まちがいない、断言できる。天地神明に誓って酒だ」

机を叩いて編集長が演説をするようなポーズで立ちあがった。

「はいはい、編集長の様子を見れば、それにはだれも反論しませんから、落ちついて」

「ふふふ、やはり説得力があるのだな。さすがは私だ」

満足げにうなずきつつ、編集長が椅子に腰をおろした。

「これで次の号の特集は大成功まちがいない。ようし、前祝いで祝杯をあげるとしよう」

そう言いながら編集長は、片手に持ったワインの瓶を高々と掲げた。

「祝杯の前に、俺を呼んだ理由についてお聞かせ願えますかね」

良和は素早く立ちあがり、編集長が口に運ぼうとしたワインの瓶を押さえて言った。これ以上、編集長が酔ってわけがわからなくなる前に、用件を聞いて退散するのが賢明だ。泥酔者の介抱はごめんこうむる。

「ああ、そうだった」

編集長が小さくうなずいた。

「カメレオンだ」

「了解です、会長。ごゆっくり祝杯をどうぞ」

良和はワインの瓶から手を離すと、ゆっくりと一礼した。


オフィス・カメレオン。業務内容は捕獲屋。所在地はシンデレラ出版がある雑居ビルの一階のガレージの中。

シンデレラ出版社長の諏訪院雲斗こと阿過雲斗が会長であり、実子である阿過沙汰菜が現社長を務めている。そして元エリート刑事である浜谷良和の現在の本当の勤め先だ。


「うちのパパ、そんなに酷かったんですか」

道具の多さの割には整頓されている広いガレージの中で、いつものライトグリーンの作業服を身につけた沙汰菜が、なにやら機材をいじりながら良和に言った。

「ああ、普段から酔っぱらっているような人だ。本当に酔ったら始末におえん」

灰色のコンクリート壁に寄りかかって腕組みをしながら、良和がため息をついた。

「あのままだと、まちがいなくオッサンの奈良漬けになっちまうぞ。さて、どうしたものかね。オッサンの臭いの漂った奈良漬けなんぞ、犬の餌にもならん」

ぼちぼち人のことをオッサンとは言えない齢だと思うけど。沙汰菜はそう思ったものの、口にするのはやめておいた。物静かに見えて、良和の心はおそろしく狭い。

「しかし、どうしていきなりワインなんか特集する気になったのやら」

「もしかしたら今回の依頼人さんのせいかもしれませんね」

機械油で汚れた手袋を脱ぐと、沙汰菜は指先を、彼女のトレードマークである大きな丸眼鏡（めがね）に当てた。

「次の依頼人だと」

「はい、すごい食通の人で、とくにワインに詳（くわ）しい人だと言っていましたから」

良和は興味なさそうな顔をしながら軽く鼻を鳴らした。ジャンクフードが主食の自分には、食通というのは縁のない人種である。

「ワインの本なんかもいっぱい出しているそうですよ。樹夏屋魯星（きなつやろせい）って人です」

「聞いたこともない」

有名な食通だかなんだか知らないが、ミーハーな編集長に迷惑な影響を与えてくれたものだ。

「で、その食通先生が、捕獲屋にどんな依頼だ」

「さあ、詳しい説明は本人に会ってからする予定なので」

「俺としては食通の先生と、ノーネクタイお断りのレストランで会食なんて御免だな。必要経費で落とすにしても行きたくない」

「心配ないですよ。依頼人は病院に入院中ですから」

そう言いながら沙汰菜は棚のガラス戸を開けて、大きめの黒いスプレー缶を取りだした。

「ははっ、そいつは気の毒に。良いもんばかり食っているからだ」

良和はうれしそうな顔をしながら手を叩いた。この世で病院の飯ぐらい味気ないものはない。食通にはさぞかし辛い試練であろう。

「しかしホントに性格悪いな、コイツ」

沙汰菜は良和に聞こえないように小声でそうぼやきながら、手にしたスプレーを、カバーを外した機械の内部に吹きつけた。

「油でも差しているのか」

「油じゃありませんよ。エアダスターです」

「エアダスターだと。なんだ、そりゃ」

良和が眉間にしわを寄せた。

「精密機械についた細かいホコリを、これで吹き飛ばすんです。プシューッと」

沙汰菜は使い終えたスプレーを机の上に置いた。

「同じ用途に使える大型のエアコンプレッサーも持っていますけど、小さな範囲だけ掃除したいときは、手軽なこれを使っているんですよ」

「へえ、空気を吹き出しているのか」

良和は立ちあがって、作業している沙汰菜に近づくと、机の上に置かれたエアダスターのスプレーを興味深そうに手に取った。

「ただの空気じゃなくて代替フロンですね」

作業の手を止めて、沙汰菜がこちらを向いた。

「人体に害はないのか」

「直接大量に吸いこんだり、火気に向けたりしないのなら、おおよそ安全です」

「なるほど、良いことを聞いた」

良和はそう言ってうなずくと、エアダスターのスプレーを沙汰菜の顔に噴射した。

「ひゃああっ」

いきなりガスをかけられて素っ頓狂な悲鳴をあげた沙汰菜をよそに、良和は感心したような顔で、エアダスターのスプレーを見つめた。

「なるほど、たしかに無害だな。ちと残念。もっと苦しめば面白かったのに」

「い、いきなりなにをするんですか」

「いや、『性格悪い』って聞こえたからさ、この口から」

そう言いながら良和は両手で沙汰菜の頬を引っぱった。やはりこの人、心が狭い上に性格も悪い。これ以上の意地悪をされないように、沙汰菜は目に涙を浮かべながら、心の中だけでつぶやいた。

ここで良和はふと、ガレージにかかっている時計を見た。時計の針は二本とも真上を向きつつある。そろそろ正午だ。

「依頼人とはいつ会う約束をしているんだ」

「今日の午後三時です。私の計算では、お昼ご飯を済ませてから、車で高速道路を行けば、余裕で間に合いますよ」

腰に手を当てて、沙汰菜が自信たっぷりに言った。高速を使うということは、依頼人はかなり遠い病院に入院しているらしい。

「間に合うと言って、お前が本当に間に合ったことは何回あるんだ」

良和からの問いに、沙汰菜はしばらく腕を組んで考えていたが、やがて申しわけなさそうに顔をあげた。

「いや、その、今度は大丈夫ですよ、おそらく、多分、きっと」

いらだつ気持ちを抑（おさ）えつつ、良和は目を閉じて沙汰菜に告げた。

「今すぐ出かける。準備しろ」

「了解であります、良和さん」

沙汰菜が敬礼しながら応答した。立場上は平社員の良和に指示されて、社長の沙汰菜がまるで新兵のように動かされるというのは、あまりにも威厳がないが、こう頼りないのでは仕方がない。

　そもそも年齢も経験も良和のほうが上だ。紆余曲折の末に、このような仕事をしているものの、良和は元エリート刑事。捜査や捕獲のエキスパートなのである。

「肩書と事実上の立場の逆転ってやつはどうも居心地が悪い」

　良和は苦い顔をしながら頭をかいた。

「別にいいじゃないですか。細かいなあ」

　面倒くさそうに沙汰菜が良和に言った。この浜谷良和という男は、変なところで警察官の習性が抜けきっていないのである。

「俺には、そういうところが気になる。会長を入れて三人だけとはいえ、組織は組織だ」

「じゃあ、もう肩書をつけますよ。良和さんに」

　話がこじれる前に話をつけてしまおう。沙汰菜は早口で良和に言った。

「えっ、そうか。それなら『警視正』がいいなあ、俺」

「み、民間企業で、そんな肩書をつけられるわけがないでしょう」

「それでは『警察署長』で。あのまま警察にいたら、それぐらいには、なれたはずだし」

　いたって真面目な顔で良和は沙汰菜に言った。

「警察から離れてくださいよ。まだ警察官に未練があるんですか」

沙汰菜があきれたように言った。

「そんじゃ『師匠』でいいや」

警察関連の肩書を否定されて、少しだけふてくされたように良和が言った。

「えっ、師匠ですか」

沙汰菜にそう聞き返されて、良和は人さし指を立てた。

「ああ、半人前の社長の教育係という立場なら、社長を張り倒しても問題ないからな」

「な、なんで可憐な乙女に暴力を振るう前提なんですか」

「教育とはまず体罰。それから言葉。余裕があれば愛情だ」

良和は自信たっぷりに断言した。こんなひねくれた腐れ外道が、まちがって教師にならなくて本当に良かった。しみじみそう思う沙汰菜であった。


その日の午後三時五分前、二人を乗せたオフィス・カメレオンのライトグリーンのワゴン車がたどりついたのは、隣県の郊外にある小さな病院だった。

「ほら見ろ、やっぱりギリギリだったじゃないか」

時間を見ながら良和が不機嫌そうに沙汰菜に言った。

「ここまで運転してきたのは師匠じゃないですか」

とがめるような目で反論する沙汰菜を無視して、良和は植えこみの横の小さなスペースに駐車したワゴン車から降りて、夏の終わりの太陽に照らされた病院の建物を見あげた。

くすんだクリーム色の外観の、二階建ての鉄筋の建物である。化物屋敷と見まちがうほどみすぼらしいというわけでもないが、設備が充実しているとも思えない。

「本当にここに入院しているのか」

「はい、それでまちがいないはずですよ」

須賀(すが)医院。病院の名前と住所が書かれたメモを見せながら、沙汰菜が良和に言った。このメモをカーナビに入力して、その案内どおりにここへたどりついたのである。

有名な食通が入院しているというから、きっと大きな総合病院であろうと、良和も沙汰菜もなんとなく思っていたが、これは少し予想を外された気分である。

「まあ、いいや。さっさと話を済ませちまおう」

良和は沙汰菜を引き連れて須賀医院の正面玄関へと歩いた。


受付で病室を聞いて、二人は依頼人である樹夏屋魯星が入院している部屋へ向かった。

傷だらけの白いリノリウムが貼られた階段を二階へと上り、そこから短い廊下を歩いた先にある病室のドアに、樹夏屋と書かれた小さな名札が出ていた。

「はい、どうも樹夏屋さん。捕獲屋です」

ノックもせずに乱暴にドアを開けて、二人は病室へと入った。

「ああ、あなたがたがカメレオンさんですか、私が樹夏屋です」

ベッドから上半身を起こして、薄青のパジャマを着た坊主頭の神経質そうな老人が、二人に弱々しく会釈した。食通というから、いかにも裕福そうな小太りの人物を想像していたが、これもまた予想外である。

「外のネームプレートを見ましたが、樹夏屋というのは本名なんですね」

「ええ、姓は本名ですよ。魯星だけがペンネームです」

「ふむ、こう言ってはなんですが、変わったお名前ですな」

「うんうん、ちょっと見かけない珍名ですよねえ」

自分たちの名前を完全に棚にあげて、良和と沙汰菜がしみじみと樹夏屋に言った。

「さて、それでは樹夏屋さん、ビジネスのお話をしましょう。ご依頼の内容とは」

樹夏屋は少しだけ下を向いて、神経質そうな長い指を組んでいたが、やがて顔をあげてはっきりとこう言った。

「実は捕獲屋さんにワインを捕獲してほしいのです」

「ワインですか」

いぶかしげな顔でそう聞き返しつつ、二人は病室の椅子に腰かけた。

「そうです。私の手に入れた最高のワインです。恥ずかしい話ですが、昨年、私がオーナーをしていた飲食店が、食中毒を出して潰れてしまいましてね」

樹夏屋がため息をついた。

「被害者への賠償やら、店を出したときの借金やらで、どうしても金が必要になり、私の秘蔵の骨董やワインのコレクションをオークションにかけたのです。そしてそのオークションで、とっておきのワインが、郷田一省という男に買い取られてしまいまして」

「捕獲ということは、それを取り戻してほしいということですか。あのね、食通さん、売ったものを返金もせずに、とり返すのは泥棒って言うんですぜ」

食通の割にせこい男だな。そう思いつつ良和は樹夏屋を見つめた。

「そうではありません」

樹夏屋は首を横に振った。

「ありがたいことに借金を返済したところ、手元にいくばくかの現金が残りました。それで私は『買った金額の倍を出すから、あのワインを返してくれ』と、何度も郷田に懇願しました。しかしあいつは相手にしません」

コレクションを失った樹夏屋には悪いが、少なくともカメレオンへの依頼料が入らないということだけはなさそうだ。良和と沙汰菜は、そこに軽く安堵の息をついた。

「ま、その人も熱心なワインコレクターなら仕方ないですな」

「そうではありません」

樹夏屋は首を横に振って、ため息をついた。

「あいつは、私への対抗心でワインを集めているだけですよ。文化への冒瀆(ぼうとく)とも言うべき最低の理由だ」

「しかし非合法な手段まで使っても取り戻したいワインとはどういうものなんです」

「はい、そもそも、そのワインは」

「ああ、ちょっとタンマ」

良和が手を差しだして、樹夏屋の言葉をさえぎった。

「お酒の薀蓄は結構です。おそらく俺たちにはお話の一割も理解できないでしょう。ざっと価格だけをお教え願えますか」

「落札時の価格は四百万円前後といったところでしょうか」

たしかに酒一本の価格としては法外だが、もっと上はありそうな感じだ。大金持ちが固執(こしつ)するにしては、中途半端(はんぱ)な金額という気がしないでもない。

「でも、それで郷田さんって人を責めるのも筋ちがいだと思いますよ」

そう言いながら、沙汰菜が気の毒そうな顔をした。

「一度買って、自分のものにしたなら、それを売るか売らないかは、その人の勝手じゃないですか。それを取り戻したいだなんて」

「いいえ、取り戻してほしいのではありません、あのワインが郷田の口に入らないようにしてほしいのです。それだけでいい」

樹夏屋は真剣な顔で良和たちに言った。

「私からの依頼条件は『デッド・オア・アライブ』です」

生死を問わず、か。良和は心の中でつぶやいた。

「まあ、こっちも裏稼業ですから、金さえもらえれば、法律違反も倫理的に問題ある行動も、とやかく言いませんがね。少し裏がありそうですな」

良和ににらまれて、樹夏屋はしばらく沈黙していたが、やがてゆっくりうなずいた。

「わかりました、捕獲屋さんにはすべてをお話しします」


翌日、良和は樹夏屋の入院していた病院と同じ市内にある郷田の家を訪ねていた。樹夏屋の入院していた小さな須賀医院とは対照的に、こちらはいかにも豪奢かつ俗っぽい家であり、郷田のような金満家の自宅にふさわしく思えた。

「お忙しい中、本日は取材を快諾していただき、ありがとうございます」

鹿の頭の剝製やら、暖炉やら、窓の鎧戸やら、金持ちの家の応接室の月並みなイメージを、コントのセットで表現したらこんな感じになるだろうな。

そんなことを頭の片隅で思いつつ、良和は最近ようやく身につけた営業用の笑みを浮かべて、郷田に名刺を差しだした。

「『季刊パンプキン』ライターの浜谷良和と申します」

「ああ、これはご丁寧にどうも。私が郷田フーズ代表取締役、郷田一省です」

郷田は気さくに会釈すると、太い指で良和の名刺を受けとり、銀色に輝く名刺入れから一枚の名刺を取りだして、良和に渡した。

郷田はやや太ってはいるが、樹夏屋とは対照的に血色がよく健康そうな人物である。こちらのほうが「食通」のイメージに近い。

「ワインの特集をなさるそうですね」

「はい、本日は取材の前の打ち合わせとして、まずご挨拶に参りました」

良和はやや慇懃に郷田に告げた。

「しかし、どうして私なんかのところに取材へ来られたのですかな。もっとふさわしい人物は大勢いらっしゃると思いますが」

「樹夏屋魯星先生からの推薦です。郷田さんがよろしいと言われまして」

やはり営業用の笑顔で良和が郷田に告げると、途端に郷田の顔が険しくなった。

「あの男が推薦しただと。なんのつもりだ」

それまでの丁寧な口調から一転して、吐き捨てるように郷田が良和に言った。

「さあ、うちとしては有名な先生の御推薦ということで、ここにうかがっただけですし」

良和はすっとぼけて首をかしげた。

「先生との間になにかあったんですか」

「下手(へた)な芝居はせんでもいい。有名な話だ。私もあの男との不仲は隠さんさ」

郷田は顔をしかめて良和をにらみつけた。

「きみも知っているだろうが、うちの会社はシェアこそ大きくはないが、高級志向でそれなりのブランドを確立した冷凍食品メーカーでね」

「ええ、存じております」

「しかしあの男は、私の会社が新商品を出すたびに『金満企業のインチキグルメ』と、執拗(しつよう)にこき下ろし続けたんだ。それだけでも、とんだ風評被害だ」

「俺は好きですけどねえ。郷田さんのところの冷凍食品」

「おお、そうかね」

「もちろんです。腹に入ればなんだって同じですから」

良和の余計なひと言に、また郷田の機嫌がわずかに悪くなった。

「しかしどうして樹夏屋先生は、郷田さんの会社に執拗にそんな真似(まね)を」

「私が成功したのが許せんのさ。自分がののしって首にした『味オンチ』がな」

郷田は荒々しくそう言いながら、ソファーに深く腰をおろした。

「私は若いころに、あいつの下で働いていたことがあってね。私も生意気な若造だったから、インテリ気取りのあいつの癪(しゃく)に障(さわ)ったんだろうな。散々いびられたんだ」

郷田は乱暴な口調で話しながら顔をしかめた。かなり苦い記憶のようだ。

「大勢の前で土下座をさせられたところに、『味オンチ』と罵(ののし)られ、足蹴(あしげ)にされ、頭からワインを浴びせかけられたこともある。あの屈辱は一生忘れんよ」

　まあ、たしかにそんなことをされたのが本当なら、道理はこの郷田という人物にある気がする。とはいえ復讐(ふくしゅう)心をいつまでも引きずるのも健全とは言いがたい。

「部外者の俺がこんなことを言うのもなんですが、仲直りしませんか。樹夏屋先生も病気で弱られて、オーナーをしていた店は潰れてしまい、なにもかも失いました。勝者が敗者を必要以上に痛めつけては、あなたの名声にも傷がつきますよ」

「うるさい、知ったような口をきくな、大きなお世話だ」

　郷田は大声でそう叫んで立ちあがると、テーブルの上にあった透明なガラス製の細長い花瓶を手に持って、床へ乱暴に叩きつけた。大きな音とともに、応接室の床に花瓶の破片と水と花が飛び散った。

「い、いや、すまない。あのときの屈辱を思いだすと、いつもこうなってしまう。なるべく考えないようにしているんだが」

　我に返った郷田は弱々しく良和にわびると、深いため息をついて、ソファーに腰をおろした。さすがにこれには良和もしばし呆然(ぼうぜん)となった。どうやら郷田にはやや情緒不安定な所があるようだ。

「私はまだ、あのときの屈辱を、完全には払拭(ふっしょく)できてはいないんですよ」

花瓶を壊したことで我に返ったのか、良和に話す郷田の口調が、丁寧なものに戻った。

「俺こそ迂闊な発言を申しわけありませんでした」

頭をさげた良和に、郷田はやや恐縮しながら言った。

「いやいや、私が悪かったのだから、気にしないでください」

「しかし、うちの雑誌としては、樹夏屋先生から手に入れたワインの件に触れないと、仕事にならないんですけどね。あっ、もちろん余計なことは書きませんよ」

「大丈夫です。そのワインなら見せてさしあげますよ。もうすぐ、あいつが食中毒事件で破滅してから一周年になる。実はその日にあのワインで祝杯をあげようと思っているんですよ。そのときこそ、私の積年の屈辱が晴れる。なんだかそう思えましてね」

ソファーから身を起こし、舌なめずりをするように郷田は良和に言った。

一方的に被害を受けていたのは郷田のほうかもしれないが、郷田の性格があまり良くないこともまちがいないようである。

郷田はポケットから小さなリモコンを取りだして、スイッチを押した。するとモーターの作動する音がして、良和の目の前で応接室の壁の一部がゆっくりと開いた。

「どうです、これが私の自慢のワイン倉庫です」

「こいつは驚きましたね。凄い仕掛けだ」

良和は素直に感心して郷田に言った。機械好きの沙汰菜が見たら、さぞ喜ぶだろう。

「入り口を隠しているのは防犯のためですか」

「それもありますが、ちょっとした遊び心ってやつでもあります。これを来客に見せるのが楽しみでね。さあ、中に入ってください」

すっかり機嫌を直した郷田が、良和に笑顔で言った。

ワイン倉庫の中はさほど広くはなかった。三方にあるワインの棚のせいで、人が立てるのは、普通の家の押し入れぐらいのスペースしかない。

中はややほこりっぽいものの、温度や湿度の管理は完璧になされているようである。倉庫の天井からはドアを開けたときのものとはまた別の、鈍いモーター音が聞こえてくる。

ワインは、良和にはあまり関心がない酒とはいえ、多くのワインが並べてあるのは、なかなか見ごたえのある光景であった。

「さあ、見てください。これがあの男から手に入れたワインですよ」

ネズミ捕りのカゴに入った特大のネズミ。それが問題のワインを見た良和の第一印象だった。なんとも異様な光景だ。ワインの並ぶ棚の中に、一つだけ鍵がかけられた黒い金属製の檻が置かれていて、その中に一本の古びたワインの瓶が寝かされていた。

ワインの瓶にラベルはついていない。また、封はすでに切られており、瓶の口にコルク栓がむき出しになっている。瓶の上には薄くほこりが積もり、ワインの瓶はほんの少しだけ白くすんで見えた。

「封は切ってありますが、コルク栓は一度も抜かれていません」

　やれやれ、知らぬが仏とはこのことだな。郷田の得意げな顔を横目で見ながら、良和は心の中でため息をついた。

「どうかしましたか、浜谷さん」

「いや、かなり古いものだな、と思いまして」

　あわててあごに手を当てつつ、良和はワインが閉じこめられた檻の中をのぞきこんだ。

「ビンテージものでかなりの値打ちがあります。しかしこのワインの意味はそれだけではないんですな」

　良和に説明しながら、郷田が口元を歪めた。

「昔、ヨーロッパのとある小国の王族が来日した際に、あの男が晩餐会の設営をしたそうです。それ以降、あの男の名は権威を持つようになりました。このワインは、そのときの礼としてあの男が個人的に贈られたものなのですよ」

　郷田は良和に檻の中のワインを得意げに示した。

「いわば、あいつの絶頂期の証です。それが今では私の手の中というわけだ」

「なるほどね。しかしこの黒い檻はどうしたんです」

「ああ、これですか。実はこいつを手に入れてからしばらくして、あの男がこれを取り返そうと狙っているという噂が耳に入りましてね」

郷田が冷笑を浮かべて良和に言った。

「よほどこのワインに執心だったのか、何度も買い戻させてほしいと懇願されました。それを断ると、なぜかうちの敷地内で不法侵入の被害を受けるようになりましてね」

「ええっ、まさか樹夏屋先生自身が不法侵入を」

「いや、さすがに本人ということはないでしょう。雇われたチンピラかコソ泥の常習犯だと思います」

どうやら樹夏屋は、オフィス・カメレオンの前にも何人かの盗みのプロを雇ったらしい。そしてその事実は、郷田からワインを盗む依頼に、何人もの盗みのプロが挫折したことを示している。ただの田舎紳士と思ったが、なかなか手ごわい人物のようだ。

「それでちょっと保管を一工夫したんですよ。通気の悪い密閉型の金庫では、ワインの保管に良くありませんからね」

良和はもう一度ワインを監禁している黒い牢獄へと目を落とした。檻はしっかりと棚に固定されているようだ。短時間で檻ごと持ち去るのはおそらく不可能であろう。

「この檻の鍵は指紋認証式の電子錠でね、私しか開けられないんです」

ワインを見つめる良和の背後から、郷田が得意げに声をかけた。

「これを開けるのは、本番の取材のときということで、ご勘弁を」

「なるほど。リモコンでしか開閉しない扉に、指紋でしか開かない檻ですか」

「おやおや、浜谷さんはワインよりも防犯装置に興味がおありのようだ」

わざとらしいほど意外そうな表情で、郷田が良和に言った。

「ええ、かなり興味をひかれますね」

ほんの刹那、ワイン倉庫の中で良和と郷田の視線が火花を散らして交差した。


良和が郷田の家を訪ねた日の深夜。オフィス・カメレオンのガレージの中で、良和から報告を受けた沙汰菜は、腕組みをしてうなった。

「うむむ、かなり手ごわそうですね」

「高価とはいえ、たかが四百万円のワインに大げさな気もするが、あの社長にとって、トラウマの払拭につながるワインは、金には換えられないということだろう」

パイプ椅子に腰をおろした良和がため息をついた。

「しかし、これってどう考えても、悪いのは依頼人さんのほうですよね」

「ああ、ちと心が痛むな。あの社長の性格は、やや問題はあるがね」

とはいえ、依頼料をもらう以上は割りきらなければならない。見た目は滑稽で愛嬌があろうとも、カメレオンはあくまでドライな爬虫類なのだ。

「さて、今回のプランはどうしますか、師匠」

「せっかく取材のアポがあるんだ。それに乗じて、堂々とやらせてもらうさ」

良和は沙汰菜にウィンクした。

「取材中なら堂々と標的の家の中に入れるからな」

「でも、その直後にワインが消えたら、私たちが盗ったのがバレバレですよ」

そう言いながら、沙汰菜が困ったような顔で自分のくせ毛の中に手をつっこんだ。

「私たちが警察に捕まったら、意味がありません」

ワインを「盗まれた」という明確な事実が残るのはまずい。良和たちだけではなく、依頼人にも疑いが向くだろう。

「法的には郷田さんに非はありませんからね。犯罪行為が起きたという事実が発生するのはまずいです。こっちが一方的に悪者になっちゃいますよ」

「本当なら、むしろ俺たちは郷田に感謝されるべき立場なんだがな。それを口に出せないのが辛いところだ」

あの日、病院で良和たちにすべてを告白した、樹夏屋のしょぼくれた顔を思いだしながら、良和はそう言って苦笑した。

その翌日、良和はシンデレラ出版の資料室をおとずれていた。ワインについて役に立ちそうな知識を、編集長に聞けば、依頼達成の参考になると思ったからである。

「うう、酒なんかしばらく見るのも嫌だ。話をする気にもなれん」

良和から用件を伝えられると、半ば放心状態の編集長は、紙のように真っ白な顔で椅子の背もたれに寄りかかりながら、そうつぶやいた。

「昨日は丸一日、二日酔いで生死の境をさまよった。まだ気分が悪い」

「そりゃ、あれだけ飲めば当たり前。自業自得ですよ」

編集長が「見たくもない」と言っていただけに、さすがに部屋の中に酒瓶は見当たらなかったが、まだ酒の臭いがした。しばらく資料室からこの臭いは取れないだろう。

「まあ、あのワイン特集のおかげで、ターゲットに堂々と近づけましたけどね」

「これもお前さんたちへのサポートのためだ。感謝したまえ」

しかし使いものにならなくなるまで飲むのは、どう考えてもサポートとは関係ない。

「やれやれ、編集長の酔いが醒めたら、また相談に来ますよ」

そう言って資料室から出ようとした良和に、編集長が手をあげた。

「あ、ちょい待ち。どうせなら、部屋の隅にある忌まわしい空き瓶を持って行ってくれ」

「忌まわしい空き瓶ですって」

良和が眉をひそめて聞き返す。

「そのゴミ袋に入れてあるから」

良和は部屋の隅に行き、しゃがみこんで、そこに置かれていたスーパーマーケットのビニール袋の口を開いた。中には数本のワインの空き瓶とコルク栓が入っていた。

「昨日のうちに全部片付けたと思ったが、今日探したら物陰にまだ転がっていた」

「自分で捨てたらどうなんですか」

「もう、そんな気力すらもない。私はギブアップだ」

死体のように椅子に寄りかかった編集長が、力なく言った。

「どうせ安いワインばかり浴びるように飲んだんでしょう」

「いや、ピンからキリまで、いろいろ飲んだ」

良和はため息をつくと、甘い香りが漂う袋の中をもう一度のぞきこんだ。はてさて、どれがピンの瓶で、どれがキリの瓶なのか見当もつかない。

なんで自分がゴミ捨てまでしなければならないのだ。心の中で良和が文句を言いつつ、ビニール袋を持ちあげると、袋に開いた小さな穴から、コルク栓が二つこぼれ落ちた。

「やれやれ、仕方ないなあ」

ぼやきながら床に落ちた二つのコルク栓を拾いあげた良和は、しばらく二つの栓を見くらべて、こうつぶやいた。

「ふむ、なるほど『ピンからキリまで』ね」

良和は空のワインの瓶とコルク栓が入った袋を持って、一階にあるオフィス・カメレオンのガレージへと向かった。

「師匠、どうしたんですか、それ」

「わが社の会長様からのプレゼント」

仏頂面(ぶっちょうづら)でそう言うと、良和はガレージの壁際(かべぎわ)に置いてある、飾り気のない事務机の上にビニール袋を置いた。

「ところで、お前の唯一の長所である機械工作加工技術は、ガラスもいじれるのか」

「いじるって、どの程度ですか」

「具体的には、まったく同一のガラス瓶を複製するなんてことは可能かってことだ」

丸眼鏡に手を当ててしばらく考えてから、沙汰菜はこう言った。

「元となる物体の形状の正確なデータさえあれば、ＣＡＤ(キャド)で型を作って複製できないこともありませんね」

「なら問題ないな。データならここにある。機械で計測したより正確だ」

そう言いながら良和は自分の頭を指さした。良和の脳はあらゆる立体物を三次元の座標に置き換えて記憶し、正確に脳内で再現できる。脳機能の一種の突然変異。それはこの世で彼だけが持つ、ささやかな超能力とも言えた。

「今から全力で複製を作るとして、どれぐらいかかる」

「ここには大抵の機材や材料がありますし、足りない専用設備も知り合いの工房を借りれば大丈夫。取材の日には楽勝で間にあいます。でも」

　沙汰菜はここで、やや不安げに眉をひそめた。

「私はあくまでエンジニアであって、贋作師ではありません。形だけの複製で、目利きの人をごまかせるかどうか」

「その点は心配ない。あの社長は商売人としては一流かもしれないが、応接室のセンスは最悪だ。あれでは品物の真贋なんてわからんさ」

　良和は苦笑しながら肩をすくめた。

「それに、おととい病院で依頼人も言っていただろう。ワイン集めにしても、依頼人の食通先生への対抗心だけでやっているようなものだと。あの先生が嫌うのにも、やはり嫌うだけの理由があるのさ。それが理不尽で狭量なものだとしても、な」

「なるほど」

　沙汰菜がうなずいた。

「もう一つ、お前にやってもらいたいことがある」

　良和は指を立てて沙汰菜に言った。

「任意のタイミングで、郷田の家全体を一時的に停電させてもらいたい。できるか」

「ええ、負荷をかけてブレーカーを落とせばいいだけですから。できると思いますよ」

　それを聞いて、満足げに良和はうなずいた。

「では、俺は取材の時間を夜にしてもらうように郷田に連絡するとしよう。それと、もう一人連れてゆく旨も、ちゃんと言わないとな」

家の窓から見える夜景の写真を使いたいとか、昼間から酒の写真は読者の心証に悪いとか、適当な理由をつければなんとかなるだろう。それに平日なら、郷田としても夜のほうが時間を作りやすいはずだ。

「細工は流々、変幻自在。これぞカメレオンの真骨頂」

良和は両手の指を組んで鳴らし、笑みを浮かべた。


数日後の夕刻、良和と沙汰菜は、郷田の家から少し離れた場所にあるコインパーキングにいた。

「しかし相変わらずこの車は目立つな。こういう場合はいささか不都合だ」

駐車場に駐められたオフィス・カメレオンのライトグリーンのワゴン車を見つめて、良和が不服そうにつぶやいた。

雑誌の取材という名目で来ているのに、オフィス・カメレオンのマークとロゴが大きく入ったこの車で、郷田の家へ行くわけにはゆかない。少し金がもったいない気もするが、ここからタクシーに乗り換えだ。

前に下見に来たときは良和だけで身軽だったから、公共交通機関とタクシーで郷田の家まで行ったが、本番である今回は用意するものも多かったため、郷田の家の近所まで、カメレオンのワゴン車を使ったのである。

「ロゴとマークを消して、地味な色に塗りかえないか」

それを聞いた沙汰菜はワゴン車から荷物をおろす手を止めると、首を横に振って口を尖らせた。

「ダメです。この美しい塗装を消すなんてとんでもない」

このワゴン車は、社長である沙汰菜の資産だ。ここまではっきり断られたのでは、良和もあきらめるしかない。

「まあいいか。どうせタクシー代も経費だ」

良和は背広の上着を着ると、ポケットを軽く叩いた。あとで編集長に突きつけるため、依頼のために使った領収書は、一枚も欠かさずポケットに保管してある。

仕事で使った金は経費で落とす。こちらは毎度、無茶な仕事を押しつけられているのだから、これぐらい当然である。

タクシーを拾った良和と沙汰菜が郷田の家についたころには、すでに周囲は闇に包まれていた。良和たちの計画には、まさしくおあつらえ向きのロケーションだ。

「さて、いよいよ本番だな」

郷田の家の玄関のチャイムを押す前に、良和は肩からさげた大きめのバッグに手をやった。ここ数日の準備は、すべてこの中に入っている。

それにしても、かつてのエリート刑事が今では泥棒の真似とは、まったく因果なものだ。インターホンからの返答を待ちながら、良和は苦笑を浮かべた。

最初にこの家に来たときと同じように、良和たちは郷田に応接室へと案内された。応接室には、すでに一人、やけに背の高い中年の女が壁際に立っていた。

「こちらのかたは」

良和は女性について郷田にたずねた。

「通いの家政婦さんの、里中さんですよ」

里中と紹介された家政婦は、無言で二人に会釈した。

「まあ、大切なものを扱うわけですから、一応ね」

言葉にやや含みを持たせて郷田が言った。

良和は里中を横目で見た。この前はこんな女はいなかった。家政婦だというが、それにしては隙がない気もする。警備会社の人間か私立探偵かもしれない。もしそうだとしたら用心深いことだ。

良和はすぐに郷田に視線を移し、ぎこちない営業用の笑みを顔に貼りつけた。

「さて、事前に申しあげたとおり、本日は二名でおじゃまさせていただきました。撮影の仕事をするスタッフの阿過くんです」

　良和に紹介されて、沙汰菜が郷田に軽く会釈をした。

「はじめまして、阿過沙汰菜です」

「こちらこそよろしく、郷田です」

　郷田と沙汰菜が握手をするのを見届けると、良和は持参した大きなバッグのファスナーを開いた。

「実は今日は郷田さんにあるものをお持ちしたんですよ」

「あるものですか」

「ええ、サプライズのプレゼントというのでしょうかね。郷田さんをちょっとおどろかせたいと思いまして。そういうの、お好きでしょう」

　良和はウィンクをすると、バッグの中から一本のガラスの花瓶を取りだした。

「えっ、これはどういうことですかな」

　郷田が思わず目を見開いた。良和の手の中には、前に良和がこの家をおとずれたとき、郷田自身がその手で壊したものと、まったく同一のガラスの花瓶があったからである。

「まさか、わざわざ新しいものを探して、お買いになられたのですか」

　しかし、この世に流通している花瓶の種類など把握しきれない。日本では売ってない花瓶や、もう生産していない花瓶だってある。ほんの数日で、一度見ただけの花瓶とまったく同じ花瓶をさがすのは、不可能ではないが、さぞ骨の折れる仕事のはずだ。信じがたいという表情で、郷田は良和の手の中の花瓶を見つめた。

「いいえ、ちょっと複製しただけです」

良和が花瓶をテーブルの上に置いた。

「ふ、複製ですって。一体どうやったのです」

それはなおさら信じがたい話だ。郷田がさらに目をむいた。

「どうやって複製したかは企業秘密です。まあ『一目だけ見れば充分』とだけ、申しあげておきますよ。さあどうぞ、お受けとりください。プレゼントいたします」

良和は郷田に笑顔を向けた。以前に来たとき、応接室に入った瞬間から、良和は部屋の内部にあるものを、脳内に三次元座標として記憶しておいたのである。もちろん郷田が叩き壊した花瓶とて例外ではない。

「まあ、こいつは本番前の軽い食前酒と言ったところでしょうかね」

良和はほがらかな口調で郷田に言った。


「それでは、ワイン倉庫をお見せしましょう」

まだ少しテーブルの上の花瓶を気にしながら、郷田はポケットからリモコンを取りだしてスイッチを入れた。モーター音とともに倉庫の扉である壁が、ゆっくりと開いた。

「うわあ、これはすごいですね」

良和が予想していた通りのリアクションで、目を輝かせた沙汰菜が心の底から感嘆の声をあげた。郷田は満足げにうなずくと、右手の人さし指を立てた。

「さて、では次に指紋認証キーでワインを取りだすとしますかね」

「あっ、ちょっと開けるのは待ってください、スンマセン」

倉庫へ入ろうとする郷田を止めるように、沙汰菜が手をあげた。

「どうしました、お嬢さん」

「いや、その、すごい仕掛けを見たせいか、トイレに行きたくなって、その」

良和がいかにも軽蔑(けいべつ)したような顔で、沙汰菜を横目で見た。

「まったく、恥じらいってものがないのか」

事前の打ち合わせで、あんたがそのように言えと私に言ったんでしょうに。引きつった愛想(あいそ)笑いを浮かべつつ、沙汰菜は腹の中で地団太(じだんだ)を踏んだ。

「この部屋を出て、廊下を右に行った突き当たりですよ」

郷田が淡々と沙汰菜に言った。

「あはは、それじゃあ、ちょっと失礼してきます」

ぎこちなく部屋から出てゆく沙汰菜の動きを、ここまで一切(いっさい)無言の里中の目が追った。

部屋を出てゆく沙汰菜について行くべきか、ここに残るべきかを決めかねているかのようだ。ほんの一瞬の思案ののち、この自称家政婦は部屋に残ることを選んだ。

　どちらが警備において脅威度の高い存在かを、素早く見極めたというわけだ。これでこの里中という女が家政婦ではないことは確定したようなものだ。もし本当の家政婦なら、まよわず客人である沙汰菜をトイレまで案内するだろう。

「彼女が戻るまで、ワインを取りだすのは待つとしますか」

　郷田が軽くため息をつきながら、ソファーに腰をおろした。

「そうですね。あの指紋認証キーもなかなか面白いもののようですから、郷田さんが開けるところを写真に撮らせていただけるとありがたいです」

　良和がそう言った瞬間、部屋の照明が落ちた。分厚いカーテンと鎧戸が閉められた窓からは、外からの月明かりすらも漏れない。

「これはどういうことだ」

「停電でしょうか。なにかのトラブルでブレーカーが落ちたのかな」

　暗闇の中で良和が、ややのんびりと言った。

「里中さん、ブレーカーを見てきてくれ」

「わかりました」

　落ち着いた声に続き、壁を擦る音がして、ドアが開く音がした。闇で視界の利かない里中が、壁ぞいに部屋から出たのだ。とっさの停電にもなかなか冷静な行動だ。

続けてくぐもった破裂音が外のほうから聞こえてきた。

「ええい、今度はなんだ」

「ワインを狙った実力行使の銃撃かもしれません。窓のない廊下に逃げましょう」

「なんだと、樹夏屋め、血迷ったか」

部屋を出る郷田の動きに合わせて、良和はなるべく音をたてないようにソファーから立ち上がると、脳の機能をフル回転させた。

目ではなく脳で見る。距離や大きさまで正確に記憶した座標が、良和の脳内に鮮明な三次元の画像となる。たとえ暗闇であれ、不動の物体はすべて良和には「見える」のだ。

「使える時間は、せいぜい十秒」

一人だけになった部屋で、良和が小声でつぶやく。ゆっくりと獲物を射程に捉え、まばたきの一瞬だけ高速で舌を伸ばす。それがカメレオンの狩りなのだ。

停電騒ぎから十数分後。明かりがついた部屋に戻ってきた里中が、郷田に大型の爆竹の残骸を見せた。

「これが庭にありました。破裂音の正体です」

「ふむ、ただの嫌がらせのようですね。もしかして取材の邪魔が目的かなあ」

良和はとぼけた口調でそう言って、あごをなでた。

「警察にあとで相談したほうがいいでしょうね。ただ、ここで警察を呼んで取材中止というのは、ご勘弁願いたい。取材を終えてからということで」

「ああ、手早く済ませるとしよう」

そう言いながら、郷田はソファーから立ちあがって、扉が開いたワイン倉庫の中へと入って、黒い檻の指紋認証キーに指を当てようとした。

待て、なにかがおかしい。檻の中のワインを見て、郷田の手が止まった。このワインは宿敵からの戦利品として、いつも見ている。だから理屈ではなく直感で、些細な違和感がわかる。まちがいない。このワインは偽物だ。私のワインではない。

「貴様、私のワインをどこへやった」

良和に向かって、飛びかからんばかりの勢いで郷田が叫んだ。

「な、なんのことですか、郷田さん」

「とぼけるな。貴様はあの停電と爆竹で私をここから追いだして、その隙にワインを複製した偽物とすり替えた。そうだろう」

「そんな、とんでもない言いがかりだ」

良和はいかにも困惑したような表情で大げさに首を振ると、なにか言い返そうとした郷田に先手を打つかのように、早口の大声でこうたたみかけた。

「俺たちがどうやって、郷田さんのワインをすり替えたというのです。論理的に説明してもらえますか。あくまで理性的にね」

「よかろう。まずそこの女だ」

郷田が、ちょうど部屋へ戻ってきた沙汰菜を指さした。

「そこの女が、トイレに行くと言って部屋を出て、廊下にあるブレーカーを落とした。それが停電の原因だ」

「ふむ、それからどうしたんです」

「そしてそのままトイレへ行き、トイレの窓から、この応接室の外へ向かって、火をつけた爆竹を投げたんだ」

郷田は良和を指さした。

「そこで『銃撃かもしれない』などと言って、私を部屋から追いだした隙に、バッグに入れて持ってきた複製品と、本物のワインをすり替えた。そうだろう」

「いやいや、ちょっと待ってくださいよ、郷田さん」

郷田の言葉をさえぎるように、沙汰菜が口をはさんだ。

「私がブレーカーのレバーを落としたということですけど、ブレーカーってもしかして廊下にあったやつですよね」

そう言いながら沙汰菜が立ちあがって、自分の頭上に手をかざした。

「私では手が届きませんよ。踏み台がないと操作できませんし、そんなものが、この家のどこにあるかもわからなかったです」

「たしかに、彼女よりかなり背の高い私でも、背伸びをする必要がありました。もしショートさせてブレーカーを落としたのなら、コンセントに焼け焦げが残っているはずですが、彼女の行動できた範囲のコンセントに、痕跡はありませんでした」

沙汰菜の横にいた里中も同意した。

「ねっ、そうでしょう」

沙汰菜が腰に手を当てて、少し得意げにうなずいた。

「それにトイレの窓から応接室の外まで爆竹を投げたとおっしゃいましたが、腕だけの力で、トイレの小さな窓から、応接室の外まで、こんな大きな爆竹の束を投げるなんて、私にはできません」

「そうですね。爆竹の残骸は応接室の外の位置にありました。距離的に無理があります。トイレの窓は人が出入りできる大きさではありません。それに」

里中は沙汰菜を見て、さらに言葉を続けた。

「私がブレーカーをあげたのとほぼ同時に、彼女はトイレの中から出てきました。時間的に、玄関から庭に行っていたということもなかったと思います」

「里中さん、あんたはどっちの味方だ」

いら立ちを隠せない様子で、郷田が怒鳴った。

「事実を述べたまでですので」

　里中が冷静に言った。この女はプロだ。冷静かつ客観的な思考と判断をする。だからこそ、良和たちには都合がいい存在と言えた。

「というわけで、私がブレーカーを落としたというのも、爆竹を窓の外で破裂させたのも無理があるということが、わかっていただけましたか」

　沙汰菜にそう言われて、反論に詰まった郷田が低くうなった。

「俺がワインをすり替えたというのも無理がありますね。不可能です」

　沙汰菜に続けて、良和がそう言いながら肩をすくめた。

「不可能な理由、その一。問題のワインは指紋認証キーのついた檻に入っていた」

　良和は指を一本立てて、郷田に突きつけた。

「俺に檻を開けることはできません。かといって、檻に壊れたところはありませんし、檻ごと動かすのも不可能です。しっかりと棚に固定されていますからね」

　苦々しげに郷田はワインが入った檻を見つめた。そう、たしかにこの檻は、自分以外に開けられるはずがない。

「不可能な理由、その二。時間があまりにも短い」

　良和が指をもう一本立てる。

「窓の外の破裂音がした直後、郷田さんがこの部屋を出て、それに続いて私が部屋から出ましたよね。その差は十秒ぐらいしかありませんでした。郷田さんがおっしゃるようなすり替え作業をするには、あまりにも短い時間ではないでしょうか」

良和がさらにもう一本指を立てた。

「不可能な理由、その三。部屋の中は暗闇だった」

良和は手をおろすと、肩をすくめた。

「あんな暗闇の中、俺にとっては慣れないこの場所で、果たしてそういう作業ができたでしょうか。そちらのワイン倉庫まで歩くだけでも、まちがいなく一苦労しますね」

良和が冷笑を浮かべる。

「俺の携帯電話にはライトがついていますが、作動させるまでには、それなりの時間がかかりますし、郷田さんに気づかれるかもしれない。俺なら使いません」

たしかにこいつの言うとおりだ。それはわかる。そう郷田は思った。しかしそれを認めることはできなかった。いくら理屈と矛盾しようが、自分が目にした事実は覆らないのだ。自分は目利きだ。真贋がわかる男だ。

「でも、こういうことを言われたのでは、さすがに私どもとしても不快ですね」

めまぐるしく回転している郷田の思考を途中で遮断するように、良和が目を閉じていかにも苦々しげに述べた。

「こちらから取材を申しこんでおいた立場ではありますが、それでも郷田さんの非礼は度がすぎていると思います」

　ワイン倉庫の中から、こちらをにらみつけている郷田を、見下ろすようににらみ返しながら良和は淡々と告げた。

「今回の取材をこちらからお断りしたとしても、筋が通らない話ではありませんな」

　良和が大きなバッグを持ち、ゆっくりと立ちあがり、沙汰菜に声をかけた。

「帰るぞ。こんなところに長居はしたくない」

　郷田は良和のバッグを見つめて思った。ああ、あれだ。きっと、あのバッグの中に私のワインがあるはずだ。しかしここで強引に引き留めて、バッグを見るだけの証拠がこちらにはない。郷田は歯嚙みをした。

　良和は立ちあがると、いかにも腹に据えかねたような顔をしながら、かろうじて聞こえる程度の小声で、郷田にこう言葉を投げつけた。

「まったく、樹夏屋先生の言うとおり、真贋もわからん底の浅い人物だ」

　その瞬間、郷田は頭の中が真っ白になった気がした。これは私の勝利の証ではない。偽物だ。言わば屈辱の証だ。郷田はほとんど反射的に指紋認証のキーを開けると、ワインの首をつかみ、床に叩きつけた。ガラスの砕ける激しい音とともに、液体が床に真紅の大輪の花を咲かせた。

「な、なにをするんですか、貴重なワインを」

良和は、いかにも驚いたようにそう叫ぶと、叩きつけられたワインの残骸にかけより、破片の一つを呆然と拾いあげた。

「こ、これは偽物だ。本物のはずがないんだ」

郷田は良和の持つバッグを指さした。

「本物はお前の持つその袋の中にある」

「ええっ、なにを言っているんですか、あなたは」

良和はバッグの口を大きく開いて、郷田に見せつけた。

「どこにそんなものが入っているんです」

郷田は中をのぞきこむ。取材に使うらしい雑多な道具類や黒いスプレー缶はあるが、ワインはどこにもない。二重底か。とっさにそう思い、良和の持つバッグをひったくる。ワインの重みはない。そんなはずはない。バッグを叩く。やはりワイン瓶の感触はない。

「納得していただけましたか」

「まさか、では、あれは本物。そんな」

放心している郷田からバッグを取り返した良和は、勝ち誇ったように言った。

「では郷田さん、失礼いたします」

オフィス・カメレオンへと帰るワゴン車の中、助手席の沙汰菜が安堵の息をついた。

「ふう、大成功とはいえ、寿命が縮まりました」

ハンドルを握る良和が、そんな沙汰菜を横目で見ながら、満足げにうなずいた。今回の捕獲条件はデッド・オア・アライブ。「対象の生死を問わず」だ。樹夏屋の提示した依頼はワインを取り戻すことではない。郷田の口に入らないようにすることだった。

「錯乱した郷田が自分のものを自分で壊しただけ。どこにも文句をつけようがない」

そう仕向けるため、良和は花瓶の複製を用意して見せつけ、さらにあやしげなトラブルを起こし、郷田の猜疑心を煽って「ワインをすり替えた」と確信させたのである。

もちろん良和は空白の十秒で、ワインをすり替えてなどいない。持参したエアダスターを使い、檻の隙間から瓶に薄く積もったほこりを払って綺麗にしてから、ピンセットを差し入れて、圧搾コルクの栓を薄切りのシール状にしたものを、本来の栓の上に貼っただけだ。たったそれだけの違和感が、郷田に瓶の真贋を勘ちがいさせたのである。

簡単な作業とはいえ、暗闇でこんなことは良和にしかできない。彼の能力を知らなければ、まちがいなく「不可能」と片づけられる。疑われはするが、確証は持たれない。まさに絶妙なバランスと言えた。

そして、樹夏屋のことで激昂すると、手元にあるものをほとんど反射的に破壊するという郷田の情緒の不安定さを利用するため、良和は郷田のトラウマやプライドやコンプレックスを、容赦なく攻撃した。

かくして罠にかかった郷田は、良和たちの思惑通りに動いて、自ら本物のワインを、床に叩きつけてくれたのである。

「郷田は俺たちを疑ってはいたが、最後まで俺たちの目的を『ワインを盗んで持ち帰ること』だと勘ちがいしていた。それが最大の勝因だな」

ちなみにワインが触れられた唯一の証拠とも言える圧搾コルクの薄切りは、瓶の破片を拾いあげたときにぬかりなく回収して、今は良和のポケットに入っている。良和はハンドルから片手を離して、ポケットの上から回収したコルクを軽く叩いた。

「圧搾コルクと天然コルク。高額なビンテージワインに、再生品である圧搾コルクが使われているなどということはありえない。使われるのは樹木から直接採取された天然コルクだ。それだけでもグンと安っぽくなって、パッと見た印象が変わる」

強い違和感こそあったものの、知識に乏しい郷田はワインの瓶にだけ目が行って、具体的にコルクがちがうところまでは気づけなかったようだ。だが、印象を変えるポイントにはなっていた。事前にガラス製の花瓶の複製を見せつけていたことも、ガラスのワイン瓶にだけ目が行く要因になっただろう。

天然コルク栓を使用したピンから、圧搾コルク栓を使用したキリまでワインを飲んでいた編集長のお手柄かもしれない。

「あれっ、なんかゴソゴソすると思ったら、これを入れておいたのを忘れていた」

そう言いながら沙汰菜は、作業服の中から密閉袋に入れておいた糸のついた爆竹の残骸を器用に取りだした。停電が起きた直後、沙汰菜はトイレの窓から隠し持った爆竹を出して、鳴らしたのだ。

里中が庭で見つけた残骸は「トイレにいた沙汰菜には庭で爆竹を鳴らせなかった」と思わせるための偽物である。良和たちは郷田の家の玄関のチャイムを押す前に、すでに暗くなっていた庭へ、爆竹の残骸をあらかじめ投げこんでおいたのだ。

もちろん停電も彼女の仕業だ。もちろんブレーカーは関係ない。焼け焦げの痕跡を残さないような装置でトイレの温水便座のコンセントをショートさせて、家を停電させたのである。これも彼女の技能を知らないものには「不可能」と片づけられるだろう。

「しかし身体検査されなくて、良かったですよ、ホント」

「それは俺にも言えるな。コルクの件もそうだが、郷田が自分でワインを壊す前に、『バッグを見せろ』と言われたら、逆に疑いが晴れることで、この計画はおしまいになった」

良和はハンドルを握りながら、口元を歪めた。

「ま、そうならないように、まず、理詰めでの説明を強く要求したけどな。そこはハッタリと強弁だ。場の空気を作るってやつだな」

この人は、どう考えても刑事より犯罪者のほうに適性があるよね。沙汰菜は心の中でつぶやいた。

「しかしその爆竹の件については、実はもう一つ説明できる仮説があるんだぜ」

ハンドルを握ったまま、良和が沙汰菜を横目で見て、笑みを浮かべた。

「もし郷田がそれに気づいたら俺たちは反論できなかった。もっとも、それ以上の確証を得ることもできなかっただろうから、問題にはしなかったがね」

「えっ、どういう方法ですか」

「なあに、トリックとも言えないシンプルな手だ」

良和はハンドルを切りながら、つまらなそうに言った。

「俺たちに仲間がもう一人いて、庭に投げこんだ。それだけだ」

「あっ、そうか。なんで郷田さんはそれに気づかなかったんでしょう」

「ワインの檻抜けの謎が目の前にあったからじゃないのかな。不可解な謎が目の前にあることで、シンプルな可能性が見えなくなる。これも先入観だ」

なんだか、かなり綱渡りの計画だった気もする。でも、これが私たちの仕事の姿なんだろうな。軽いため息をついて沙汰菜は車の窓の外へ目をやった。

「でも、ちょっと可哀想でしたね、あの社長さん。なにも悪いことしてないのに」

「積年のトラウマを克服する機会を失っちまったわけだからな」

良和も少しだけ気の毒そうな顔をしたが、やがて苦笑しながらこう言った。

「だが、毒入りのワインで死ぬよりマシだろうよ」

自分はもう破滅だ。ならせめて自分の誇りを踏みにじった許しがたい金満家の郷田を殺して、自分も潔（いさぎよ）く命を絶（た）とう。それこそが誇り高い文化人の最期にふさわしい。樹夏屋魯星はそう思い、郷田にワインを引き渡す前にコルクに細い注射針を刺して致死量の毒を入れておいたのである。

しかし人間というのはやはり俗なもので、コレクションを整理して、予想外の現金が手元に残ったことで、樹夏屋は急に死ぬのが惜しくなった。そうなると困るのが、郷田に渡したワインだ。このままでは殺人者になってしまう。

かくして、毒入りワインを取り戻すための樹夏屋の悪戦苦闘が始まった。殺人者となってしまう恐怖とストレスのせいで、樹夏屋は体も壊してしまうほどに弱った。

「精神的に追いつめられて、正常な判断ができなかった状態でやったことで、後悔も反省もしているとはいえ、身勝手な殺人計画を立てていた樹夏屋先生に、まるでペナルティがないのも不公平ですよね」

「まあ、あの先生の誠意は俺たちへの依頼料という形で見せてもらおう。必要経費をたっぷりと水増しして請求しておけ」

「ちゃんと払ってくれますかねえ」

沙汰菜が首をかしげる。

「弱みをこっちが握っている以上、払わないわけにはゆくまいよ。郷田も腹の虫がおさまらないだろうから、俺たちの暴言に対して、慰謝料を請求してくる可能性も高い。そうなったら、和解金として、そこからワインの金額分を払ってやればいい。こっちも少しは気が楽だ」

沙汰菜にそう言うと、良和はアクセルを強く踏みこんだ。家に帰ったらワインで祝杯をあげるというのも良いアイデアかもしれない。

第三話　ソラマメ銀座の幽霊

木の葉がわずかに色づき、風に涼しさが感じられるようになってきたおだやかな初秋の午後。公休中の警視庁捜査三課の女刑事、御小曾殿歩は銀座を歩いていた。

もっとも銀座と言っても、東京都中央区にある本物の銀座ではない。日本各地には「ナントカ銀座」や「カントカ銀座」という名の商店街が、なんと三百以上もあるのだ。彼女が歩いていたのも、そんな有象無象の「銀座」の一つ、都内某市の西端にある「ソラマメ銀座」と呼ばれる商店街であった。

急行も快速も停まらない小さな私鉄の駅から南に延びた、約三百五十メートルの通りにある商店街。それがソラマメ銀座である。有名な上野のアメ横の長さが約四百メートルというから、町の規模に対してかなり大きな商店街と言っていいだろう。

とはいえ、商店街にある店の四分の一ぐらいは、もう何年もシャッターが閉じられたままだ。あとの四分の二は、チェーン店のドラッグストアやコンビニエンスストア、ファーストフード店や居酒屋などに姿を変えている。そして残りの四分の一だけが、惣菜屋や金物屋、靴屋や古本屋など、かろうじて昔からの姿を残している。

休日の予定を立てるのが下手な殿歩は、自宅の近所にあるこの商店街を当てもなく歩くのが、公休の習慣になっていた。

もう少し遅い時刻になれば、下校する子どもたちや、夕食の支度をする主婦で、この自称「銀座」も、それなりに人通りは多くなるが、午後のまだ日も高いうち、それも平日ともなれば、商店街を歩く人はまばらである。

商店街の入り口の近くにある「竜安」というラーメン屋で、やや遅めの昼食をとる。今日は人に会う予定もないので、いつもは控えているニンニクを多めにしてもらう。

それから大手チェーン店のドラッグストアで、切らしている日用品などを買いこんでから、書店と古本屋を順番にひやかした。面白そうな小説などを見つければ、買うこともあるのだが、あいにく今日はそういう本も見つからなかった。

あとはなじみの靴屋に立ち寄り、店先に出されていた、甲にキルティ・タンと呼ばれる大きめの飾り革が二重についた個性的なデザインの黒いタッセルローファーを購入した。刑事にとって靴は消耗品の商売道具であり、体の一部だ。ここの靴屋は小さな店だが、商品は良いものを置いてある。

ちなみにパンプスでは、いざというとき走りにくいので、彼女はもっぱらローファーを愛用している。紐靴のほうが、もっと足にしっかりフィットして走りやすいのだが、これは履くのに手間がかかるので、あまりよろしくないというのが彼女の持論であった。

「やれやれ、これで割と休日が充実してしまっているのが少し悲しいなあ」

ドラッグストアの袋と靴屋の紙袋を片手にぶらさげて商店街を歩きながら、殿歩はそうつぶやいて軽くため息をついた。ついたため息が少しニンニク臭いことも、殿歩をさらにもの悲しくさせた。


そろそろ夕刻ということで、飲食店が調理を始めたらしく、焼き鳥の匂いが商店街にただよってきた。

さて、夕食はどうしようかな。殿歩は立ち止まると、軽く首をかしげた。職業柄、運動量が多いので、ダイエットなんてものを考えなくても細身のスタイルは維持できる。惣菜屋で生精進揚げでも買って帰ろうか。それとも焼き鳥屋で軽く飲るか。

突如として商店街に響いた男性の怒号が、夕食について考えをめぐらせていた殿歩を我に返らせた。声がしたのは南のほう、商店街の出口からだ。あれこれ考えるより先に殿歩は二つの袋を持ったまま、声がしたほうへかけだしていた。

殿歩が商店街の南端まで行くと、鼠色のスーツを着た小柄な中年男性を、チンピラ風の大男二人が押さえつけて、今まさに強引に黒い大型乗用車の中へ、連れこもうとしているところであった。

今日は公休中とはいえ、ここまであからさまな誘拐の現行犯なら、見すごすほうがむしろ刑事として責任を問われる。迷わず殿歩は男たちの前へと出た。

「待ちなさい、私は刑事です」

殿歩は凛とした声で男たちを制した。最近は非番や公休などの勤務外でも、警察手帳の携帯が許可、あるいは推奨される場合もあるが、あいにくこのときの殿歩は、自分の身分を証明するものを、なに一つ持ってはいなかった。

だが、それでも職業柄身についたものは、その人の雰囲気として、はっきり表に出るものらしい。チンピラ風の二人の男は、いきなり現れた自分たちよりはるかに華奢な女性の堂々とした態度に、ほんの少しだけたじろいだ。

一方、鼠色のスーツを着た中年男は、自分をとらえていた二人の男が、殿歩に気を取られて、手の力をわずかに弱めた一瞬を見逃さなかった。彼は二人の手をはねのけるようにして、体を自由にすると、商店街の中心のほうへ、そのまま逃走した。

「しまった、あの野郎っ」

チンピラ風の男の片方が見た目にたがわぬ太く粗暴な声で怒鳴った。

「もういい、行くぞ」

標的を取り逃がしてしまった以上、おせっかいで勇敢な女刑事とこれ以上関わるのは、割に合わないと判断したのだろう。チンピラ風の男たちは、顔を見合わせて舌打ちをすると、素早く車に乗りこんで発進させた。

ほとんど同時に、殿歩も走りだしていた。それは男たちを捕まえるためではない。彼女は自分の足で、走り去る車が見えなくなるまで追いかけた。車種とナンバーをしっかりと記憶するためだ。

「誘拐未遂に、シートベルト着用違反、あと、おそらくスピード違反もつくわね」

車が見えなくなると、殿歩は細いウエストに両手を当てて苦々しげにつぶやいた。


走ったことで少し乱れた髪を整えた殿歩は、難を逃れた鼠色のスーツの男から事情を問いただすため、商店街へと戻った。

「殿歩ちゃん、あなた刑事だったのね」

なじみの惣菜屋の女主人が殿歩に声をかけてきた。どうやら彼女も一連の騒ぎを聞きつけてやって来て、一部始終を見ていたらしい。

「ええ、まあ、そうなんですよ」

ややきまりが悪そうに殿歩は答えた。

「いや、公務員だとは聞いていたけど、まさか刑事だったとはねえ」

しきりに感心している女主人の様子を見ながら、殿歩はあいまいな笑みを浮かべて頭をかいた。今まで殿歩は、顔見知りになったこの商店街の人たちに、刑事という身分を伏せて接していたのである。

「隠すつもりはなかったんです。すいません」

「別にいいわよ。それより怪我(けが)はなかったの」

「ええ、私は大丈夫です。それより鼠色のスーツの男性を見ませんでしたか。警察に連れていって、事情を聞かなければなりませんので」

「殿歩ちゃんが取り調べをするの」

「いいえ、私の部署は窃盗(せっとう)の捜査が仕事ですし、今日は公休ですから、基本的に一般のみなさんと同じ立場なんです。担当部署に事情を話して、あとはお任(まか)せします」

「あらそうなの、せっかく事件に刑事が上手(うま)いこと遭遇(そうぐう)したのにね」

まるで自分のことのように女主人は残念がった。

「まあ、警察の仕事なんて、こんなもんですよ。それより誘拐されそうになった男性は」

「そう言えばどこかへ行ってしまったわね、あの鼠色の服の男の人」

「そうですか、ふう、まいったな」

逃げるように姿を消したということは、おそらくあの男も後ろめたいことがある身なのだろう。なおさら警察で身柄を保護しておきたかった。

とにかくこの一件は、所轄署に報告しておく必要がある。殿歩は携帯電話を取りだした。

殿歩が誘拐未遂を目撃して、一週間ほどのちの警視庁捜査三課。

「えっ、『ソラマメ銀座の幽霊』って」

班長の伏見が何気なく広げたスポーツ新聞の小さな見出しに、ソラマメ銀座という文字を見つけて、殿歩の口から思わず言葉が漏れた。

「おい、どうかしたのか」

スポーツ新聞をひろげたまま、伏見がいぶかしげに殿歩にたずねた。

「あっ、申しわけありません、班長」

あわてて殿歩は頭をさげた。

「うちの近所のことがその新聞に出ていたもので、つい」

「そういや最近、お前は自宅の近所で、誘拐未遂に遭遇したんだったな」

伏見がいかにも神経質そうに見える細い顔をあげて、殿歩のほうに目をやった。

「はい、事件と遭遇した商店街の名前が、ふと目に入りまして」

「そうだったのか。それなら気になっても仕方ないか」

「でも、その記事とは直接の関係はなさそうです」

「公休中とはいえ、目の前で起きた事件だ。気になるのはわかるが、誘拐みたいな強行事件は捜査一課に任せておけ。今のお前は三課のエースなんだからな」

伏見は諭すように言った。

「わかっていますって。一課に未練があるとか、そういうのじゃありませんから」

笑顔で殿歩が伏見に言った言葉に嘘はない。実際のところ、彼女の優れた分析能力を発揮できる計画的な犯罪は、以前に彼女がいた捜査一課より捜査三課のほうがずっと多く、刑事としてのやりがいは、今のほうがはるかにあった。

ほんのわずかでも一課に未練があるとすれば、ライバルとの決着がつけられなかったことぐらいだろう。

「どうでもいいが、あまりヒマそうにしながら、そこらへんをうろつくなよ。組対部の連中がピリピリしているんでな」

伏見はスポーツ新聞をたたみながら、もっともらしいしかめ面で殿歩に言った。忠告はありがたいが、仕事中にスポーツ新聞を堂々とひろげていた伏見にだけは言われたくない気もする。実は神経質そうな外見に反して、この班長はえらく無神経なのだ。

「組対部というと、例の地下賭博の件ですか」

「ああ、ちょいと捜査が行き詰まっているらしい」

周囲の様子をよくたしかめてから、伏見は折りたたんだスポーツ新聞で口元を隠し、小声で殿歩に言った。

その日の勤務を終えた殿歩は、帰り道で伏見が読んでいたものと同じスポーツ新聞を購入した。ソラマメ銀座について書かれたあの記事が、なぜか妙に気になったのである。

「あった、この記事ね」

電車に揺られながら、殿歩はスポーツ新聞の隅の小さな記事に目を通した。それは今から一週間前、ソラマメ銀座にある三階建ての廃ビルの屋上で、幽霊とおぼしき人物が目撃されたという、なんともあやしげな内容の記事だった。

それが目撃されたのは、今から一週間前の夕暮れどきのことだ。頭に布袋を被った人物が廃ビルの屋上にあらわれて、ソラマメ銀座を行き交う人々を見下ろすように佇んでいたのである。

「幽霊が出たのは九月十二日。あの誘拐未遂の翌日だわ」

殿歩はそうつぶやくと、さらに記事を読み進めた。

その「幽霊」はただビルの屋上に立っているだけで、なんら実害はなかったとはいえ、異様な風体に商店街は一時騒然となった。

「幽霊」が出没していたのは夕暮れの暗くなりつつある短い間だけで、日が完全に暮れてしまうと、その人物も屋上から姿を消してしまった。

なお「幽霊」は翌日の九月十三日にも、ほぼ同じ時間、同じ場所に姿を見せていたが、なぜか三日目からは姿を見せなくなった。

この「幽霊」が、仮に生きた人間である場合、まぎれもない不法侵入であるため、最初に幽霊の目撃情報が入った直後、近くの交番から警官が調べにきた。

だが件(くだん)のビルの正面に降ろされたシャッターは施錠(せじょう)されており、裏口や手の届く位置の窓も分厚い板を釘(くぎ)で打ちつけることで厳重に封鎖されていたため、何者もビルに入ることができない状況であった。

そのため警官も、ビルの屋上に不審な人物が目撃されたのは見まちがいか、あるいは集団ヒステリーのようなものであると結論づけるしかなかった。

スポーツ新聞の記事には、おおむねそのような内容が書かれており、目撃証言から描かれた、いかにもおどろおどろしい幽霊の想像図が添えられていた。

不気味ではあるものの、遠目に目撃されていたこともあり、さほど特徴が多いわけではない。目の部分に二つの穴を開けた布の袋。小柄な体。そして鼠色のスーツ。

「鼠色のスーツ」

殿歩の口から思わず言葉がこぼれた。

これはどう考えるべきなのだろう。

人騒がせで悪趣味ないたずらで、深い意味などないと考えるのが普通なのだろうが、目撃される幽霊が、あのとき誘拐されかけた男と同じ鼠色のスーツを着ている点が、殿歩にはどうしても引っかかった。

とはいえ、まさかあのときの人物が殺害されて、幽霊となって出てきているわけではあるまい。なにか現実的な理由があるはずだ。

「ソラマメ銀座にちょっとだけ寄ってみようかな」

スポーツ新聞を折りたたみながら殿歩はつぶやいた。ソラマメ銀座を騒がせた幽霊の正体を、たしかめたくなったのである。


夕暮れのソラマメ銀座。どこからともなくふらりと現れた男が、メモとペンを手に古本屋の主人に話を聞いていた。

「で、あなたはその幽霊を目撃されたのですね」

男にそうたずねられて、古本屋の老主人はやや得意げにうなずいた。

「もちろん何度も見たとも。最近ではもう日課みたいなもんかな」

「ほう、何度も見ていますか、なるほど」

幽霊が出たのは二回だけのはずだから、日課で見ているというのはおかしい。どうもこの古本屋の主人は、話を大げさにするきらいがあるようだ。

男は内心あきれながらも、古本屋の主人の機嫌を損ねないよう、いかにも感心したような顔で、大げさにうなずいてみせた。

「で、その幽霊が出没するようになる前に、なにか変わった事件はありませんでしたか」

「変わったことかい」

聞き返しつつ、古本屋が首をひねる。

「ええ、騒ぎというか、トラブルというか。なんでもいいんです。思い出せませんか」

「そう言えば、幽霊が出た前日に、ここの近くで誘拐騒ぎがあったな」

「ほう、誘拐騒ぎですか」

メモをとる男の目が、わずかに輝いた。

「そこのところを、もう少しくわしく教えていただけますか」

「私はよく知らないなあ。惣菜屋のおかみさんが、その場に居合わせていたから、彼女ならよく知っていると思うよ」

「なるほど、惣菜屋さんですか。どうもありがとうございます」

メモ帳を閉じたその男、浜谷良和（はまやらわ）は、古本屋に礼を言って軽く頭をさげると、黒いスーツの内ポケットに、メモ帳とペンを滑（すべ）りこませた。

良和はズボンのポケットに手を入れて、古本屋の主人に教えてもらった惣菜屋に向かって商店街をゆっくりと歩いた。

「ふむ、正体不明の幽霊が出没したとはいえ、その程度で町の営（いとな）みが大きく変わるものでもないということか」

目的の惣菜屋で買いものをしている主婦を見て、良和は静かにつぶやいた。買いものを終えた主婦が店の前から去ると、良和は惣菜屋の店先へ歩いた。

「はい、いらっしゃい」

応対に出た女主人に、良和は自分の名刺を見せた。

「俺、いや、私はこういう者なんですけど、ちょっとよろしいですかね」

「はあ『フリーライター　浜谷良和』さんね」

手の油をふいて、良和の名刺を受け取った女主人が首をかしげた。

「シンデレラ出版という会社の『季刊パンプキン』という雑誌に、チョコチョコッと駄文を書いていています。『季刊パンプキン』、ご存じですか」

女主人が無言で首を横に振る。

「まあ、そうでしょうね」

良和は肩をすくめた。情けない話だが、彼がこの仕事を始めてから、『季刊パンプキン』という雑誌を知っている人に会ったことは一度もない。雑誌名を言っても、この惣菜屋の女主人のように怪訝な顔をされるのが常だった。

「あやしげなものを、あれこれ追いかける雑誌でしてね」

「はあ、あやしげなものですか」

女主人が良和の言葉をオウム返しにした。

「ええ、オカルトに都市伝説、珍品や奇説珍説、奇人変人、そのほか諸々。まあ、私が言うのもなんですが、まともな雑誌じゃありません」

そこまで言い終えると、良和は首を振りながら自嘲の色を浮かべた。

「最近、このソラマメ銀座で、面白いものが目撃されたと聞いて、やってきました」

「もしかして、あの幽霊のことかしら」

「そうです。まさにうちの雑誌にピッタリなネタでしてね」

「どういう幽霊なのかを、話せばいいのかしら」

「それも重要なことですが、むしろ幽霊が出没する前に起きた出来事について、おたずねしたいんですよ」

「はあ、出没する前ですか」

また良和の言葉をオウム返しにして、女主人が首をかしげる。

「はい、幽霊が目撃された前日、誘拐未遂事件が起きたそうですね」

「ああ、あのときのことね」

女主人が大きくうなずいた。

「ちょっとその一件について、お聞かせ願えませんか。もしかしたら怪幽霊となにか関係があることかもしれませんから」

そう言って、良和はガラスケースの貼り紙を指さした。

「あと、この特製メンチカツを二つください。ああ、袋はいりません。食べ歩き用の包み紙だけでいいです」

「今から揚げることになるけど、いいかしら」

「ええ、そいつが揚がるまで、お話を聞かせてもらいますよ」

スーツの内ポケットからペンとメモ帳を取りだして、良和はのんびりと言った。


メンチカツが狐色に揚がるまでのあいだ、女主人はソラマメ銀座で起きた誘拐事件の経緯について、女刑事が登場して男たちが逃げてしまったところまでを良和に話した。

話が一段落すると、良和は内ポケットにペンとメモ帳をしまって、ズボンのポケットから、ややくたびれた財布を取りだした。そして小銭を出して女主人に渡し、代わりに揚げたてのメンチカツを受け取った。

「で、その誘拐されそうになった男は、現れた刑事さんのおかげで助かったと」

包み紙越しのメンチカツの熱を手に感じながら、良和は女主人にたずねた。

「ええ、そうよ。あれは本当に危機一髪ってやつだったわね」

代金をレジにしまいながら女主人が大きくうなずく。

「まさか、うちによく来る女の子が刑事だとは思っていなかったけど、本当によかったわ」

「ほう、その刑事さんは女性ですか。で、あなたのお知り合いだと」

「そうよ。お得意さんで、よく来るわ」

そう聞かされて、良和が少しだけ身を乗りだすようにした。

「刑事さんがどのような人物なのか、くわしく教えていただけますかね。その誘拐未遂について、お話をお聞きしたいので」

「どのような人物と言われてもねえ」

女主人はしばし首をかしげていたが、やがておもむろに良和の背後を指さした。

「ああ、ちょうど良かった。ほら、あの子よ」

女主人の指さすほうへ振り向いた瞬間、良和は目を大きく見開いて、啞然とした表情でこうつぶやいていた。

「なんてこった、刑事って、よりによってきみかよ」

おどろいたのはお互いさまよ。そう言いたげな顔で殿歩も良和を見つめていた。

浜谷良和。元捜査一課の刑事。捜査一課時代の殿歩の同僚であり、刑事として最大のライバルだった男だ。

だが一昨年の冬のある日、この男は自らの過信が招いた不祥事の責任を取り、周囲が止めるのも聞かず、たった一人で警察を去っていった。

「なにをしているの」

予期せぬ再会に、やっとのことで殿歩の口から出てきた言葉がそれだった。

「見ればわかるだろ。買いものをしているんだ。ほらよ」

そう言いながら、良和は殿歩にメンチカツを差しだした。

「いいわよ、別に」

「遠慮するな、どうせうちの社長への土産だ」

良和はほとんど強引に、殿歩の手にメンチカツを押しつけた。

変わり者だったとはいえ、それでも刑事時代には、エリートらしく隙のない身なりをしていた良和だが、今はスーツを着用しているものの、黒のカラーワイシャツにノーネクタイというラフな服装である。髪もほんの少しだけ伸ばしているようだ。

「社長って、あなたの今の仕事の社長さんのことかしら」

「ああ、働かなきゃ食えんからな」

このいささか風変わりな男も、どうやら無事に新しい職を見つけていたらしい。殿歩は少しだけ安心した。

「でも社長さんの分なんでしょう。私がもらってもいいの」

「社長より俺のほうがえらいから問題ない。あいつにはパン粉の屑でもやっておくさ」

それを聞いた殿歩は、メンチカツを片手に軽いため息をついた。

「まるでスズメね。あなたの社長さん」

「あんなのと一緒にしたら、スズメに失礼だ」

「でも、あなたが社長よりえらいってどういうこと」

「俺は社長の師匠なんだよ」

良和は真顔でそう言うと、なにもつけないでメンチカツにかじりついた。

「お店に言えば、ソースをもらえるわよ」

「必要ない」

「相変わらず、へそ曲がりなんだから」

殿歩がため息をついた。

「それよりそっちは変わりないか」

「ボチボチね。今は三課にいるわ」

「三課というと、窃盗担当か」

「ええ、あなたほどじゃないにせよ、私も少しだけ環境は変わったってわけ」

殿歩の今の境遇を聞いて、良和がなつかしそうな目をした。

この男のどこかずれている感性と、我が道をゆく態度こそ昔のままだが、刑事時代から大きく変わっている部分もあるように、殿歩には思えた。

刑事時代の良和には、どこか頑なで脆いところがあった。だが今の良和からは、それとは真逆のしなやかな強靭さが感じられる。

挫折を克服して成長したからだろうか。それとも職業を替えた影響か。どちらにせよ彼は刑事時代より、ずっと手ごわく油断のならない相手になっている。殿歩の刑事としての経験と本能が、そう告げていた。

「まさか本当に、ここへ買いものに来ただけじゃないわよね。もしかしてあなたの新しい仕事に関係していることかしら」

殿歩にそうたずねられた良和は、食べかけのメンチカツを全部口に押しこんで、小さなため息をついた。

「きみには話を聞かなきゃならんからな。正直に言おう。イエスだ」

良和は手についたパン粉を払うと、包み紙を丸めてポケットに入れた。

「単刀直入に言おう。俺はこのソラマメ銀座に出没するという幽霊を追っている」

「そんなものを追いかけているなんて、なんの仕事なの。まさか除霊師でもやっているんじゃないでしょうね」

「フリーのライターだよ。雑誌に掲載するオカルトネタの取材だ」

良和のその一言を聞いた途端、殿歩の目がわずかに輝いた。

「おかしいわね。それならこのメンチカツは、だれの分なのかしら」

そう言いながら殿歩は、先ほど渡されたメンチカツを良和に見せた。

「フリーのライターなら『社長』はいないんじゃない」

「はて、そうだったかな」

良和はとぼけた様子で首をかしげた。

「さっきから、どうもうさんくさいのよね。まともな仕事をしているんでしょうね」

「そこのところはノーコメントだ。ただし、悪事をしていないのは天地神明に誓える」

「それは刑事が最も信じちゃいけない言葉なのよ」

殿歩は腰に手を当てて苦笑した。

「ま、昔の仲間のよしみで、とりあえず信じてあげるわ」

「ありがたいね。そう言ってもらえると、俺も仕事がやりやすい」

良和は殿歩に大げさな一礼をした。

「ところで、この商店街に奇妙な幽霊が出没する前日に、誘拐未遂が起きて、きみはそれに出くわしたと聞いたが、本当か」

「ええ、犯人は取り逃がしたけど、誘拐は未然に防いだわよ。車のナンバーも犯人の特徴も署に報告しておいたから、同様の事件が起きれば、すぐわかるわ」

「さすがに抜かりないな」

感心したように何度もうなずく良和の顔を、殿歩がいぶかしげにのぞきこんだ。

「あのさ、もし、あなたがあの誘拐未遂について、なにか知っているのなら、むしろこちらが話してもらう側ってこと、忘れていないでしょうね」

「きみに話せるような情報なんてあるわけないだろう。俺はその誘拐事件について、ほんの少し前に知ったばかりなんだぜ」

殿歩をあしらうようにあっさりとそう言うと、良和はさらに言葉を続けた。

「まあ、幽霊と誘拐未遂が関係ないときみが判断したのなら、無理に話を聞かせてもらう必要もないよ。並の刑事十人が一か月捜査した結果より信頼できるからな」

良和の淡泊な態度に、殿歩は少し拍子抜けした気分になった。

「あなたらしくないわね。昔だったら私が『関係ない』って何百回言おうが、トコトン食らいついて、根掘り葉掘り聞いていたのに」

「効率が良くなったと言ってくれ」

「そういうものかしら」

殿歩はあきれ顔で肩をすくめた。

「で、どうなんだ。きみの考えでは関係ありそうなのか」

「残念ながら立場上ノーコメントね」

「そう言われると思った」

さほど落胆した様子も見せず、良和は苦笑した。

「きみはいつもこの商店街を通っているのかい」

「いいえ、ちがうわ」

　良和の問いに殿歩は首を振った。

「仕事帰りにここへ寄ると、家まで遠回りになっちゃうから、このソラマメ銀座へ来るのは非番か公休の日だけなのよ。今日はうわさの幽霊を見物するため、特別に仕事帰りに立ち寄ってみたってわけ」

「わざわざ寄り道したきみには気の毒だが、今日は幽霊には対面できそうもないな」

「どうしてなの」

「まだ幽霊が出ていないのに、ぼちぼち日が暮れる。タイムアウトだ」

「たしかに問題の幽霊が出るという時間には、ちょっと遅いかもね」

　殿歩は空を見あげた。空の隅(すみ)はまだかろうじて明るい朱色(しゅいろ)に染まっているが、太陽の姿は遠くの建物の陰にほとんど隠れ、空の大部分は藍(あい)色に染まりつつある。

　幽霊が出没するのは、夕暮れどきの日が完全に落ちるまでの間。そうスポーツ新聞には書いてあった。良和が言うように、今日はもう幽霊は出現しない可能性が高い。

「やはり幽霊はどこか遠くへ行っちまったのかね。もしかしたら取材中に姿を見ることができるかもしれないと思って、わざわざこの時間に取材に来たんだがなあ」

残念そうな顔の良和が、長いため息をついた。

「幽霊が出たっていうビルには行ってみたの」

「建物の前までは行ってみた。あそこの大きなビルだろう」

良和は親指を立てて、商店街の中でも、ひときわ大きな古いビルを指さした。

「ええ、そうね。ソラマメ銀座で三階建ての廃ビルはあそこだけだから」

そのビルは、かつては商店街で最も大きな施設として、いくつものテナントが入っていた建物だった。だが今ではすべての店が撤退した廃墟でしかない。オーナーが高齢で遠方に住んでいることもあり、処分すら手つかずになっている。

老朽化著しいビルは、なにかに使われることもなければ、取り壊されることもなく、商店街の衰退を象徴する巨大なモニュメントのように、ソラマメ銀座のほぼ中心に、ただ放置されていた。


「しかし、きみは本当に幽霊が出たと思っているわけじゃないよな」

やや離れた場所に建つ廃ビルを見つめながら、良和がつぶやいた。

「もちろんよ。死人が化けて出てくれるなら、迷宮入りの殺人事件なんて存在しないわ」

皮肉っぽく笑いながら殿歩は答えた。

「では、生きた人間なら、なんの目的でこういうことをしていると思う」

「それはやっぱり、ただの愉快犯じゃないの」

殿歩はあえて自分の考えに反した月並みな答えを述べた。幽霊と誘拐未遂の被害者に共通する鼠色のスーツのことは、良和には伏せておくのが賢明と考えたからだ。

人間的に曲がった男ではないとは思うが、それでも今の良和の正体には、どうしてもはっきりしないところがある。

「ただの遊びで厳重に封鎖されたビルに侵入して、屋上に上るかねえ」

殿歩の返答を聞かされた良和は、今一つ納得がゆかない顔をしながらぼやいた。

「仮に遊び以外の目的があるとして、それはなによ」

「そうだな、たとえば」

良和はあごに手を当てて軽くひねると、口元に笑みを浮かべた。

「高い場所から探しものでもしているって説はどうかな」

「探しものですって」

思わずたずね返した殿歩に、良和は大きくうなずいた。

「ああ、見た感じだと、目に入る範囲では、あのビルが一番高いからな。探しものか、もしくは異常がないか確認するためか、とにかく高いところから見る必要のある秘密が、この商店街に隠されているのかもしれない」

「なるほどね、高いところね」

たしかにそれなりに合理的な理由と言える。殿歩は上方を見回した。

「幽霊の謎を解きたいなら、まず頭上に注意をはらうべきかもしれないぜ」

良和も空を見あげてつぶやいた。


二人が話をしているうちに、空の朱色の部分は完全に消えて、空はすっかり藍色に染めつくされていた。

明かりがついた街灯の下を行き交う人々の姿にも、主婦や学校帰りの学生より、背広姿のサラリーマンが目立つようになった。

「さて、日が完全に暮れちゃったけど、どうするの」

「もう少しだけこの周辺を探ってみるよ」

良和はのんびりと殿歩に言った。

「俺はまだ、幽霊についてめぼしい情報をなにもつかめていない。手ぶらじゃ帰れん」

「それでも収穫がなかったらどうする」

「そこらへんで飯でも食って、帰って寝るしかないね」

良和は苦笑しながらそう言うと、ポケットに手を入れた。

「あの幽霊を記事にするつもりなら、あなたがなんて雑誌に記事を書いているのか、参考までに聞かせてくれないかしら」

「シンデレラ出版の『季刊パンプキン』」

「聞いたことがない雑誌ね。まあいいわ。出たら読んでみる」

「没ネタになるかもしれないんで、そのときはあしからず」

「過剰な期待はしていないわよ。あなたって、どう考えても物書き向きじゃないもの」

「チェッ、勝手に言ってろ」

　殿歩の嫌みに、良和は面白くなさそうに顔をしかめていたが、ふとなにかを思いだしたように真顔になって、殿歩にこう言った。

「なあ、もし時間があるなら、一緒に晩飯でもどうだ。ここの駅前で、よさそうな寿司屋を見つけたんだ」

　良和の誘いをうけた殿歩は、ほんの少しだけ考えていたが、すぐ首を横に振った。

「今日は遠慮しておくわ。いきなりあなたのキャラに合わない真似をしても、違和感だらけで、色気のない下心はバレバレよ」

　そう言って、殿歩は軽くウィンクをした。

「おおかた私が伏せている情報を、なにか聞きだそうとしているんでしょう」

「やれやれ、昔なじみを口説いても、化かしあいにしかならんか。味気ないね、どうも」

　そうぼやくと、良和は殿歩に背を向けた。

「じゃあな、縁があればまた会おうや、キツネさん」

「ええ、がんばってね、タヌキさん」

ポケットから抜いた手を軽く振っている良和の背中に、殿歩は少しだけ微笑んだ。

良和は商店街を出ると、人気のない物陰へ行き、携帯電話を取りだして耳に当てた。

「もしもし、俺だ。知り合いなら、あるいはもっと簡単な手が使えるかと思って、アドリブで口説いてみたが、警戒されて逆にガードを固められちまった。やはり当初のプランで行くしかなさそうだ」

「あはは、そうでしょうね」

電話の向こうから、若い女の声が良和に答えた。

「こっちは、もうスタンバイしていますよ」

「やけに手回しがいいな」

「ええ、陰で見ていて『ああ、これは絶対に失敗するな』と思いましたからね。なにしろ師匠の口説き文句で引っかかるのなんて、発情期のメスゴリラぐらいなわけで」

まあ、こいつはあとでじっくり切り刻んでゴリラの餌にでもするとして、計画は迅速に進めなければならない。

「今日のうちに片を付けちまうぞ。ぼちぼちタイムリミットも近いからな」

「せっかくソラマメ銀座に寄り道したんだし、夕飯の買いものでもして帰ろうかな」

そうつぶやいて殿歩が歩きだしたそのとき、彼女の背後で通行人が大声をあげた。

「幽霊だあ。ビルの上に出たぞ」

殿歩は声がしたほうへ振り向いた。たしかにあの廃ビルの屋上に、黒い人影が立っている。殿歩が呆然と廃ビルの屋上を見つめていると、人影が軽く手を動かした。人形などではない。まぎれもなく生きた人間である。

次の瞬間、殿歩は幽霊が出現した廃ビルへ向かって商店街を疾走していた。

幽霊が出現したと聞いたことで、商店街のあちこちから人が出てきて、殿歩が問題のビルの真下へ到着したときには、すでに数人の野次馬が集まっていた。

夕闇で藍色に染まった空をバックに出現した幽霊は、しばらく屋上から下を見つめていたが、やがて屋上から姿を消した。

「あっ、幽霊が姿を消した」

「ちがうわ。ここから死角になっている場所へ入っただけよ」

騒然となった野次馬に、殿歩が冷静に告げた。

「刑事さん、のんきに見物していていいのかね」

野次馬と一緒に殿歩が上を見あげていると、おもむろに殿歩の背後から聞き覚えのある声がした。殿歩が振りかえると、そこにはポケットに手を入れた良和が立っていた。

「やれやれ、なんとも早い再会になったわね」

「腐れ縁なんてのは、そんなものだろう」

良和はポケットから手を出して肩をすくめた。

「それよりこのビルの中に入って、幽霊の身柄を確保しなくていいのか。あいつが偽幽霊なら、どう考えても不法侵入の現行犯だぜ」

警察官が「あれは幽霊だから」という理由で、違法行為を見逃すことはできない。警察の行動は、オカルト的なものを排除した現実主義に立脚するのだ。

「でも、いくら警察官でも、建物の所有者の許可ももらわず中に入ることはできないわ。緊急避難を認めてもらえればいいけど、かなり切羽詰まった状況でもないと、認めてもらうのはむずかしいのよ。あなたも刑事だったんだからわかるでしょう」

「なあに『屋上にいる人物が飛びおり自殺する可能性があった』と言えばいい。それだけで緊急避難が成立する切羽詰まった状況になる」

立てた親指で屋上をさしながら、良和はこともなげに言った。

「しばらく会わないうちに悪知恵がついたわね、まったく」

厄介そうに殿歩がつぶやいた。

殿歩はこの前と同じように集まった野次馬たちに自分が刑事であることを口頭で説明し

た。そしてこの場所から動かないように指示して、まず正面のシャッターを調べてみた。

「やっぱりしっかり鍵がかかっているわね。鍵穴についた錆にこすった跡もないし、ここをこじ開けたってのはなさそう」

「それに正面は人目につくからな。ここを開けて入ったなら、目撃されているはずだ」

いつの間にか殿歩の横にいた良和が言った。

「ちょっと、どうしてあなたが私の横にいるの」

「もし本物の幽霊だったら、俺の仕事の範疇だろう」

「そんなバカバカしいこと、本気で言っているんじゃないでしょうね」

「そうカリカリしなさんな。善意でお手伝いしようと思っただけだ。きみは懐中電灯なんて持ってないだろう。だが俺は持っているぜ」

そう言って良和はスーツの内側から、小さな懐中電灯を取りだした。

「やけに用意がいいわね。まさか最初から、このビルに不法侵入するつもりだったとか」

「取材のための必需品だから持ち歩いているだけさ。それ以上の意味はないよ」

そう言うと、良和はビルの両横へ順番に目をやった。このビルは右隣にある建物との隙間は二十センチもない。こちら側を人間が通るのは不可能である。一方、ビルの左側には幅一メートルぐらいの路地がある。

「ここから裏手に回ってみるか」

良和はそう言いながら、薄暗い路地へと足を踏み入れた。殿歩もやや不満げな顔をしながらも、良和のあとに続いた。

路地の中ほどには街灯の明かりが届かず、足元はかなり暗かったが、良和は懐中電灯をつけずにそのまま進んだ。

「うわっ、なんだ、しまった」

いきなり良和がそう叫んで、大きな音を立てて転んだ。どうやら、なにかにつまずいてしまったらしい。

「しっかりしなさいよ。少し鈍(にぶ)っているんじゃないの」

「すまない。河童(かっぱ)が木から落ちて、猿が川に流された」

「いや、それってことわざじゃなくて、ただの気の毒な河童と猿だからね」

ため息まじりで殿歩がつぶやいた。

良和と殿歩はそのまま路地を抜けて、建物の裏手にまわった。こちら側は車一台がやっと通れる程度の細い通りになっていた。人通りはほとんどなく、街灯も商店街の表側にあるものより、ずっと薄暗い。

「ふむ、裏口も手が届く範囲の窓も、分厚い板がしっかり打ちつけてあるわね。たとえ鍵をピッキングしても、物理的に侵入は不可能だわ」

ビルの裏手にある出入り口をひと通り調べ終えて、殿歩は額に手を当ててぼやいた。

「気になる点と言えば、このガラスが割れている窓に打ちつけられた板だけが、ほかの板よりちょっと新しいってことだけね」

「そこの窓は最近壊されて、直したばかりらしい」

転んだとき服についた土を払いながら、良和が言った。

「幽霊が二回目に出た日の深夜、何者かがそこの窓の板を壊してガラスを割って、ビルの中に侵入したそうだ。幽霊騒ぎを知った若者による悪質な肝試しじゃないかって、商店街の人は話していたな」

「それ以降、しばらく幽霊は姿を見せなかったわけね」

「ああ、幽霊がしばらく出なかったのは、その荒っぽい肝試しのせいかもしれない」

次に殿歩は建物の両側に目をやった。ビルの両側にある建物はどちらも平屋であり、三階建てのビルとはかなり高低差があるため、隣の建物の屋根と屋上を往来することもできない。

「まいったわね。最初にここへ来た警官が『見まちがい』と結論づけたのもわかるわ」

殿歩は腕組みをしてビルをにらみつけた。この廃ビルには侵入する手段がない。

「ここでいつまでもにらめっこしていても仕方ない。正面に戻ってみようぜ」

難しい顔でビルをながめている殿歩に良和が提案した。

「またつまずかないようにね。というか懐中電灯があるなら、ちゃんとつけなさいよ」

「まだ日が出ているうちに路地を見て記憶しておいたから、俺には必要ない」

「そういえば、あなたにはそいつがあったわね。三次元座標の記憶と再現だっけ」

殿歩は肩をすくめた。この浜谷良和は、目にした立体の形状や大きさを、三次元の座標に置き換えて脳に記憶して、機械のように正確に再現できるのだ。

たとえ暗闇になっても、あらかじめ記憶した物体の座標を脳内で再現して動くことで、この男は明かりがある状態となんら変わらず行動できるのである。

「すっかり忘れていたわ。あなたのその超能力」

「超能力ではなくて、脳機能の突然変異だ」

良和は自分の頭を指さした。

「あれっ、でもさっきは路地でズッコケたわよね。もしかして精度が鈍ったとか」

「いや、むしろ刑事時代より精度は増しているぐらいだぜ」

良和と殿歩は二人そろって腕を組んで首をかしげた。

「ということはつまり」

「日が沈む前、俺があの路地を見て記憶したそのあとで、路地にあったなにかが動かされた。そう考えるしかないな」

良和と殿歩は懐中電灯で足元を照らしながら、ビルの横の路地を進んだ。

「おっ、あった、あそこだ」

懐中電灯で良和が先ほどつまずいたあたりを照らすと、高さ三十センチ、幅が一メートルほどの窓が、地面近くにすぐに見つかった。

さらにその窓の近くの地面には、窓が隠れるほどの大きさの、汚れたトタン製の看板が倒れていた。

「いつもは看板を横倒しに立てかけて、この窓を隠していたのね」

「この窓から出入りするために、看板をどかしたから、脳に記憶したとおりに路地を歩いていた俺は、つまずいてしまったわけだ」

「ま、手品のタネなんてこんなものよね」

殿歩があきれたように言った。

「どうやらこの窓の中は、半地下の倉庫になっているみたいだな」

良和はしゃがみこんで、地面近くにある窓の中を照らした。

「屋上にいた幽霊は、まだビルの中にいるのかしら」

「出入り口を隠しておくための看板が、元の場所に片付けられていないってことは、つまりそういうことじゃないのか」

良和は窓のガラスに手をかけて力をこめた。鍵はかかってはいない。そのまま横に窓を引くと意外なほどスムーズに窓は開いた。

「外からだと足元にある窓だが、半地下室の中から見れば、天井近くの窓ということになるみたいだ。落ちて怪我をしないように気をつけて入らなきゃならないな」

良和は両足を窓の中へと入れた。

「俺がまず行って様子を見る。俺が『いい』と言ったら、きみも降りてこい」

それだけ言うと、良和は狭い窓へ体をすべりこませた。

一分ほど待っていると、足元の窓から殿歩を呼ぶ良和の声が聞こえた。

「いいぞ、危険なものはない。入ってきて大丈夫だ」

良和に続いて窓から内部へと入った殿歩は、用心のためにまず窓のふちに手をかけてぶら下がり、そこから手を離して着地した。足を痛めるほどの高さはなかったものの、それでも足に軽い衝撃が響いた。

「けがはしていないよな」

懐中電灯の光を殿歩に向けながら良和がたずねてきた。

「ええ、平気よ。でも内側からは、かなり高い場所にある窓なのね」

二人が侵入してきた窓は、今では頭上から一メートル以上の高さにあり、その窓を通して、外界の光がほんのかすかに内部に射(さ)しこんできていた。

ほぼ暗闇ではあったが、良和が懐中電灯で部屋の中を照らしたことで、自分たちがいる場所が、かなり広い空間であることはすぐにわかった。

壁も天井も床も、コンクリートむき出しで殺風景な空間だ。窓は二人が侵入してきた一つだけで、部屋の奥に鉄製のドアが一つある。

居住空間や店舗とはとても思えないから、先ほど良和が外で言ったように、かつては倉庫として使われていた場所なのだろう。とはいえ保管されていたものは、とっくの昔に運びだされてしまったらしく、中には段ボール箱一つすら残されていなかった。

倉庫一つでもこの大きさだから、ビル全体ともなればかなりの広さになるはずだ。屋上まですみずみを探索するのは、かなり骨が折れる仕事になるだろう。

良和は懐中電灯で周囲を照らしながら、自分たちが今いる空間を歩きまわっていたが、鉄製のドアの前でおもむろに足を止めた。

「おや、おかしいな」

「どうかしたの」

殿歩に問われて、良和はドアノブの付近を懐中電灯で照らした。

「ドアのサムターンが閉められているんだよ」

「えっ、サムターンが」

サムターンとはシリンダー錠を内側から開閉するつまみのことである。倉庫の外からの施錠と開錠は鍵が必要だが、倉庫の内側からはサムターンでカギを開閉できる。

「それはたしかにおかしいわね」

殿歩も眉を寄せた。

「あの屋上にいた人物が、ここから建物の内部に侵入して屋上へと行ったなら、この倉庫のドアの鍵は開いていなければおかしいわ」

殿歩はサムターンをひねって鍵を開けて、倉庫のドアを開いた。ドアの外はほとんど暗闇だったが、懐中電灯の光により、廊下であることがかろうじて判別できた。

「たしかに廊下側からは、鍵がないと施錠できないわね。オートロックでもないし」

殿歩はドアを閉めてサムターンを回した。倉庫内からは問題なく施錠できる。

この部屋の窓から侵入して、倉庫内からドアを開錠するのはだれでもできる。だが開錠したドアを廊下側から施錠するには、どうしても鍵が必要になるのである。

「ドアに穴が開けられているってことはないかしら。空き巣の手口に、ドアにドリルで穴を開けて、そこから専用の器具を入れて、サムターンを回すってのがあるんだけど」

「いや、ドアには傷一つないね」

懐中電灯で注意深くドアを照らすと、良和は首を横に振った。

「さて、こうなると、このドアが施錠されていた説明は二つ考えられる。仮説一、幽霊の正体は外からこのドアを施錠できる人物。つまりここの鍵を持っている人物である」

「その仮説一は考えにくいわね。鍵を所持しているこの廃ビルのオーナーにこんな悪ふざけをする動機はないし、なによりかなりの高齢という話だから、体力的にこの窓からの出入りは難しいと思う」

「では仮説二、幽霊は内側からドアを施錠し、俺たちとほぼ入れちがいで、ビルの中から逃げてしまっていた」

「たしかに仮説一よりはありそうだけど、屋上からここへ戻ってきた幽霊が、わざわざ倉庫のドアを内側から戸締まりして、窓から逃げたと言うの」

「そういうことになるな。ドアが施錠されていて、なおかつこの部屋にはだれもいなかったってことは、内側からドアに鍵をかけて、あそこの窓から逃げたとしか説明できない」

「なんか納得できないわね。理屈は通るけど、行動が不自然よ。どうしてわざわざサムターンで鍵を閉めてから帰るのよ。そんな必要はないじゃない」

「そうだなあ、たとえば」

良和はあごをなでながら微笑を浮かべた。

「だれかから追われて、建物の中を逃げていたという考えはどうだろう。ここに逃げこんで内側から鍵を閉めたのも、追手から身を守るためだった、とか」

「だれに追われていたって言うのよ」

「たとえば本物の幽霊とか」

「バカバカしい」

　殿歩が鼻先で笑った。

「だろうな、俺もそう思う」

　良和はきまりが悪そうに頭をかいた。

「でも、もしあの幽霊がここから逃げてしまっているのなら、窓を隠すための看板が、元の位置に戻されていなかったのは、単に慌てて逃げたからってことになるのかしら」

「事件現場での犯人の行動としては不自然ではないぜ。少なくとも、俺たちという追手は存在していたんだからな。屋上にいたあいつがあせっても不思議はないさ」

　そう言って、良和はもう一度ドアのサムターンに目をやった。

「理由はどうあれ『ドアがこちら側から施錠してある以上、建物の中に幽霊はいない』ってことだけは、明確なロジックだ」

「そうとわかれば、こんなカビ臭い場所からは、とっとと退散するのが賢明ね」

「それじゃ、きみを肩車するから、よろしく」

「ええっ、どういうこと」

　殿歩が目を丸くした。

「あそこの窓から帰ろうにも、ちょっと手が届きそうにない」

　良和はそう言って、自分たちが入ってきた窓を指さした。

「だが、俺がきみを肩車すれば、あそこの窓にギリギリ届く。きみが先に外へ出て、そこから俺を引きあげてくれ」

「私も刑事だし、普通の女性よりは鍛えているつもりだけど、男の人を引っ張りあげるほどの力はないと思うわよ」

「きみが登ったら、俺の上着を投げるから、それをこっちに垂らしてくれればいい。それをロープ代わりにして、自力でよじ登る」

「わかった、やってみるわ」

「そうと決まれば、ちょっと失礼」

良和は殿歩を肩車で持ちあげた。

「ねえ、私を肩車すれば、窓に届くはずじゃなかったの」

良和に肩車された状態で、上方の窓へ思いきり手を伸ばした殿歩が、顔をわずかにしかめながら叫んだ。

「ギリギリって言っただろう。もっと限界まで伸ばせって」

殿歩の両足の間から良和が怒鳴り返した。

「ねえ、もう少し背伸びできないの」

「とっくにしている。下より上に注意を払え」

「怒鳴ることはないでしょう」

良和の肩にまたがった殿歩は上を向いて、懸命に手を伸ばした。だが彼女の手は窓枠をしっかりつかむどころか、指先を触れさせることすらできなかった。肩車のまま数分ほど悪戦苦闘したのち、良和があきらめたように殿歩に言った。

「しょうがない、そのまま俺の肩の上に立て」

「上着が土足で汚れるわよ」

「場合が場合だ。洗えば済む」

その言葉に甘えて、殿歩は良和の肩の上に慎重に立ちあがった。さすがに肩車の状態とはちがい、窓枠まで楽に手が届いた。

「やった」

懸垂(けんすい)で窓枠をよじ登り、窓から上半身を乗りだすことができた瞬間、思わず殿歩の口から言葉が漏れた。

「よし、俺の上着を投げるから、ロープ代わりに垂らしてくれ」

「うん、わかった」

殿歩は一度窓の外へ出ると、上半身から窓に入り、良和の投げた上着を受けとった。

「これでもオーダー品なんだ。破れてくれるなよ」

そう祈ると、良和は殿歩が垂らした自分の上着に飛びついて、窓枠まで一気によじ登った。そして窓枠をつかむと、殿歩と同じ要領で窓の外へと出た。

「ふう、考えなしに飛びこむもんじゃないわね」

「まったくだ」

殿歩から返されたスーツの上着をひろげて、破れているところがないかを念入りに確認しながら良和が答えた。

「破れたところはないようだな。足跡はちとみっともないが、仕方ない」

良和は小さなため息をつくと、くっきりと殿歩の足型が残った黒い上着を身につけた。


その日の深夜、都内某所にある深夜営業のファミリーレストランの禁煙席で、良和は人を待っていた。

深夜も二時を過ぎたころ、ジャージの上下にマスクとサングラスをかけた、いかにも不審な男が、店に入ってきた。

男は良和のテーブルの上に置かれたメタリックグリーンの名刺を見つけると、拝むように手を合わせて、こちらへやってきた。

「いやいや、待たせちまって、すいません、カメレオンさん」

良和はけわしい表情をすると、男に対して「黙れ」と言うように、人さし指を立てて自分の口に当てた。

「ああっ、すいません」

ジャージの男はマスクの上から口を押さえて、良和の向かい側の席にそそくさと座った。

良和は無言で上着のポケットに手を入れて、お年玉などを入れるポチ袋を取りだすと、それを男に手渡した。

「いやあ、これで雑誌の次の号に間に合います。ありがてえ、ありがてえ、なんと礼を言ったらいいか」

男はうやうやしくポチ袋を掲げ、良和に深々と頭をさげた。

「あら、もうお年玉の季節なのかしら」

背後からの聞き覚えのある声に良和が振り向くと、そこには微笑を浮かべた殿歩が、腰に手を当てて仁王立ちしていた。

「こんな美人の尾行に気づかないなんて、やっぱりちょっと鈍っているんじゃないの」

良和は憮然とした顔で「降参」とでも言うように、無言で両手をあげた。

「へえ、これがあなたの今の仕事なの」

殿歩はコーヒーに砂糖を入れると、良和がテーブルの上に置いていたメタリックグリーンの派手な名刺を手に取った。

森羅万象あらゆるものの捕獲を請け負う、捕獲屋オフィス・カメレオン。浜谷良和の本当の勤め先である。オフィス・カメレオンと同じ雑居ビルにあるシンデレラ出版の社長、阿過雲斗が会長であり、彼の娘である沙汰菜が二代目社長だ。

「ま、雑誌のライターよりは、あなたに似合っているんじゃないの」

「そんなに俺に物書きは似合わないかな。一応ライター業もやっているんだが」

自分のコーヒーをすすりながら、良和がぼやいた。

「どうしてきみは、俺があやしいと思った」

「そうね。最初の疑念は、あのメンチカツかしら」

殿歩は手にした銀色のスプーンを軽く振った。

「あなたは袋をもらわず、手持ちの包み紙だけをもらっていた。それは長い距離を持ち帰るお土産としてではなく、すぐ近くにいる人のために買ったことを示している」

殿歩のスプーンが良和に向けられた。

「つまり、あなたは二人でソラマメ銀座に来ていた。でもあなたは、さも一人で来たようにふるまっていたから、おかしいと思ったわけ」

「正解だ。最初から俺はカメレオンの社長とあそこに来ていた」

良和はふてくされたように片手をあげた。

「そっちのマスクの人はもしかして、私が以前に助けた鼠色のスーツの人かしら」

そう言われて、顔を隠したジャージの男が椅子から飛び上がった。

「こいつはフリージャーナリストの新堂ってやつでね。ドジなくせに、きわどいネタばかり追いかけている厄介な男だ。今回の俺たちの依頼人さ」

「えへへ、その節はお世話になりました、刑事さん」

新堂がマスクとサングラスを取って、殿歩に何度も頭をさげた。

「さっきあなたが彼に渡したポチ袋の中身が、そのきわどいネタってことね」

「そういうこと、警察を出しぬく大スクープのはずだったんだが、これで台無しだな」

殿歩は楽しそうに、良和と新堂は力なく、それぞれ笑った。

「なんのネタなの」

「地下賭博の参加者名簿のデータが入ったＳＤカードだよ。芸能人や政財界の大物の名前もある。これ一枚で、悪党が芋づる式に捕まるという、組対部が泣いて喜ぶお宝だ」

「ふむ、そりゃまさしく鬼の目にも涙だわ」

殿歩が真面目くさった顔で言った。

「とにかく、それは警察で『保護』させてもらいます」

「いつから日本語では『横取り』を『保護』と言うようになったんだ」

「まあまあ、おたがい大人になりましょう。あなたたちがやらかした細かいことは、お目こぼししてあげるから」

目を細めつつ殿歩は良和に言った。

「ふん、今回はしょうがない、最後の最後で油断した俺がトンマなだけだ」

良和は軽く鼻を鳴らすと、新堂に言った。

「その女刑事さんにデータを渡してやりな。こっちの仕事料は要らないよ」

「ええっ、あんなに苦労したのに」

「俺とあんたの身元も知られたし、もうごまかしようがないだろ。彼女の王手だよ」

新堂はポケットからポチ袋を取りだすと、ため息を一つついてから殿歩に渡した。

「うん、たしかに」

ポチ袋の中を確認して、殿歩がうなずいた。

「ああ、そうだ。データを入手した経緯なんかを聴くため、組対部から本庁に呼びだしがあると思うからよろしくね、ジャーナリストさん」

「ええっ、なんで私が」

新堂が素っ頓狂な声をあげた。

「まあ、限りなくあちら側に近い連中だが、一応警官だから殺されはしまい。多分」

「なぐさめになっていませんよ、カメレオンさん。これじゃ踏んだり蹴ったりだ」

新堂は泣きそうな顔をしながら、力なく肩を落とした。

「きみはどこらへんまで把握しているんだ」

「このローファーに、なにかが隠してあったってことは、もうわかっているわよ」

殿歩は自分の履いているタッセルローファーを指さした。

「この靴は、誘拐未遂が起きた日に、私があの商店街で買ったものなの。でね」

殿歩は体をかがめると、靴の甲にある大きな飾り革、二重のキルティ・タンの上側をめくった。

「普通に見たらわからないけど、この足の甲の二重になっている大きな飾り革の間に、両面テープで、なにかを貼りつけたような跡があるでしょう。残った粘着剤から考えて、かなり強力なテープだったと思われるわ」

殿歩はカップを手に取り、さほど美味くもないコーヒーを一口すすった。

「ポチ袋の中のSDカードにも、きっと同じ粘着剤がついているんじゃないかしら」

「いつ、そんなものがきみの靴に隠されたと思う」

すました顔の殿歩に、少しだけ意地悪そうに良和がたずねた。

「靴屋さんにあったときからでしょ」

カップをテーブルに置き、殿歩はあっさりと答えた。

「新堂さんは地下賭博の参加者名簿のデータが入ったSDカードを入手した。だけどそれを地下賭博の組織に知られてしまい、追いかけられることになった」

「はい、その通りです、刑事さん」

新堂が背中を丸めてうなずいた。

「私はソラマメ銀座に逃げこみました。人目も少なくない商店街で、目立つ追いかけっこをしたくないのか、追手もそこまでは追ってはきませんでした。でも、この商店街の出口に先回りされたら、前後を塞がれて捕まってしまう可能性は高かった」

良和が小さくうなずいて、新堂を指さした。

「で、袋のネズミになったこいつは考えた。『もし自分が捕まることになっても、あれだけは連中の手に渡してはならない。これまでの苦労が水泡に帰す』とな」

「それで新堂さんは、目に入る範囲の中でも、とくに繁盛していなさそうなあの靴屋に目をつけたのね。追手の姿が見えないことを何度も確認して、新堂さんは外の棚に出してある個性的なデザインのローファーを、そっと手に取った」

殿歩は話しながら、靴を持つかのように自分の右手をあげた。

「そしてポケットから一枚のＳＤカードを取りだして、手にしたローファーの二重になったキルティ・タンの間の奥に、粘着テープで隠して、なにくわぬ顔で棚へと戻した」

「ちなみに、強力粘着テープはデータを盗むために組織へ侵入する小道具として、たまたま所持していたそうだ」

良和がそう補足したところで、新堂が深いため息をついた。

「店先の商品に隠しておいて、あとで回収するつもりだったんですよ。でも、刑事さんのおかげで、危ないところを逃れた私が靴屋へ戻ったときには、SDカードを隠したローファーはすでに売れてしまっていたんです」

「でも不幸中の幸い。あなたはほんの少し前に、その店の名前が書かれた袋をさげた人物を目撃していた。それも記憶に強く残る形でね」

殿歩はここで自分を指さすと、ほんの少しだけ得意げな顔をした。

「なにしろその人物というのは、危ないところを助けてくれた女刑事、つまりこの私だったんだからね」

得意げな顔を真顔に戻すと、殿歩は良和にたずねた。

「私の前から姿を消したあと靴屋さんに行ったことはわかるわ。でも、そこから新堂さんはどうしたの」

「新堂は追手の手をどうにか逃れて、こういうときのため、あらかじめ隠れ家として偽名で用意していたマンションに逃げこんだんだよ」

「不幸中の幸いってわけね」

「とはいえ、追手は新堂が潜んでいるマンションの近くから、なかなか離れようとしなかった。それどころか、その付近で見失った新堂を捜すために、人数を増やしてきた。新堂はマンションに隠れたまま、身動きが取れなくなっちまったのさ」

「あのときは本当にあせりましたよ。マンションに食糧を備蓄していたとはいえ、いつまでも外に出ないわけにはゆきませんから」

「それであなたに助けを求めたのね」

「ああ、追手をマンションの周囲から引き離すことと、女刑事から気づかれないように、靴の中のＳＤカードを捕獲すること。この二つを電話で依頼された」

「それでまずあなたは、顔を隠して新堂さんと同じ服装をして、ソラマメ銀座の廃ビルの屋上に姿を見せたわけね。そうやって目立つことをして、追手をおびき出した」

「チョロイもんだ。二日目には張りこみを解除してこっちに来てくれたよ」

二日目以降、幽霊が姿を見せなくなったのは、新堂を見張っていた連中をおびき出すことに成功して、それ以上、幽霊の姿を見せる必要がなくなったからだ。

「追手の注意を『捕獲』してやったわけだ」

「ねえ、それを『捕獲』とするのは、無理があるんじゃない」

「会長の意向なんだからしょうがないだろ。とにかく依頼内容を『捕獲』にこじつけるのがうちの社是（しゃぜ）なんだよ」

かなりうんざりした顔で良和が言った。あまり深く追及すると、面倒くさいことになりそうだ。この件についてはあまり触れないようにしよう。殿歩は即座に思った。

たわけね」
「二日目の深夜に廃ビルの窓や板を壊して侵入したのは、新堂さんを追ってきた追手だっ
「うむ、きっとあのビルの中に新堂が隠れていると思ったんだろうな」
人助けとはいえ、そんな危険な連中をソラマメ銀座に呼びこんだことは、あまり感心できない。悪びれる様子もない良和に、殿歩は少しだけ複雑な気持ちになった。

「さて、依頼の半分は早々に片付いたが、難しいのはここからだった」

良和は自分のコーヒーを一口飲むと、新堂を見つめながら深いため息をついた。

「悪党に取られるのも困るけど、警察すら出しぬいた大スクープにしたいから、データが刑事の手に渡ってしまうのも避けたい。なかなか欲張りな依頼人だったよ」

「そういう問題は、やはり警察に素直に言ってほしかったわね」

殿歩は恐縮している新堂を横目で見ながら、大きなため息をついた。

「あなたは幽霊騒動を取材しているふりをしながら、誘拐未遂が起きた日に、靴を買った女刑事の身元を調べていたわけか」

「ご明察だ。もし、その女刑事が目的の靴を履いていたら、回収する準備もしてな」

良和は苦笑を浮かべてうなずいた。

「まあ、その靴を履いた女刑事と調査初日に遭遇した上、自分の昔の同僚だったのは、さ

すがに予想外だったがね。しかし幽霊とローファーに隠したSDカードの回収。この二つがどうつながる」

良和はまるでクイズの出題を楽しむように殿歩にたずねた。

「俺は今日、もう一度だけ『幽霊』を出現させた。なんのためにだと思う。俺の用事があるのは、きみの靴に対してだった。屋上と足元。上と下。正反対の二つだぜ」

「それをつなぐのが肩車よ」

あっさりと殿歩は良和の問いに答えた。

「さりげなく私の足元に触れるため、私を肩車する状況を作る。それだけのために、あなたは三たび幽霊を出現させて、あの半地下の倉庫に私を誘導したのよ。足場になるものがないあの部屋から出るには、私を肩車するしかないものね」

「むう」

良和が低くうなった。

「あなたはしつこく『上に集中しろ』と言っていた。今から思えば、あれはずいぶんとわざとらしかったわ」

殿歩はスプーンを手に取り、天井をさした。

「そうやってあなたは、私の意識を足元からそらしていたんでしょう。私が必死に頭上へ神経を集中させて背伸びしている隙に、あなたはローファーの飾り革の間から、SDカードを回収した。まんまとあなたにだまされたわ」

そして殿歩は天井をさしていたスプーンを足元へと向けて、良和に微笑んだ。

「まあ、意外と難しいわよね。他人が履いている靴に、ごく自然に触れるのって」

「うむ」

良和が上着の両肩にまだうっすらと残っている殿歩の足跡に手を触れながら、面白くなさそうな顔をした。

「路地でつまずいて転んだのは、自分の能力を知っている私への、アドリブの小芝居ね」

「そうだよ。捜していた女刑事がきみだったことは、今日初めて知ったからな。当初の予定では、半地下への入り口は、普通に路地を懐中電灯で照らして見つけるはずだった」

やっぱりね、とでも言うように、殿歩は口元をかすかにゆがめた。

「ああ、そうそう」

ふとなにかを思いだしたように殿歩が手を叩いた。

「ドアの鍵も謎でもなんでもなかった。ドアのサムターンは、あなたが私より先に半地下の倉庫に入ったとき、閉めておいただけ。そうよね」

良和は苦々しげにうなずいた。

「あのまま廃墟探索をするのも面倒だったからな。『すでに幽霊はここから出ていった』と思わせる状況を作ることにしたんだ」

「ドアのサムターンを内側から閉めるだけで、ビルの中には幽霊はいないというロジックを完成させ、一時的とはいえ私に信じこませた。そこはお見事。さすがね」

「見事なもんか。きみが気にしていたように『どうしてそんなことをしたのか』という点が、すっぽり抜け落ちている。まるで美しくない」

良和は不快そうな顔で、なにかを打ち払うかのように激しく手を振った。

「つくづく変なところで完璧主義よね、あなたって」

「そもそも、きみが俺と適当な寿司屋に来て、座敷に上がって靴を脱いでくれれば、俺もあそこまで苦労をしなくてよかったんだぞ。きみにカッパ巻きでも食わせている間に、うちの社長がきみの靴から、こっそりSDカードを取りだせば済んだんだからな」

良和は仏頂面をしながらぼやいた。

「きみを口説くより、こんな危なっかしい作戦の成功率のほうが高いんだからな。まったく泣けてくる」

ため息まじりで良和はそうつぶやくと、すっかり冷めてしまったコーヒーを、やけくそ気味に一息で飲み干した。

「それにしても、手段を択ばない危険な連中を相手にして、なかなか危ない仕事だったんじゃないの」

「どういうことはない相手だったよ。きみが最大の脅威だった。実際、最後の最後でこうして、足をすくわれちまった」

「あまり悪目立ちすると両手にワッパがかかるわよ。そのつもりで新しいお仕事に励むことね、捕獲屋さん」

「まあ、せいぜいお手柔らかに頼むぜ、刑事さん」

良和が軽く両手をあげた。

「そうだ、あともう一つ。今日、屋上にいた幽霊は何者なの」

「あれはうちの社長の変装だよ。阿過沙汰菜って半人前のメカオタクだ」

「ああ、あのパン粉の屑しかもらえない不憫な社長さんね」

そう言うと、殿歩は周囲を見回した。

「で、その社長さんはどうしたの。ここにはいないみたいだけど」

「さあ、俺は知らないな」

良和は無関心そのものといった表情をした。

「知らないって、仕事が終わったのに電話連絡も来ないの」

「鬱陶しいから、社長からの電話は着信拒否にしているんだ、俺」

当然のことのように良和が言った。

「本当にぞんざいな扱いなのね、あんたのところの社長さん」

「フン、どうせもうとっくにあんなところから抜けだして、家に帰っているさ」

良和はそっけなく言った。ハシゴをあらかじめ持ちこんで、ビルの奥に隠しておいたから、運動神経にやや難がある小柄な沙汰菜でも、窓から出られないということはない。そもそも小心者の沙汰菜が、いつまでも暗く薄気味悪い廃ビルに一人でいられるはずがない。早々（そうそう）に退散しているだろう。

「出口に鍵がかかっているわけでもないんだからな」

何気なくそうつぶやいて、良和は急に両手で頭を抱（かか）えた。

「いや待て、鍵だと」

なにかものすごく重大なことを失念している気がする。

「そうよ、鍵よ。ちょっと待って」

殿歩も頭を抱えて、あの倉庫での自分の行動を思いかえしていた。

「そう、あのとき私はサムターンを開錠してドアを開けて、外側の鍵穴をたしかめたのよね。そしてドアを閉めてから、鍵がかかるかどうか、サムターンを回してたしかめた。鍵は問題なく施錠できて、それから」

「うん、それからどうしたんだっけ、俺たち」

「そのまま肩車して脱出したわよね」

「ということは、あの建物の唯一の出入り口がある倉庫のドアって、どうなっている」

「内側から施錠されていて、廊下側からは開かない状態だわ」

もしあのとき、まだビルの中にいたとしたら。殿歩はゆっくりと顔をあげた。

「あのさ、あなたのところの社長さん、もしかして廃ビルの中にまだ閉じこめられているとか」

「だと思う」

良和と殿歩は、青ざめた顔を見合わせた。

「ほう、またソラマメ銀座で新しい幽霊騒ぎが起きたらしいぞ」

数日後の警視庁捜査三課で、スポーツ新聞をひろげた伏見が、おどろいたように言った。

「だれもいないはずの廃ビルから若い女の恨(うら)めし気な泣き声がするのを、大勢が聞いたそうだ。ううむ、やはりあそこにはオカルト的な因縁(いんねん)があるのかもしれないな」

「そうですねえ、あの悲惨な出来事がオカルトだったら、どんなに良かったことか」

はるか遠くを見るような目で殿歩が静かにつぶやいた。

第四話　試作車の鍵

満員の地下鉄から駅のホームへ降りた元刑事のフリーライター浜谷良和は、左手の袖口の違和感に気づいて小さく舌打ちをした。

そのまま腕を上げて黒いカラーワイシャツの左の袖を確認する。やはり袖のボタンがない。良和は顔をしかめた。

「まいったな。満員電車の中で揉まれているうちに取れちまったか」

自宅を出るときから袖のボタンが取れそうになっていたことは知っていた。一日ぐらいならなんとかなると考えてそのまま出かけたが、見通しが甘かったようだ。

腕まくりをして歩こうかとも思ったが、それをするには今日の風は少し肌寒い。良和は仕方なく、いつもは肩にかけているスーツの上着を羽織った。

開きっぱなしの袖口が心地悪いが、よく動かす右の袖でなかっただけマシだろう。

そのまま良和は自動改札を抜けて、曲がりくねった地下通路を通り、長い階段を上って地下鉄の駅を出る。

階段を上りきった良和の目の前に、秋の青空と金色に色づく並木道が現れた。

地下鉄の駅から数分歩き、シンデレラ出版のある雑居ビルに到着した良和は、灰色の建物を見あげてため息をついた。

すべてが色鮮やかな秋の風景の中で、相変わらずこの雑居ビルの周囲の一角だけが、切り取られたようにモノクロームの世界だ。

まったくこれからここへ入ると思うだけで気が滅入ってしまう。この先に未知の厄介な案件が待ち構えているのだからなおさらである。

良和は電源を切られたエレベーターの横にある防火扉を開けて非常階段で二階へ上がり、編集長である諏訪院雲斗の居場所である資料室の前まで歩き、そのドアを開けた。

「よう、来てくれたな」

机の上に積みあがった資料の向こう側から年甲斐もなく金色に染めた髪をのぞかせて、編集長が良和に手を振った。

すっかり秋も深まってきたというのに、夏と変わらぬアロハシャツ姿だ。どうやらこの人に季節感というものはないらしい。

「呼ばれりゃ来ますよ。これも仕事ですから」

淡々と答えると、良和は資料室の片隅にある椅子に腰を下ろした。

「俺を呼んだのは表の雑誌ライターとしての仕事ですか。それとも裏ですか」

良和の質問に対し、一拍置いて編集長は答える。

「カメレオンだ」

やはりな、という顔をして良和が無言で小さくうなずく。

捕獲屋カメレオン。森羅万象あらゆる事物の「捕獲」を業務とする。良和の現在の本当の職業である。もっとも「捕獲」の定義には、先代社長で現会長である諏訪院雲斗、本名、阿過雲斗によるこじつけが多分に入るため、実質は便利屋のようなものだ。

「で、今回はなにを捕獲するんですか、編集長、いや、会長」

「うむ、鍵を捕獲してもらいたい」

「鍵ですか」

良和は思わず聞き返した。

「そうだ。試作中の自動車の鍵さ」

良和は腕を組んで少し顔をしかめた。

「そんな大切なものを紛失させた連中が作った自動車になんか乗りたくないですね。機械ってもんは信頼性が第一だ」

「うっかりなくしたんじゃないよ。盗まれたんだ」

会長が苦笑しながら良和に言った。

「それにその車を作ったのは自動車メーカーじゃない。大学の研究室だよ。作った車を市販するわけでもなければ、公道を走らせるわけでもない」

「ふむ、話を聞かせていただけますか」

良和は椅子の上で姿勢を直した。

「問題の車が製作されたのは恭明大学の工学部だ」

その大学なら良和も知っている。たしか関東地方の北部にある大学で、工学部だけなら日本でトップクラスとも言われている。

「そこの研究室で開発された新型モーターを搭載した試作車の鍵が紛失したんだ」

「新型エンジンではなく、新型モーターということは電気自動車ですか」

「ああ、そうだ」

会長はうなずいた。

「市販されている電気自動車よりもはるかに効率が良いものらしい。だが詳しいことは私にもよくわからん」

「新型の電気自動車ね。俺もあまり興味ありませんな」

良和は肩をすくめた。

「上司と地球は甘やかさないことにしているんで」

「せめて上司には優しくしてもいいんじゃないかな、うん」

悲しそうな顔でつぶやく会長を無視して、良和が質問を続けた。

「鍵が盗まれたという話ですが、試作車って鍵をつけるものなんですかね」

「ケースバイケースだと思うぞ。今回は電気系統をなるべく実車に近づけるのが望ましいということと、管理を円滑にするため鍵をつけて設計したみたいだ」

「ふむ、まずは鍵を盗んだ犯人を捜す必要がありますな」

「いいや、それには及ばん。今回の犯人はすでに死亡している」

死亡という単語を聞かされて、良和の眉がかすかに動く。

「会長、詳細」

「ホイ来た」

会長が資料の山からファイルを一つ抜いて、良和めがけてフリスビーのように投げつける。良和はそれを片手でキャッチすると、そのまま開いて目を通しはじめた。

事件が起きたのは今から二日前のことだ。恭明大学の研究棟において、警備装置が侵入者を感知した。

すぐさま警報装置の反応があった研究棟にかけつけた当直の警備員、宇津譲二(うつじようじ)と東山弘樹(ひがしやまひろき)は、不審な人影が熊上岩夫(くまがみいわお)教授の研究室から出てくるのを目撃した。

人影のほうも警備員たちに気づき逃げだしたため、二人は人影を追いかけた。警備員たちに追われた人影は、研究棟の廊下の非常口から研究棟の外へ逃走した。

二人の警備員も非常口から出て、外へ逃げた不審な人影を追った。しかし外へ出てほんの少し走ったところで、人影はおもむろに二人の目の前で倒れた。

警備員たちは倒れた人影にかけよった。人影の正体は年老いた浮浪者風の男だった。脈はすでに止まっていた。

警備員たちは警察へ連絡をして、そのまま警察が来るまで遺体を見ていた。

「解剖の結果、男の死因は心筋梗塞と判明。自殺や他殺ではなく病死か」

そうつぶやくと、良和はうなずきながらファイルをめくった。

男の身元は観月曉。年齢は六十五歳。住所不定無職で窃盗の常習犯。観月は不安定な生活を長年してきたことで、複数の内臓疾患を患っていた。そのため警備員たちに追われて走っただけで、心筋梗塞を起こしたのである。

死んだ観月は研究棟の合鍵を所持していた。その鍵は大学のものではなく、新たに作られたものであることはすぐに判明した。

研究棟には観月の指紋が残されており、研究室の一つから試作車の鍵が紛失していた。しかし、観月の死体からは試作車の鍵は見つからなかった。

なお研究棟内は念入りに調べられたが、そのほかの物品の盗難被害はなかった。

「なるほどね」

良和は目を通し終えたファイルを閉じた。

「行方不明の車の鍵を捜してほしいと、大学に依頼されたわけですな」

「いやいや、依頼されたのは大学からではない」

会長が首を横に振る。

「試作車を開発した熊上教授を慕う学生たちが金をカンパして、鍵の『捕獲』をうちに依頼してきたんだ。熊上先生を助けてほしいとね」

「へえ、学生たちがねえ。かなり人気のある教授のようですな」

少しだけおどろいたような顔をすると、良和は立ちあがって、持っていたファイルを椅子の上に置いた。

「まあ、これで今回の事件の大まかな経緯はわかりました」

「社長は一足先に現地へ行っている。きみもすぐに後を追ってくれ」

「社長が一人で先行しているんですか」

社長とはこの会長の一人娘の阿過沙汰菜のことである。他殺ではなく病死とはいえ、この一件では死人が出ているというのに、あの卑屈な臆病者がやる気を出しているのは珍しい。良和があごをなでた。

「それじゃ、ちょいと行ってきますよ」

そう言うと良和は、ふと思い出したように会長にたずねた。

「話は変わりますけど、会長はソーイングセットみたいなものは持っていませんよね」

「えっ、そんなものないよ」

会長が首を横に振った。

「そうですか。実はシャツの袖からボタンが取れちまいましてね。袖口がプラプラしてどうにも落ち着かないんですよ」

良和は上着の袖をめくり、ボタンが取れたワイシャツの左袖を会長に見せた。

「袖が締まればいいのなら、輪ゴムがあるぞ。遠慮せずに束（たば）で持って行きなさい」

「わ、輪ゴムですか。見た目は良くないな」

良和はしばらく顔をしかめて頭をかいていたが、やがて小さなため息をついて、会長の手から数本の輪ゴムを受けとった。

「まあ、ないよりはマシか。上着で隠しておけば見えないことだし、とりあえずの応急処置ということでお借りしておきますよ」

「社の大切な備品だからな。あとでちゃんと返したまえ」

この会社、いよいよ先がないかもしれない。良和は心の中でつぶやいた。

都内から電車とバスを乗りつぐこと一時間、良和は恭明大学の正門前に立っていた。大学の周囲は田園地帯であり、刈られたばかりの稲穂が見える。付近には大学の施設のほかに大きな建物は見えない。

「こいつはまるで隔離施設だね」

良和は小声で皮肉を言うと、正門から大学の敷地内に足を踏み入れた。そして正門を抜けてすぐの場所にある警備員詰所の窓口に話しかける。

「大学の学生さんから依頼を受けて参りました」

警備員にそう言いながら良和は名刺を差しだした。

「ああ、はいはい、オフィス・カメレオンさんですね」

メタリックグリーンの派手な名刺を見て、初老の警備員がうなずいた。詰所にいる警備員はこの男一人だけのようだ。

「社長さんが先に来ていますよ。どうぞ中にお入りください」

「来訪者の氏名や敷地内に入った時間を、名簿に記入しなくていいんですか」

警備員詰所の壁にかけてある名簿を指さしながら、良和がたずねる。

「別にかまいません」

一人だけいる警備員は愛想笑い(あいそ)をしながら首を振った。

「あんなことがあったので、いつもより注意するように上からは言われていますがね。大学なんてもんは、多数の人間がひっきりなしに出入りする場所です。夜間はともかく昼間のうちは、あまり細かくやっていませんよ」

「はあ、そうですか」

　これでは日中の正門の警備はしていないのも同然だな。良和はそう思いつつ、ふと警備員のネームプレートに目をやった。

　ネームプレートには「宇津譲二」と書いてある。たしか二日前の事件で観月を追いかけた警備員の一人がこの名前だったはずだ。

「あなたが宇津譲二さんですか」

「はい、そうですよ」

　警備員がうなずく。良和はなるべくさりげなく言葉を投げかけた。

「二日前の事件を目撃されたそうですね」

「ええ、まあ、目撃したというか、当事者というか」

　歯切れ悪く宇津が答えた。

「あなたがたはなにも悪くはないですよ。職務を果たしただけです」

「警察も職場のみんなもそう言ってくれましたが、やはり早く忘れたい体験ですよ。私たちが追いかけたことで、あの爺さんを死なせちまったわけですからね。あんな体験はもうしたくないので、仕事も夜勤から日勤にしてもらったんです」

見た目こそ元気そうだが、やはり内心はかなりまいっているようだ。この男から事件の経緯を根掘り葉掘り聞くというのは難しそうである。良和はこの警備員から、必要なことだけ聞いておくことにした。

「人影についてですが、追いかけている最中に見失ったということはないですよね」

「いいえ、そいつはありませんね」

宇津はきっぱりと首を横に振る。

「熊上先生の研究室は一階で非常口のすぐ近くです。あの爺さんの行動は、研究室を出るところを見つけてから、視界にずっと捉えていました」

宇津はよどみなく良和に答えた。きっと警察から何度も同じ質問をされたのだろう。

「それに人影が研究室から出てきた瞬間、私の相棒が懐中電灯の光を当てたことで、相手の顔と服装がはっきり見えたんです。あれはまちがいなく、その」

ほんの少しだけ言葉を詰まらせて、宇津は良和に告げた。

「追いかけっこで死んでしまった爺さんでしたよ」

「そうですか、無神経な質問をお詫びします」

良和は宇津に軽く会釈をして、警備員詰所をあとにした。

そのまま落ち葉を踏みしめて、舗装された道をしばらく直進すると、大学内部の地図が描かれた案内板の前にたどりついた。

　わかっていたことだが、やはりこの大学の敷地はおそろしく広い。多数の建物のほかにも、公道を走れない試作車の走行テストのためのコースなども設置されている。

「まいったな。研究棟が複数あるのか」

　良和は軽くため息をつくと、携帯電話を取りだして、オフィス・カメレオンの社長である沙汰菜に電話をかけた。

「はい、阿過沙汰菜だけど」

　下手に出ながら隙を見てはこっそり悪態をつく、いつものこすっからい沙汰菜からは想像もつかない明朗かつ凜々しい声が電話に応じた。

「俺だよ。大学に到着したんだが、お前はどこにいるんだ」

「七号研究棟よ。ボンヤリしないでダッシュで来る」

　これは様子がおかしいぞ。良和は首をかしげた。声はまちがいなく沙汰菜本人のものだが、態度があまりにもちがう。

「おい、変なもんでも拾い食いしたのか」

「あんまり待たせないでね。プロなら時間厳守。これ鉄則」

「うむ、イカンな。これはかなり重症だ。どうしたものか」

　良和が低くうなっていると、沙汰菜は一方的に電話を切ってしまった。

「まったく、あれほど拾い食いはするなと言っていたのに」

良和はそうつぶやいて携帯電話をポケットにしまいこむと、案内板で七号研究棟がどこにあるのかを探した。


目的の七号棟に向かって良和がのんびり歩いていると、見覚えのある顔が向こうからやって来るのが見えた。

「よう、変なところで会ったもんだな」

良和は苦笑しながら軽く手をあげた。

「あら、どうしたの」

警視庁捜査三課の刑事、御小曾殿歩(おこそとのほ)は思わず立ち止まると、かつての同僚である良和に、おどろいた顔を見せた。

「鍵捜しだ」

良和は正直に殿歩に言った。彼女はアドリブの嘘(うそ)でごまかせるほど甘い相手ではない。法に反する依頼でないのなら、正直に言っておくのが賢明だ。

「もしかして例の一件についてかしら」

無言でうなずく良和。

「だれがあなたを呼びこんだの。やっぱり大学側かしら」

「悪いが俺にも守秘義務ってやつがある」

「あらそう、なら仕方ないわね」

意外にあっさりと殿歩は引き下がった。

「きみこそどうして恭明大学にいる。ここは桜田門(さくらだもん)の管轄にはちょいと遠いぜ」

背後にある大学の建物を一瞬だけ振りかえってから、殿歩は良和に答えた。

「ここで病死したコソ泥さんについて、確認したいことが少しあったのよ。うちの管轄でもいくつかの盗難事件を起こしていたからね」

「仕事か。それにしてはもう一人がいないな」

良和は周囲を見回す。刑事が行動するなら二人一組が原則だ。いくら殿歩がスタンドプレーヤーでも現役の刑事だ、基本的な規則を破るとは思えない。

「伏見(ふしみ)班長と来ているんだけど、はぐれちゃったの。まあ、もう用事を済ませて帰るだけだし、捜査じゃなくてただの確認作業で来ただけだから、問題ないとは思うけどね」

「なっ、伏見の旦那が班長だと」

良和が思わず叫んで目を丸くした。

「はあ、世も末だね、こりゃ」

刑事時代を思いだして良和は思わず天を仰(あお)いだ。たしかに伏見は好人物であり、古参の先輩刑事として、刑事時代の良和の面倒をそれなりに見てくれた。しかし仕事に関しては不真面目で今一つ頼りなかったという記憶しかない。さらに言わせてもらうなら、見た目だけはかなり切れ者で真面目そうに見えるから、よけいにタチが悪い。

「どうせ煙草を吸うところでも探して迷ったんでしょう。最近、奥さんから家での煙草を禁止されて、その分を取り戻すように外出先でやたらと吸っているから」

殿歩が肩をすくめた。

「まったく、旦那らしいな」

あきれたような顔をしていた良和が、ふと、なにかを思いついた様子で殿歩に言った。

「なあ、ソーイングセットみたいなものを持っていないかな」

「そんなもの持っていないわよ。どうかしたの」

「袖のボタンが取れちまってな。輪ゴムで留めているが、どうもみっともない」

良和は腕を上げて殿歩に袖を見せた。

「あら、たしかにみっともないわね。なにかないかしら」

殿歩はそう言いながら、自分のバッグをさぐった。

「安全ピンならあるわ。これを使いなさい」

「安全ピンね。輪ゴムよりはまともな方法だな」

良和は殿歩から安全ピンを受けとると、輪ゴムを外して上着のポケットに入れ、代わりに安全ピンで左の袖を留めた。

「うむ、こいつは具合がいいや。ありがとうよ」

「どういたしまして」

苦笑しながら殿歩が答えた。

「地元の警察は昨日のうちに仕事を済ませて引きあげているから、あなたがここで鍵捜しをしても問題ないと思うけど、それでもあまり悪目立ちしないようにね。警察に逮捕されても、私たちからの助け舟なんて出ないわよ」

「言うには及ばんよ。昔の仲間に迷惑をかけるつもりはないさ」

良和はポケットに手を入れながら言った。

「それにこれはややこしい事件じゃない。犯人は病気で死んじまっているし、盗まれたものは車の鍵が一つだけ。それさえ見つかれば全部解決だ」

「また嘘ばっかり」

殿歩は目を閉じて小さなため息をついた。

「思ってもないことを言うもんじゃないわ。とくに私の前ではね」

「だよな」

良和も首をすくめた。

実行犯は死亡した観月だが、コソ泥が試作中の車の鍵などを盗んでもメリットはない。犯行を指示した黒幕がいるはずだ。

「観月は複製した鍵で侵入した。ということは」

「大学の鍵を観月に渡して複製を作らせた。もしくは複製を自分で作って渡した。どちらにせよ黒幕は十中八九、鍵を入手できるこの大学の関係者ってことね」

殿歩は大学の建物へ目をやった。

「なんとも歯がゆそうな顔をしているな」

「私たちの管轄外だからね。気になっても深入りはできないわ」

こういうときはフリーの良和たちのほうに強みがある。

「きみの代わりに嗅ぎまわろうか。もちろん交換条件つきだが」

「遠慮しておくわ。警察の捜査情報を目当てにしての申し出でしょうけど、お生憎さま。そもそも管轄外だから、今回の事件について私たちもほとんど情報を持ってないの」

「ま、そこまで甘くはないよな」

良和が鼻の頭をかいた。緊急時ならお互いに協力できないこともないが、まだ切羽詰まった状態になっているとは言い難い。

「さて、私はもう少し、この敷地内で班長を捜しているわ」

殿歩はそう言って良和にウィンクした。

「なにかあったら、また世間話でもしましょう」

「世間話か。血なまぐさい話題にならなきゃいいがね」

話を終えた良和と殿歩はそのまますれちがった。

ようやく見つけた第七研究棟は、周囲にある施設と比較してもなかなか大きな建物であった。一階部分にはシャッター付きのガレージもある。きっとここは研究中の大型機材や自動車などの保管場所でもあるのだろう。

「さあて、うちのアホ社長と合流するか」

頭をかきながら良和は研究棟の中へと入った。


「お姉さま、できました」

女子学生がそう言いながら、工作室の中央に置かれた椅子に座る緑の作業着の若い女に、両手で持った金属板をおずおずと差しだした。

「やり直し。研磨が甘い」

女子学生が差しだした金属板を一瞥した女性は、片手に持ったペットボトルからウーロン茶を一口飲んで、椅子にふんぞり返ったまま厳しい口調で言った。

「半端な仕事をしてはダメ。一工程ごとに人の安全がかかっているの。乗り物をいじるって、そういうこと。わかるわよね」

「ごめんなさい、お姉さま」

女子学生が暗い顔で金属板を抱きかかえた。

「もう、そうやってへこまないの。しょうがない。頼りないベイビーちゃんたちに、もう一回だけ手本を見せてやるか」

そう言うと、緑の作業着を着た女性は椅子から立ちあがり、中央にある作業台に向かって悠々と歩いた。

そしてウーロン茶を一口飲んで作業に取り掛かろうとしたその瞬間、廊下のガラス窓の向こうに良和の姿を見つけて、盛大にウーロン茶を口から噴き出した。

「げほっ、げほっ、ウーロン茶が鼻に入った。うえぇ、鼻の中が痛い」

女は床にひざまずいて、顔中の穴から液体を垂れ流しながらむせた。

「い、い、いるなら声ぐらいかけてくださいよ、師匠」

女は這うようにしてどうにか窓の近くまで行くと、窓を開けて良和に小声で言った。

「すまんな、お姉さま。あまりにも痛々しい空間で、俺には介入する術がなかった」

緑の作業着の女、阿過沙汰菜に、良和は淡々と告げた。

「その、これには深い事情がありまして、その」

「いや、いいからなにも言うな。見なかったことにしてやるから」

良和は慈愛に満ちた悲しげな眼で沙汰菜を見つめた。

「ここではああいうキビキビした先輩キャラなんだろ。わかるよ」

「いや、その、あの、ええと」

良和がいたたまれない様子で沙汰菜から目をそらした。

「心配するな。空気は読んでやる」

「これまでにないぐらい優しく私に接しないでください。かえって傷つきますから」

「だから落ちつけ、お姉さま。ベイビーちゃんたちが見ているぞ」

「ですから、それ止めてくださいって」

沙汰菜が悲痛な叫びをあげた。


「最悪だ。死にたい。この状況は本気で死にたいよう、うう」

良和に連れだされた七号研究棟の裏で、両手で顔を押さえて沙汰菜はしゃがみこんだ。

「まあ、とりあえず冷静になれ」

良和はややうんざりした顔で沙汰菜に言った。

「工作技術だけは名人級のお前が、学生たちに教える立場になるのは、まあわからないでもない。どういう経緯であんなドクダミの花園みたいな空間ができあがったんだ」

「それがその、久しぶりに後輩に会ったもので、つい」

「学校の後輩。つまりお前はあの子たちの先輩ってわけか」

あごをなでていた良和が、ふと首をかしげた。

「あれっ、でもお前って恭明大のＯＧだったのか」

「いいえ、ちがいます」

沙汰菜が首を振った。

「工業高校の後輩たちなんです。今回の依頼もそのつながりで来たものでして」

裏の存在であるオフィス・カメレオンに、大学生から依頼が来たというのはあまりそぐわないと感じていたが、そういう事情があったわけだ。良和は無言でうなずいた。

それにしても沙汰菜が後輩の前では頼りがいのあるキャラで、もてていたという事実は、なかなか意外ではある。

「俺の偏見なら先に謝(あやま)っておくが、工業高校で女子は珍しいんじゃないのか」

「はあ、工業高校で女子、多くはないと思います」

「そこで、お前はああいう痛々しい高校時代を過ごしていたんだな」

「痛々しいって言わないでください。私だって冷静になると死にたくなるんですから」

「だったらなおさら冷静になれ」

「またさらっと酷(ひど)いこと言いましたよね、師匠」

「そうかな」

良和はとぼけて首をかしげた。

「ともかく、そう熱くなっていたのでは仕事の話もできん」

気を取りなおすように軽く息をついて、良和が沙汰菜に言った。

「お前が実践で身に着けた技術を後輩に教えてやるのはいいことだしな。大学のほうの許可はもらってやっていたんだろう」

「ええ、まあそうですけど」

沙汰菜は苦い顔をしながらうなずいた。良和は研究棟の建物へ目をやりながら、さらに沙汰菜にたずねた。

「例の事件が起きたのもこの第七研究棟なのか」

「はい、ここに熊上教授の研究室があります」

「なるほどな」

良和が手をあごに当てて軽くひねった。

「今回の仕事は学生がカンパで俺たちに依頼してきたと会長に聞いた。熊上って教授は学生には人気があるみたいだな」

「一昔前、機械の仕組みをわかりやすく教えるテレビの子ども向け番組に出ていましたからね。それを見て育った世代の学生には、すごく人気があるんです」

たしかに子どものときに見たものは強く印象に残る。中にはその番組を見て、この道を志した学生もいるかもしれない。

「学内には『子ども番組のおかげで教授職を任命された』なんて揶揄する声も多々ありま

すね。やっかみもあるんでしょうけど」

沙汰菜は肩をすくめた。

「学生たちには絶大な人気がある熊上教授ですが、その反面、上からの方針に逆らう反骨の無頼漢のせいか、大学側からの評判はあまりよろしくありません」

「つまり熊上を恨んだり、嫌ったりしている人も多いわけか」

「ええ、今回のような事件が起きてもおかしくない下地はあったようです」

「熊上と一番対立していたのは」

「それはやはり田名誠太郎教授ですかね。学内の最大派閥のボスで、熊上教授の教授任命にも最後まで反対していたそうです」

大学内の勢力争い。まあ、ありがちな話ではある。

「こう言ってはなんですが、田名教授のほうが学内でずっと力はありますから、熊上教授はなかなかねちっこく意地悪をされていたみたいですよ。申請した予算を通してもらえないなんてことは、しょっちゅうだったようです」

沙汰菜にしては上出来の情報収集だ。良和は満足げにうなずいた。だが、これはおそらく学生たちから得た情報だから、人気者の熊上教授に好意的なバイアスがかかっている可能性は大きい。あまり鵜呑みにもできないだろう。

「熊上教授が試作していた電気自動車とはどういうものなんだ」

「ベースはほぼ市販の電気自動車を流用していて、動力部だけ新素材を使ったモーターに換（か）えているって話です。それで効率が大幅に上がるとか」

良和の眉がかすかに動いた。

「話ということは、お前もまだ実物は見ていないんだな」

「はい、そうです」

沙汰菜がうなずく。

「モーターどころか、モーターに使われている新素材すら未見です。まさにトップシークレットですよ。私としては興味津々（しんしん）なんですけどね」

まあ、いくらお姉さまでも部外者だ。そこは仕方がないだろう。良和は腕を組んだ。

「で、その試作車はどこにあるんだ」

「あそこに厳重に保管されているそうです」

沙汰菜は、第七研究棟の一角に並んでいる閉じられたシャッターの一つを指さした。五つほど並んだシャッターには、それぞれに様々なイラストがペンキで描かれていて、にぎやかな外観になっている。美術サークルの学生が描いたのだろうか。

「警察がすでに調べ終えている研究室へ入る許可ならすぐもらえましたが、ほかに紛失したものがなかった以上、犯人の目的は試作車の可能性が高いということで、ガレージに入る許可はもらえませんでした。あの中を見ることはできません」

鍵が盗まれるようなことがあった直後では、警備が厳重になるのは当然だろう。

「あそこへ入る許可はもらえないのかな。もし俺たちが信用できないというのなら、熊上教授に同行して監視つきでもいいんだが」

「残念ですが、それはできませんよ、師匠」

沙汰菜が首を横に振った。

「熊上教授は昨日から北海道に出張中でいないそうです」

良和が顔をしかめた。今回の事件の直接の被害者とも言える教授に会えないのは痛い。

「それに試作車本体が無事であることは、大学も警察もすでに確認していますから、見るまでもないと思いますよ」

「そうだな。俺たちの仕事は試作車そのものをどうにかするわけではなく、鍵捜しだ」

シャッターが閉じられたガレージを横目で見ながら、良和はポケットに手を入れた。まずは研究室から、犯人である観月の行動をたどってみるしかないだろう。

「話は変わるが、お前ソーイングセットみたいなものを持っているか」

「えっ、ソーイングセット。どうかしたんですか、師匠」

「シャツの袖のボタンが取れたんだよ。今は安全ピンで留めている」

「ううん、ソーイングセットみたいなものねえ」

しばらく作業着のポケットをまさぐって、沙汰菜は丸められた白い紐を取りだした。

「ビニール紐ならありましたけど、使いますか」

「いらん。輪ゴムのほうがまだマシだ。そのまま後生大事にポケットにしまっとけ」

良和がうんざりした顔で軽く手を振った。


第七研究棟の研究室を調査するため、鍵を借りに良和たちが研究棟にある警備室へゆくと、洒落たスーツを着た長身の若い男が中年の警備員と揉めていた。

「だからさあ、ちょっと試作車を確認するだけでいいんだって」

スーツの男は両腕をひろげながら警備員に言った。

「ぼくだって二日も無駄足を踏むわけにはゆかないんだよね。わかるだろ」

「何度も言ったでしょう。それはできませんよ、あなたもしつこいですね」

警備員が強い口調で拒みながら首を振る。

「どんな些細なことでも、トラブルの種はもうこりごりなんですよ。ただでさえ、私はあんなことに巻きこまれたばかりなんだから」

あんなことに巻きこまれたばかりだと。良和は中年の警備員の胸元を見た。胸のネームプレートには「東山弘樹」とある。二日前の事件に関わった警備員のもう一人だ。

「すまんが長引きそうなら、こっちの用件を先に聞いてもらえるか」

押し問答をしている二人の間に割りこむようにしながら、良和は東山に言った。

「あんたが二日前の事件に関わった東山さんだね」

「ちょっと、ちょっと、なんですか」

警備員が答える前に、若い男が良和に文句を言ってきた。

「まだぼくが彼と話しているんですよ」

「悪いな。俺の用事が終わったら、いくらでも話してくれ」

声を荒らげるでもなく、良和は淡々と若い男に告げた。男はなにか言いたそうにしていたが、この場でもう一つ争いごとを増やして、事態をややこしくするのは得策ではないと考えたのだろう。不満そうな顔をしながらも、無言で警備室の入り口近くまで下がった。

若い男がおとなしくなると、良和はあらためて警備員の前に立った。

「東山さんですね。二日前に例の一件に遭遇なされた」

「はい、そうですけど」

東山は怪訝そうな顔で答えた。

「どうも、オフィス・カメレオンです」

良和は東山に名刺を差しだした。

「ああ、連絡は受けていますよ」

一時的とはいえ、しつこい若い男をだまらせたせいなのか、東山の良和たちへの態度は比較的好意的なようだ。彼の心証を悪くしないように、良和は丁寧な態度と言葉遣いで東山にたずねた。

「事件当夜もここにおられたのですか」

「ええ、そうです」

わずかに言いよどみながら東山が答えた。やはり宇津と同じく、二日前の事件から少なからずショックを受けているようだ。

「ずいぶんとモニターやランプが並んでいますね」

警備室にある設備を見ながら良和が言った。

「昼間使っているのはモニターだけですよ。施設を施錠した夜間からは警報装置も作動して、侵入者がいればその建物に対応したランプがつきます」

「ここ一か所にあるモニターで大学内全部をカバーしているのですか」

「いやいや、この部屋だけでは敷地内をカバーするにはまるで足りませんよ」

東山が苦笑した。

「この部屋にある警備設備がカバーしているのは研究棟のあるエリアだけです」

「つまり事件が起きた範囲はここでカバーしていたと」

「まあ、そうなりますね」

「不快な記憶を呼び覚ますようで恐縮ですが、一つだけ質問させてください」

良和は指を一本だけ立てながら、東山へ言った。

「事件が起きたとき、研究棟の中に不審者がもう一人いたというような可能性はありませんか。今なお行方不明の試作車の鍵は、死んだ観月ではなくもう一人の何者かが盗みだして所持しているという可能性です」

「いやいや、ないと思いますよ」

意外なほど明確に東山は答えた。

「爺さんが倒れたのは非常口のすぐ近くでした。だから警察が来るまで非常口の近くには私と宇津さんがずっといたんです。また研究棟の玄関前に設置されたカメラには、人の出入りした記録はありませんでした。窓も無理に開ければ警報が鳴る仕組みですから、そこから出入りしたこともまずないでしょう」

そこまで言うと、東山は少し声を低くしてこうつけくわえた。

「もしかしてあなたは、私と宇津さんがあの爺さんの死体から鍵を抜き取った可能性がないかと考えていませんか」

「ああ、その可能性もゼロとは言えないですね」

良和はあっさりとそう述べて、あごに手を当てながら警備室の天井を見あげた。

「しかし俺はその可能性はきわめて低いと考えています。犯人が死んだのは、あくまで病気であり予期せぬ偶然です。あなたと宇津さんが泥棒の仲間なら、至近距離で遭遇した泥棒が心臓発作を起こすほど驚きはしないし、全力疾走もしないでしょう」

「へえ、なるほどね」

東山は感心したように良和の顔を見た。

「あなたは警察よりよほど話がわかる人のようだ」

きっと地元の警察に疑われて、少なからず不愉快な思いをしたのだろう。東山は強い同意を示すように何度も大きくうなずいた。

「熊上教授の研究室の鍵を貸していただけませんか。大学側の許可はあります」

「ええ、いいですとも」

警備員は壁のフックから鍵を一つとって良和に手渡した。

「ああ、そうそう、熊上教授の研究室にも、第七研究棟の合鍵がいくつか置いてありますが、勝手に持ちだしてあちこち開けたりしないでくださいよ」

「心得ております」

良和は東山へ丁寧に一礼した。

鍵を片手に第七研究棟の前までやってきた良和と沙汰菜が、建物の中へ入ろうとしたそのとき、先ほど警備室で見た若い男が、二人を追いかけるように小走りでやってきた。

「やあやあ、どうも先ほどは失礼しました」

「いや、こちらこそ割りこんで申しわけなかった」

良和は素直に男に頭をさげた。

「とんでもない。頭を冷やして考えれば、ぼくこそちょっと強引でした」

愛想の良い笑みを浮かべながら、若い男は手にした銀色の名刺入れから名刺を二枚出して、良和と沙汰菜に渡した。

「ぼくはこういうものです」

「帝国自動車次世代技術研究開発部、喜多光太郎さん、か」

「うわあ、超一流の自動車メーカーじゃないですか」

沙汰菜がおどろきの声を上げた。

「なあに、ぼくなんて下働きの若僧ですよ。上司の命令で使い走りばかりしています」

喜多はそう言いながら気障な手つきで自分の名刺入れを背広のポケットにしまった。

「オフィス・カメレオンの浜谷だ。こっちは社長の阿過」

良和に簡潔に紹介されて沙汰菜は頭を軽くさげた。それに続けて良和と沙汰菜は自分の名刺を取りだして、それぞれ順番に喜多に渡した。

「おおっ、キラキラした綺麗な名刺ですねえ。ぼくも真似しようかな」

オフィス・カメレオンの名刺を日にかざしながら、感心したように喜多が声をあげた。

「ここへはお仕事かね」

「ええ、恭明大学の研究には企業としても興味深いものが多いので」

一度はポケットにしまった名刺入れをもう一度出して、二人から渡された名刺を入れると、喜多は良和に笑顔でうなずいた。

「たとえば熊上教授の試作車とか、か」

良和が喜多を油断なく見つめる。

「ああ、はいはい、それもその一つですね」

喜多が軽く手を叩いた。

「というか、あの人の研究に出資しているのは、うちの会社なんですよ」

なかなか大学側から予算を通してもらえない熊上教授の研究に、大手企業が出資していたというわけだ。

「それだけに試作車が狙われた今回の一件は、私どもにとっても大きな問題でしてね。あの新技術が、どこかの産業スパイに横取りされたなんてことになるのは面白くないわけで」

「だからあんたは試作車を確認することにこだわった、と」

「まあ、そんなところですかね」

喜多は頭をかきながら言った。

「こんなときに肝心の熊上先生がいない。いやあ、実に困ったもんです」

「俺にはあんたがあまり困っているようには見えないがね」

「ええっ、そうですか」

　喜多は大げさにおどろいたポーズをとった。

「ぼくはこういう性分なんで、あまり困ってないように見えちまうのかもしれませんね」

「警察や学校側から会社へは、特に問題はないという連絡はあったんだろう。熊上教授の留守中に、あんたが試作車を見ることに意味があるのかね」

「ぼくも個人的にはそう思いますよ。でもそこはサラリーマンの辛いところでしてね。上司が納得してくれないのですよ」

　喜多が先ほどまでの笑顔とはちがう、どこかねっとりとした笑みを口元に浮かべた。

「こういうのはいくら論理的に説明したところで、わかってもらえるものではないんですよね。いやはや実に困ったもんです」

「で、あんたはどうしたいんだ」

　淡々と良和が喜多に述べた。

「そんな話をするために俺たちを追いかけてきたわけじゃないよな」

「実は熊上先生の研究室に、ぼくも同行させてもらえないかと思いましてね」

　喜多はねっとりした笑みを消して、先ほどまでのようなさわやかな笑顔で答えた。

「もちろん、そちらがよろしければの話ですが」

「あんたが研究室に行きたい理由は」

　ぶっきらぼうに良和がたずねる。

「言いにくいけど、言うしかないですね。試作車が保管してあるガレージの合鍵は、研究室にもあるんですよ。そいつをちょっと拝借したいなあと思いまして」

　そこまで言ったところで、喜多は良和がやけに真剣な顔でこちらを見つめていることに気づき、あわてて両手を前に出して振った。

「いやいや、ちょっとガレージの中を見たいだけですよ。ほんのちょっとだけです」

「待て。確認させてくれ」

　良和は喜多の言葉をさえぎるように手を差しだして、ゆっくりと言った。

「ガレージの鍵が研究室に置いてあるというのは本当なんだな」

「ええ、そうですよ」

　良和は眉間にしわを寄せた。

「では、犯人はなぜ試作車の鍵なんか盗んだんだ」

「それは試作車を盗むために決まっているでしょう。鍵がなければ車が動きません」

　喜多の答えに、良和は軽くため息をついた。

「それなら、同じ部屋に保管されていたガレージのシャッターを開ける鍵は、なぜ盗まれていなかったんだ。紛失したのは試作車の鍵だけだぞ」

「あれっ、たしかに師匠の言うとおりですね」

横で話を聞いていた沙汰菜が小さくそう叫んで口元に手を当てた。たしかに試作車の鍵を盗んでも、ガレージのシャッターが開かなければ、車を外に出すどころか、車に乗りこむことすらできない。

もちろん窃盗の常習犯の観月なら、ピッキングでガレージを開けることもできただろうが、目の前にガレージの鍵があるなら、それを持って行くのが自然なはずだ。

「なるほど、おかしいですよね。試作車を盗みだすのが目的なら、車の鍵を盗むときに同じ研究室にあったガレージの鍵も盗んでいるはずだ」

喜多も不思議そうな顔をしながら腕を組んだ。

「その通りだ。試作車を盗むつもりで鍵を盗んだという動機とは矛盾(むじゅん)しているんだよ」

「もしかして車ではなく鍵に秘密があるのでしょうか」

「ベースがほぼ市販車ということは、鍵はありふれたものなんだろう。盗むほどの価値はないんじゃないか」

「ですよね。ふむ、こいつは難問だなあ」

喜多は片目を閉じて鼻の頭をかいた。

「喜多さん、なにをしているんですか」

いきなり大きな声をかけられ、三人の動きが一瞬止まった。良和と沙汰菜が後ろを振り返ると、そこには一人の女子学生が喜多をにらみつけるように仁王立ちしていた。

「なあに、どうということもない世間話さ、奈々美ちゃん」

喜多は飄々と女子学生に告げると、良和たちに軽く頭をさげた。

「浜谷さんに阿過社長、ぼくはこれで失礼いたします。それじゃ、どもっ」

それだけ言い残して、喜多はそのまま踵を返してどこかへ行ってしまった。


喜多の姿が見えなくなると、女子学生はこちらに話しかけてきた。

「お姉さま、大丈夫でしたか。変なことされていませんか」

その一言で良和は、奈々美と呼ばれたこの女子学生が教室で沙汰菜に加工した金属板を渡した学生であることに気づいた。

「奈々美ちゃん、お姉さまはやめなさい。部下の前なの」

背筋を伸ばした沙汰菜が、凛々しい声で奈々美に指示した。

「はいっ、ごめんなさい、阿過先輩」

まったく横で見ているだけで調子がおかしくなりそうだ。良和は無言で頭をかいた。

「それより、さっきの喜多という人がどうかしたの」

「気をつけてください。あの人はスパイですから」

スパイとは穏やかでない単語が出てきた。

「それは産業スパイってことかしら」

「いいえ、少しちがいます。あの人は田名教授のスパイなんです」

田名教授といえば、熊上教授の天敵とでも言うべき人物である。

「あの人はつい最近、このプロジェクトの担当になったんです。熊上先生の研究が始まったとき、帝国自動車の担当は別の人でした」

「でも大企業なら異動はよくある話じゃないの」

沙汰菜があごに手を当てた。

「あの人は恭明大学のOBで、在学中は田名教授の研究室の学生だったんです。大手企業への就職も、田名教授の強い後押しがあったおかげだとか」

「それだけで田名教授のスパイと決めつけるのは乱暴ね」

「もちろん根拠はそれだけじゃありません」

奈々美は少し目を伏せて言った。

「あの人、帝国自動車にこのプロジェクトから手を引かせる方針で動いているんです。あからさまに出資額を減らしたり、走行テストの結果にケチをつけたり」

「まあ、慎重になるのもしょうがないんじゃないのかなあ。出資者という立場では道楽の手伝いはできないだろう」

ふとつぶやいた良和を、奈々美がにらみつけた。

「いや失敬。失言だった」

良和はあわてて頭をさげた。

「勘弁(かんべん)してあげて、奈々美ちゃん。あまり頭が良くない男なの」

おいおい、あまり調子に乗るなよ。あとで踏み潰(つぶ)すぞ。良和は顔をしかめた。

「喜多という人が担当になったのはどれぐらい前なの」

「一か月ぐらい前です」

彼女の話を信じるなら、熊上教授の研究を取り巻く環境は、ごく最近になってあまり好ましくない方向へと変わったことになる。

「とにかく気をつけてください。あの男は味方じゃありませんから」

この奈々美という女子学生の喜多への敵意はかなり大きいようだ。

「もしかしてきみは、今回の依頼をしてきた学生の一人なのかな」

良和が奈々美に話しかけた。

「はい、代表して私の名前で先輩の会社に依頼しました。万丈(ばんじょう)奈々美です。どうかよろしくお願いします」

奈々美は良和に頭をさげた。

「まあ、俺には技術的なことはよくわからないが、たいした技術みたいだからな。埋もれさせるのも心苦しい」

「そうですよ」

良和の言葉を聞いた奈々美は得意そうな顔でうなずくと、沙汰菜に話しかけた。

「あのマテリアルの感想はどうでした、先輩」

「えっ、あのマテリアルって」

一瞬、沙汰菜が素に戻って奈々美にたずねた。

「ほら、教室で加工実習に使った金属板です」

「ええっ、あそこで加工していたあの金属板が、うわさの新素材だったの」

沙汰菜がいぶかしげな表情をした。

「ええ、そうですよ」

首をかしげた奈々美に、少し間をおいて沙汰菜が答えた。

「そうね、もう少し触らないと、なんとも言えないわね」

どことなく不自然な笑みを浮かべながら、奈々美と話している沙汰菜を、良和は無言のまま横目で見つめた。

良和がなにかを言おうとしたとき、周囲に突然火災報知器のベルの音が鳴り響いた。

「なにごとだ」

良和が建物を見ると、問題の試作車が保管してあるガレージ付近から、非常に薄い煙が出ているのが見えた。

「大変、ガレージから火が出たみたいです」

　奈々美が青い顔で言った。

「まさか試作車があるガレージからの出火か」

「いいえ、煙が出ているのは別のガレージみたいです、でも」

「でも、どうした」

「煙の出ているガレージには可燃性の液体が保管されています。もし小さな火でもそれに引火したら」

　花火の季節にはちと遅いぞ。良和が心の中でつぶやく。

「しかしそういうものの保管庫なら火気厳禁だし、内部にスプリンクラーの設置ぐらいしてあるはずだろう」

「そのはずですけど、でも動いていないみたいです」

　良和は研究室の鍵を握りしめた。スプリンクラーが作動しないように機能を止める細工（さいく）など、工学部であるこの大学の関係者ならば容易（たやす）いだろう。

「ようやく今回の一件の構図が少しだけ見えてきたな。研究室へ行くぞ、お姉さま」

「えっ、ガレージじゃないんですか。ああそうか、ガレージの鍵を取りに行くのね。それから『お姉さま』はやめてくださいって。あっ、奈々美ちゃんは消防署に連絡して」

混乱のあまり、キャラがどちらかわからなくなった沙汰菜が良和に続いた。

「さっきのあれは、どういうことなんだ」

第七研究棟の廊下を熊上教授の研究室へ走りながら、良和は沙汰菜にたずねた。

「あれといいますと」

「お前のベイビーちゃんが金属板について話したとき、お前はなんか変な顔をしたよな。まあ、いつも変な顔だけどさ」

「あのね、師匠はこんなときでさえ、余計な一言で人を傷つけながらでないと、会話できないんですか」

苦い顔をして沙汰菜は言葉を続けた。

「あの子たちが実習で使っていた金属板が、新開発のモーターの素材とは思えなくて」

「ああ、そういえばお前は『新素材すら未見です』と言っていたな」

しかし実際は、沙汰菜はその新素材に手を触れて加工までしていた。

「教室でははっきり新素材と言われなかったので、私が勘ちがいしたみたいです」

「得意分野であやふやになるのは、お前らしくないな。どうしてそう思ったんだ」

「旋盤(せんばん)や研磨加工中に手に伝わる感覚で、これはちがうと思ったんですよね」

沙汰菜は走りながら良和に手を見せた。

「決定的に強度が足りません。硬度も展性も粗悪鋼のほうがまだマシです。あんな素材で実用に耐えるモーターは作れませんよ。車が動く前にモーターが破損します」

「しかし、実際に試作車はできて、何度も走行テストをしているんだろう」

「そうですよね。私のあやふやな感覚より、ちゃんとした教授のデータのほうが、ずっと信頼できるわけですから、やはり私の勘ちがいだと思います」

「そうだな」

良和は走りながらつぶやいた。

「どちらを信じるかなんて、最初から答えは決まっている話だ」

良和は警備室から借りた鍵で、熊上教授の研究室のドアを開けた。

「うへえ、こいつはシンデレラ出版の資料室といい勝負だ」

資料や機材だらけの狭い部屋を見た良和は額に手を当ててそう嘆くと、研究室の壁際へ走って、壁のフックにかけられている合鍵のプレートを一つずつ確認した。

「これが試作車を保管しているガレージの鍵か」

良和はガレージの鍵をポケットに入れた。

「早くガレージへ行きましょう」

「その前に試作車の鍵を捜さなきゃならん」

沙汰菜に大声で言いながら、良和は本と機材であふれかえっている研究室を見回した。

「くっ、ここから試作車の鍵を捜すのはちょぃと骨かもしれないな」

「えっ師匠、ここから鍵を捜すってどういうことですか」

良和は舌打ちして沙汰菜を指さした。

「いいか、さっき喜多との話でも出たが、目の前にあったガレージのシャッターを開ける鍵を盗まなかった以上、観月の目的は試作車を盗むことではないよな」

「はい、ガレージの鍵はまず見失わない場所にありましたもんね」

沙汰菜がちいさくうなずく。

「とはいえ、試作車の鍵自体に盗むほどの価値があるわけでもない。となれば導きだされる答えは一つ。観月が二日前にここへ忍びこんだ本当の目的は、鍵を盗むことではなく、鍵を見つからない場所に隠すことだったんだ」

「なんですって」

沙汰菜がおどろきの声をあげる。

「で、でも犯人はなにが理由で観月に鍵を隠させたのです」

「そりゃ車を今発生している火災で、原形がなくなるまでブッ壊すためだろうさ」

山積みの資料を乱暴に机の上からどかして、良和はこともなげに沙汰菜に答えた。

「試作車の鍵があれば、だれかが試作車を避難させちまうかもしれない。なんたって熊上教授は人気者だからな。必死で研究を守ろうとする学生がいないとも限らん」

熊上教授が過去に出演していたテレビ番組のビデオテープを、興味がなさそうな顔で積みあげた本の上に放り投げながら良和は言葉を続けた。

「つまり犯人は車を動かすために観月に鍵を盗ませたんじゃない。むしろ目的はその反対だ。車を絶対に動かせないように鍵を盗ませたんだよ」

「でも、どうしてその鍵が研究室の中に隠してあるとわかるんです」

「観月がこの部屋から出るところを警備員に目撃されて、心臓の発作で死亡するまで、警備員は一度も観月から目を離してはいない。ここまではお前にもわかるな」

「ええ、まあ」

「観月が逃走中に鍵をどこかへ隠すことは不可能。観月は鍵を持っていなかった。観月の目的は鍵を盗むことではなく鍵を隠すこと。さて、この三つから導きだされるロジカルな結論はどうなる」

「ええと『見つかったとき、観月はすでに研究室内に鍵を隠し終えていて、鍵など持っていなかった』ですか。もしかして」

沙汰菜が自信なげに答えた。

「それでいい」

「そうか、観月はこの研究室のどこかに試作車の鍵を隠し終えて、外へ出たところで見つかってしまった。そう考えるべきなんですね」

こいつも少しはマシになってきたな。そう思いつつ良和は満足げにうなずいた。

「でも、この研究室だって、もう警察が捜したんじゃないですか」

「殺人事件ならともかくただの窃盗で、犯人も確定した事件だ。ほかに盗まれたものがないかどうか、ざっと確認しただけで、ここに隠されたものを捜したわけではあるまい」

良和は研究室内の物品を荒っぽくひっくり返した。

「いいんですか。そこまで留守中の研究室を荒らしたりして」

「緊急事態はなんでもアリだ」

部屋の隅に立てかけてあった長さ二メートルもある定規を、もの珍しそうに手にしながら良和が沙汰菜に答えた。

「ずいぶんと長い定規だな」

「ああ、それは金属加工用なんかに使う定規ですよ」

「ふむ、てっきり学生への体罰に使うのかと思った」

刀を持つように定規を持ちながら、良和が真顔で殺伐としたことをつぶやいた。

「おや、これは」

「どうかしたんですか、師匠」

「この定規、古い蜘蛛の巣がついているな」

もしかしてどこか長く掃除をしていない場所にでも差し入れたのか。そう思いつつ良和は顔をあげて、研究室の天井付近を見回した。

一番大きな本棚の上に、日めくりカレンダーが貼ってある。

「毎日めくるものを手の届かない高さに貼るもんかね」

良和が定規でカレンダーをずらすと、カレンダーの裏に大人の腕が入るぐらいの直径の丸い穴が現れた。おそらくこの部屋にエアコンが入る前、ストーブの煙突を通していた穴だと思われる。

「あそこか」

良和は定規を元の場所に置くと、机を動かして足場にして本棚の上にある穴を、携帯電話のライト機能を使って照らした。どうやら穴は壁の中をほぼ水平に通っており、かなり奥まで続いているようだ。

「外への排気管だな。ずいぶん長いな」

良和が携帯電話のライトで穴を照らしていると、なにか金属質のものがライトの光を反射した。良和はそこにライトを当てた。

「あった。車の鍵だ」

良和が叫んだ。

「その長い定規をよこせ。きっと観月はそいつで鍵をこの奥へ押しこんだんだ」

「はい、わかりました」

あわてて沙汰菜が、こちらへ伸ばされた良和の手に定規を渡した。良和はその定規を穴に差し入れたが、すぐに軽く舌打ちした。

「チッ駄目だ。まるで届かねえ。勢いをつけて滑らせるように奥へ押しこみやがったな」

「もっと長い棒を探してきましょうか」

沙汰菜の提案を聞いた良和は、ライフル銃を持つように定規を両手に持って目の高さにかかげると、定規をおろして首を横に振った。

「いや、俺の三次元記憶と再現を応用して測定してみたが、鍵の位置まで三メートル半以上ある。そんな長い棒を探していたんじゃ、おそらく間に合わんぜ」

良和は定規を放り投げると、左の袖から安全ピンを取りはずした。

「おい、さっきのビニール紐をよこせ」

沙汰菜がポケットから出したビニール紐を受けとると、良和はそれを縦に裂いて細い糸にして長く繋いで、その一端へ開いた安全ピンを結びつけた。

「次に輪ゴムを親指と人さし指にかけてパチンコにして」

安全ピンをゴムと一緒につまみ、ゴムを極限まで長く伸ばして手を離す。安全ピンは一瞬で良和の手元からパイプの奥まで一直線に飛んだ。

「あとは糸を引いて先ほど記憶した位置にある鍵に安全ピンを引っかける、と」

良和がビニール紐で作った糸を慎重に手繰(たぐ)り寄せると、鍵を引っかけた安全ピンがパイプの中から出てきた。

「まあ、ざっとこんなもんだ」

こちらを呆然(ぼうぜん)と見ている沙汰菜へ、良和は穴から取りだした鍵を見せつけた。

「急いでガレージに行き、試作車を外へ避難させるぞ」


ガレージの前まで良和と沙汰菜がやってきたとき、周囲にただよう煙の色は先ほど見たときより、はるかに濃くなっていた。

「わかっていたことだが、ガレージの中は火の海だな。火元の消火は素人(しろうと)には無理か」

良和は黒煙を噴きだしている抽象画のような花が描かれた火元のガレージの前を通りすぎて、試作車が保管してある車の絵が描かれたガレージの前まで走ると、急いで鍵を挿(さ)しこみ、熱を防ぐため上着を巻いた手で、ガレージのシャッターを開けた。

「お前はなるべく遠くまで逃げろ。俺は炎が可燃性の液体とやらに引火する前に、試作車を外に出す」

良和は沙汰菜に大声で命じた。

「ちょっと、なにをやっているの」

騒ぎを聞きつけてやってきたらしい殿歩が、こちらへ走りながら叫んだ。

「きみも来るんじゃない。それより集まってきている野次馬を、建物からなるべく遠くに避難させろ。燃えているガレージの中に可燃性の液体があるんだ、早く」

「なんですって、なおさらあなたも避難しなさい」

「そうさせてもらうよ。車を避難させてからな」

それだけ殿歩に言うと良和はガレージの中に飛びこみ、試作車のドアを開けて運転席に乗りこむと、鍵を挿し入れてモーターを作動させた。

「ええい、電気自動車はよくわからん」

でも自動車の運転なんて、どんなものでも同じだ。そう思い直して良和はシフトレバーを動かして、アクセルを踏む。だが動きが鈍い。

「あわわ、どうした、おい動けって」

さすがの良和も冷や汗をかきながら必死にハンドルを叩いた。もう車を捨てようかと思ったその瞬間、良和はようやくサイドブレーキが引きっぱなしであることに気づいた。

「ああっそうか、これだ。うっかりしていた」

サイドブレーキを解除して思いきりアクセルを踏むと、電気自動車が音もなく急発進して、良和を運転席へ軽く押しつけた。

そのままガレージを出て数十メートルほど直進した電気自動車が、植えこみにつっこんで停まった直後、すぐ後方から轟音が鳴り響いて、第七研究棟の一階を火柱があざやかなオレンジ色に染める光景がバックミラーに映った。

「さすがの俺も今回は寿命が縮んだ。いやマジで」

脱力したように座席に寄りかかりながら、良和は茫然とつぶやいた。

「どうしてあんな危険なことをしたの」

精根尽き果てた顔の良和が運転席から出てくるなり、殿歩は彼の胸元を両手でつかみあげて、蒼白な顔で怒鳴りつけた。

「ああ、そういやシートベルトするのを忘れていた。たしかに危険だな。違反の点数を切られちまう」

「冗談を言っている場合じゃないでしょう。死ぬところだったのよ」

「そんな大声で怒るな。どうしてもこの車を守りたかったんだ」

胸元をつかまれた良和は、両耳を指でふさぎながら殿歩に答えた。

「あきれた。そこまで依頼人の学生に義理立てしたわけ」

「いいや」

良和が耳から指を外して、首を横に振る。

「俺は『証拠隠滅のための放火』ってやつに、いささか苦い記憶があるんだ。だから熊上教授の思惑通りにだけはさせたくなかった。それだけだ」

「えっ、熊上教授の思惑って」

「今回の黒幕が熊上教授ってことさ。この試作車はインチキだ」

良和は殿歩の手を自分の胸元から外して、いつの間にか植えこみの近くまできていた喜多のほうに首を向けて、大声でこう言った。

「そうだろう、喜多さん」

いきなり良和に声をかけられて、喜多はあいまいな笑みを浮かべた。

「おそらくあんたのところの前任の担当ってのが、熊上教授とグルだったんだろう。それを不審に思ったメーカー側は、真偽をたしかめるために担当者をあんたに交代させた。それで追いつめられた熊上教授は、証拠隠滅のためこういう行動に出たんだ」

「まあ大筋はそんな感じです。だからどうしてもこれを調べたくてね」

喜多は苦笑しながら試作車のボンネットに手を置いた。

「この車を調べれば、うちも腐(くさ)った枝が切り落とせます」

「カッコつけている場合か。褒(ほ)められたもんじゃないぜ、あんた」

良和がため息をついた。

「スパイなら猫を被(かぶ)ってこっそり動くべきだった。反骨の無頼漢を気取ったノミの心臓にあからさまに圧力をかけ過ぎた結果がこの大惨事だ。責任なしとは言えないぜ」

「あはは、そうですね。すいません。ぼくが軽率(けいそつ)でした」

盛大に燃え上がっている第七研究棟を見て、喜多は冷や汗をかきながら頭をかいた。

「でも浜谷さんは、どうしてこの車がインチキだと気づいたんです」

「うちの社長のおかげだよ」

良和は喜多に、息を切らせて遠くからこちらへ走って来る沙汰菜を親指でさした。臆病な彼女は、こういうときだけ良和の言いつけをしっかりと守り、ほかの者の倍以上も遠くへ逃げていたのである。

「実際に試作車のモーターに使われている素材と熊上教授の新素材は、別のものであるとあいつが判断した。熊上教授をインチキと断定する理由なんぞ、それだけで充分だ」

「あらまあ、社長を信頼して感心な社員さんだこと」

殿歩がほんの少しだけ嫌みをこめて良和に言った。

「ということは、この火災は熊上教授が仕込んだものなのね」

「ああ、チンケなアリバイ工作さ。出張前に時限式の発火装置を火元となったガレージに仕込んでいたんだろう。ついでにスプリンクラー設備の機能も止めておいてな」

「でも、どうして昼間に炎上するようにしたのかしら。車を焼け焦げたスクラップにするなら夜中のほうが確実のはずよ」

「この大学は昼間のほうがむしろ出入りがルーズで、外部犯の放火に見せかけやすいからだよ。もっと具体的に言うなら」

良和は意地の悪い笑みを浮かべて喜多のほうを見た。

「学生たちからあやしまれていて評判も悪い人物が、いつも大学に顔を出す時間に事件を起こせば、その人物のアリバイがなくなり、罪を着せやすくなるだろ」

それを聞いた途端、喜多が顔をこわばらせた。

「ともあれ昼間に火事を起こすからこそ、熊上教授は観月を使い、車を動かせないようにわざわざ鍵を隠させたわけだ。出張中にあらゆる事件が起きるようにしたのは、言うまでもなくアリバイ作りってやつだ」

そこまで言うと、良和は殿歩と喜多の顔を交互に見た。

「さあて、うちの仕事はこれで終わりだ。あとは警察と大企業に任せるぜ」

時限式の発火装置の痕跡。熊上と観月との接点。警察がこれから調べることは山のようにあるはずだ。

仮に熊上教授を有罪にできる証拠が見つからなかったとしても、この電気自動車を喜多が調べることで、熊上教授の研究者としての地位は失われる。

「懐かしの子ども番組で成り上がったインチキ教授に、せいぜい大人の責任ってやつを教えてやるんだね」

良和が話を終えたところで、沙汰菜がようやく良和たちのところまでやって来た。

「大丈夫でしたか、師匠」

いけしゃあしゃあとのたまう沙汰菜を見ているうちに、良和は「五十歩百歩」の故事に登場する二人の兵士を、同列に扱うべきではない気がしてきた。一人だけほかの者の倍以上も遠くへ逃げたやつの顔を見ていると、やはり腹が立ってくる。

「やはり熊上教授が黒幕だったんでしょうか」

いきなり暗い表情になって沙汰菜が良和にたずねた。

「俺に答えを聞くまでもないんじゃないのか」

「そうですね」

沙汰菜が少し離れた場所に集まって火事を見ている野次馬の中にいる奈々美を、複雑な表情で見つめながらつぶやいた。

「どうする。嫌われ役なら俺がやってもいいぜ」

「いいえ、私からあの子に説明します」

沙汰菜は首を振ると、なにかを決意したような目で良和に言った。

「あの子だって、もう大人ですから」

「ほう、さすがはお姉さま」

「茶化(ちゃか)さないでくださいよ、もう」

沙汰菜は怒ったように良和に言うと、野次馬のほうへ小走りで駆けていった。

良和はその小さな背中を少しだけ満足げな表情で見守っていたが、ふとなにかを思いだしたような顔になり、ボタンが取れたワイシャツの左袖を、横に立つ喜多へと見せた。

「話は変わるが、あんた、ソーイングセットみたいなもの持っていないかな」

第五話　白い首輪の黒い猫

晩秋の夜の住宅街を一人の男がゆっくりと歩いていた。黒のスーツに黒のカラーワイシャツ。ネクタイはしていない。

夜とはいえ、街路灯が多いこの道では、男の黒ずくめの服装は闇に溶けこむどころか、むしろ滑稽（こっけい）なほどに目立った。

多くの善良な市民の生活の場であるこの住宅街は、彼らの日常を守るため徹底して死角や闇を減らしているのだ。

やがて男は住宅街の中ほどにある小さな一軒の家の前に立ち止まった。男はポケットから一枚のメモ用紙を取りだすと、住所と表札の名前を見比（くら）べてうなずいた。

男はメモ用紙を握りつぶしてポケットに入れると、そのままポケットの中をさぐって手袋を取りだした。やはり黒い色をした革（かわ）の手袋である。

男はそれを手にはめてから簡素な門に手をかけて開いた。そしてろくに手入れされてない庭木の乾いた落ち葉を踏みしめつつ、玄関のドアの前へ歩いた。

男がドアのチャイムを押そうとしたそのとき、かすかな音とともにドアの下部に設置されたペット用のドアが開いて、首輪をつけた小さな黒猫が出てきた。

黒い小さな体に不釣り合いなほど大きな白い首輪がやけに目についた。まったく予期せぬ出迎えに、チャイムを押そうとしていた男の手が思わず止まる。

似た者同士の大ちがい。黒ずくめの両者の視線がほんの一瞬だけ交差する。黒猫はそのまま来客に興味を失ったかのようにそっぽを向き、夜の住宅街へと消えていった。

「ちぇっ、愛想のない猫だ」

黒ずくめの男は舌打ちしてそうつぶやくと、さらに小声でこう続けた。

「まあ、猫なんてみんなそんなものか」

そして黒ずくめの男、オフィス・カメレオンの社員の浜谷良和は、ドアの横にあるチャイムを押した。

良和がチャイムを押してからほどなくして、玄関のドアがわずかに開いて、銀縁の眼鏡をかけた痩せた男が顔をのぞかせた。

「どちらさまでしょうか」

ドアチェーンをかけたまま、痩せた男はドアの隙間から良和をいぶかしげに見つめて、静かな口調でたずねた。

「インターネットサイトであんたに依頼した品物を受け取りに来た。もっとも俺は代理人の便利屋だがね」

良和が静かに答えた。

「念のために聞くが、警察の人間じゃないだろうな」

痩せた男は急にぶっきらぼうな口調になって良和にたずねた。

「警察なら仕事を頼まれただけのあんたに、だまし討ちみたいな真似（まね）はしないさ」

そう言って良和はあきれたように肩をすくめた。

「それもそうか」

痩せた男があごに手を当てて、小さくうなずく。

「ともかく中に入れてもらえるかね。あんたに金を払う前に、完成した品物の性能を確かめさせてもらいたいからな」

「ああ、いいだろう。だが少しそこで待っていてくれ」

良和にそう言い残して、痩せた男は一度ドアを閉じた。しばらく良和が玄関先で待っているとドアチェーンが外（はず）される音がして、ドアが再び開いた。

「さあ、入っていいぞ。変な真似はするなよ。こっちにはこれがあるんだ」

痩せた男は片手でドアを大きく開けながら、もう片方の手に持った拳銃状の武器を良和に突きつけた。アニメや特撮番組に登場する銃のような未来的なデザインだ。

「スタンガンだな。ワイヤーつきの針を飛ばすタイプか」

相手の得物を一瞥して良和がつぶやく。電流で相手の動きを止める武器であり、基本的に殺傷能力はないとはいえ、護身用にしてはかなり攻撃的な代物である。

離れた目標へ射出した針を当てられる腕がこの男にあるとは思えないが、至近距離では厄介だ。荒事は避けるのが賢明だろう。

「客に対して用心深いことだ。注文したのはオリジナルの電子ロックだぜ。非合法の品物ってわけでもあるまいに」

「素性も目的も明かさず、内密にしてくれと何度も念を押し、人目を避けるように真夜中に取りに来る。そんなあやしげな客には用心もするさ。腕力には自信がないんだ」

わざわざ言われなくても見ればわかるよ。良和は皮肉をこめてそう答えようとしたが、口にする直前で言葉をのみこんだ。意味もなくこの男のコンプレックスを刺激するのは、あまり得策ではないと思ったからである。

二日後。

警視庁捜査三課の刑事である御小曾殿歩は、おもむろに吹いた身を切るような木枯らしに、思わず身をすくめた。

秋ももう半ばをすぎて、色づいた木々の葉は少しずつその数を減らし、冬の気配は日に日に近づいている。

これからもっと外での捜査が辛い季節になる。まだまだこれぐらいで刑事が泣き言を言っていられない。どんな季節でも刑事の仕事は足でするもの。と、そのはずなのだが。

「ううっ、寒いなあ。寒い、寒い、寒いぞう、なんとかならんのか、これ」

殿歩の横を歩いていた班長の伏見が大声でわめいて、大げさに身震いした。

「班長、大きな声でみっともないですよ」

「そんなこと言ったって仕方ないだろう。寒いものは寒いんだ」

殿歩に叱られた伏見は、小さな子どものように口を尖らせた。

「文句を言うぐらいなら、ご自宅から厚着をして来るべきでしたね」

「それがさあ、うちの嫁さんが『冬服なんてまだまだ早い』って出してくれてなかったんだよ。俺は人一倍寒がりなのに、まったくひどい話だ」

「でも班長、夏には『俺は人一倍暑がりだ』と言っていませんでしたか」

「俺は夏と冬で体質が変わるらしい。育ちがいいからデリケートなんだろうな」

「はあ、そうですか」

殿歩はあきらめ顔でため息をついた。いかにも有能そうな見た目だけで班長になった男と言われているだけのことはある。

もっとも敏腕刑事そのものという見た目のおかげで、黙ってさえいればハッタリとにらみが利くため、まるで捜査の役に立たないというわけでもない。

特に殿歩のように若い女性が刑事だと、相手から軽く見られることも少なくない。伏見とのコンビは理想的とは言い難いが、まるで無意味というわけでもなかった。

「しかしこんな住宅街までやって来て成果があるのかね」

建ち並ぶまだ新しい家々を見て伏見は冷笑を浮かべた。

「近所づきあいなんて素敵な言葉はとうの昔に死語になっちまった。旧知の人物がすぐ近所に住んでいたことを長年知らなかったなんて話すら、今ではありふれている。こういう歴史の新しい場所ならなおさらさ。俺はなにも出てこないと思うね」

「出てくるかこないかなんて、捜してからでなければわかりません」

殿歩は強い口調で言った。


殿歩たちが住宅街のほぼ中心部に位置する小さな児童公園へと続く道に入ると、公園の方向から、見覚えのある小柄な女性がこちらへ歩いて来るのが見えた。

「あら、あの子は」

殿歩が思わず声を上げた。阿過沙汰菜だ。殿歩たちの元同僚刑事だった浜谷良和が、現在働いているオフィス・カメレオンの社長である。

これまで会ったときは、常に特徴的な緑色の作業服を着ていた彼女だが、今回は白の薄手のジャンパーにハーフパンツという服装をしている。ただし、彼女のもう一つの特徴である、カメレオンを想起させるやたらと大きな眼鏡だけはそのままだった。

沙汰菜のほうも殿歩に気づくとあわてて足を止めて、中途半端に伸びたショートヘアの頭を思いきりさげた。

「ああっ、どうもこんにちは、刑事さん」

「こんにちは、社長さん」

殿歩も沙汰菜に挨拶を返した。

「どうしたの、こんなところで。やはりお仕事かしら」

「あっ、ええ、そうです」

まずいところを見られた。そんな表情をしながら沙汰菜が頭をかいた。彼女は嘘がつけないというわけではないが、プレッシャーに弱く、アドリブも苦手だ。

まあ要するに典型的な小悪党気質であり、駆け引きの得意なタイプではない。

「おい、お前の知り合いなのか」

伏見が沙汰菜を指さしながら殿歩にたずねた。

「浜谷くんの新しい就職先の若社長さんです」

「なんだと、あの浜谷の就職先だと」

伏見が目を丸くして大声を上げた。

「いやあ、良かった、あいつ新しい仕事が見つかったんだなあ」

いかにも安堵したように伏見が大きくうなずいた。外見以外は刑事としての資質に恵まれているとは言い難い伏見だが、人間的には文句なしの好人物である。

「そういうことは、俺にも早く教えてくれればいいのに」

「すいませんでした、班長」

たしかに伏見への報告が遅れたのは悪かった。殿歩は素直に伏見にわびた。

「で、今回はどういう依頼の仕事をしているのかしら」

殿歩は沙汰菜の目を正面から見つめると、穏やかな口調と表情の中に静かな威圧をこめながらたずねた。

オフィス・カメレオン、またの名を捕獲屋。利益のために道理の通らない仕事を引き受けるようなことはない。だがその一方、必ずしも順法精神にのっとって仕事をしているわけではないことも、また事実なのだ。

「い、いやですね。なんだか目が怖いですよ、刑事さん」

射貫くような殿歩の視線に、沙汰菜はあからさまに動揺した。

「そうかしら。私としてはただ世間話をしているつもりだけど」

「いやいや、本当につまらない仕事でして。刑事さんにお話しするほどのことでは」

沙汰菜が両手を殿歩の前に差しだして必死に振る。今まで刑事をやってきて、質問に対し、ここまでわかりやすい反応を見せた人間をほかに知らない。

こんなリアクションを見せられて、彼女をあやしまない刑事などいないだろう。

「なあ、話すまでのことはないって言っているし、いいんじゃないのか」

訂正。ここに一人いた。

「そうです、そこのオッサンの言うとおりです」

ここぞとばかりに沙汰菜がわざとらしく伏見の言葉にうなずいた。

「つまらない仕事なんですよ、いやマジで」

「なら、話してくれてもいいんじゃない」

沙汰菜は殿歩の視線から逃れるように顔を横に向けて、気まずそうに頭をかいた。

「いや、その、実は迷子の猫捜しなんです」

「迷子の猫ですって」

「はい、あまりにも小さな仕事なので、なんだか刑事さんに言うのが恥ずかしくて」

沙汰菜は野暮ったいハーフパンツのポケットから、折りたたまれた一枚の紙切れを取りだすと、それを開いて殿歩に手渡した。

「これが迷子の猫の特徴です」

黒猫、目の色は黄色、白の首輪、やや小柄、紙に黒いインクで猫の特徴らしきメモが書かれている。この癖の強い字には見覚えがある。おそらく良和が書いたものだろう。

メモを読み終えた殿歩は、沙汰菜に紙切れを返した。

「それで、あなたのところの社員さんはどうしたの。やはり猫捜しかしら」

「ああ、あの横暴で傲慢なクソッタレ平社員なら『猫捜しなんて猫でもできるだろ』とかほざいて、偉大な社長の私に仕事を押しつけて、雑誌の原稿を書いていますよ」

いつも良和のことを「師匠」と呼んでいる沙汰菜が、一瞬だけ顔を歪めて、心の底から苦々しげに吐きすてた。気弱で善良そうに見える沙汰菜だが、腹の底にはかなり鬱屈したものを溜めているようだ。

まあ、この件については社長をぞんざいに扱っている良和も悪いだろう。

「あっそうか、そういや雑誌のライターもやっていたんだったわね、彼」

殿歩は立てた人さし指を、あごに軽く当てた。

「でも彼にそういう文才があったのは少し意外だわ」

「ああ、別に文章が下手でも問題ないんです。というかむしろありがたいみたいですよ」

「えっ、どうしてなの」

「抗議が来ても玉虫色の解釈、というか言いわけで煙に巻けるように、あの雑誌の記事はわざと文脈を読みにくくしてあるそうなんです。だから意味のわかりにくい悪文なら、むしろ大歓迎だとか」

沙汰菜はあっけらかんと答えた。

「そうなの」

殿歩はあきれ果てて、それだけ返すのがやっとだった。

「そういうわけで私はしばらく一人ぼっちで猫捜しですよ」

沙汰菜がうんざりした顔になって、大きなため息をついた。

「平和でなによりね」

それは皮肉などではなく、殿歩の本心からの一言だった。猫捜しでここに来たのなら、今回は厄介なオフィス・カメレオンが邪魔になることもない。

「まあ、捕獲屋なんてカッコつけても、普段はこういう仕事がほとんどです」

たしかにいくら昨今の世の中が物騒とはいえ、警察官でもなければ、日常生活でスリルやサスペンスと、そう簡単に遭遇（そうぐう）するものでもあるまい。

「私たちもそういう猫を見つけたら、あなたに連絡するわ。黒猫で白い首輪よね」

「それで黄色い目です。よろしくお願いしますね」

沙汰菜は笑顔で頭をさげた。

沙汰菜と別れると、殿歩は歩きながらあごに人さし指を軽く当てた。

「とりあえず彼女が説明した内容におかしな部分はないように思える。でも」

「どうかしたのか、そんなに考えこんで」

横を歩く伏見が殿歩にたずねた。

「班長は先ほどの彼女について、どう思います」

「どうと言われても、要するにただの便利屋のお嬢ちゃんだろう。迷子の猫ぐらい捜させてやってもいいじゃないか。俺たちの仕事の邪魔になるとは思えん」

「でも、あの子の態度はどうも引っかかるんです」

「どこが引っかかるんだよ」

伏見がわずかにうんざりした表情を浮かべる。

「私たちへの質問が一つもなかったことです」

「俺たちへの質問だと」

「はい、刑事にいきなりこんなところで遭遇したら『なにか事件でも起きたんですか』と質問をしてきてもいいはずです。彼女はそのことに言及しませんでした」

殿歩はあごから指を外すと、伏見のほうを見た。

「私たちがここに来ている理由を、彼女はあらかじめ知っていたようにも思えます」

「お前の考えすぎじゃないのか」

伏見はポケットに手を入れながら気のない声で言った。

「俺たちが仕事で来ていることを察したからこそ、あえて言及を避けたんだろうさ。堅気のお嬢ちゃんなら、警察の仕事への深入りを避けて当たり前だ」

「ええ、堅気ならそうでしょうね」

彼女はああ見えても堅気じゃありませんから。殿歩は軽くため息をつくと、心の中でそうつけくわえた。

「ともかく今は自分の仕事に集中しろ。考えごとをしながら歩いていると電柱にぶつかるぞ。俺も競馬の予想をしながら歩いていて激突したことがあるが、あれはかなり痛い」

「それはまた気の毒でしたね、電柱のほうが」

殿歩がため息まじりで皮肉を返した。とはいえ伏見の言っていることも正しい。今は自分の仕事が最優先だ。殿歩は素早く気持ちを切りかえた。


最近、同一犯によると思われる連続盗難事件が多発している。被害総額が一千万円近くにもなるこの一連の事件は、防犯装置の弱点や盲点を巧妙に突いておこなわれていた。つい先日、この住宅街に生活しているある男が、その事件の犯人であるという匿名の情報提供が警視庁にあった。

検証の結果、その情報は信憑性がきわめて高いと判断され、本格的に調査をするべく殿歩たちがここへやって来たのである。

その男の名は早田民輝。大手電子機器メーカーの元エンジニアであり、その経歴で得た技術で、カードキーの偽造や警備装置の解除をしたと考えられている。

「早田とかいう男、以前からあまり評判はよくなかったらしいな」

「ええ、早田が以前に勤めていた会社で、上司だった人から少し話を聞きましたが、会社勤めをしていたころから、よくない連中とのつきあいがあったようですね」

「ふうむ、よくない連中ねえ」

「はい、そうです」

殿歩がうなずいた。

「気の弱そうな外見に反して攻撃的でプライドが高く、周囲から軽く見られることを異様に嫌う性格で、そのため反社会的な集団に自分から接触していたようです」

「まあ、あれだろ、要するに虎の威を借るコンコンチキってわけだ」

伏見が皮肉っぽく言った。

「とはいえ、仕事では優秀だったので、一時期は大きな権限を持たされていたこともあったみたいですけどね」

「能力主義の会社だったんだなあ。欧米風ってやつなのかねえ」

歩きながら伏見がつぶやいた。

「で、今の早田はどうやって生活しているんだ」

「現在は無職ですが、働いていないということもありません。とりあえずインターネットを通じて、電子機器の製作代行なんかを請け負って生活しているみたいですね」

それを聞いて伏見があごをなでた。

「ほお、それだけの仕事で食えるのかね」

「そこは人それぞれとしか言えないでしょうね。ただ早田の場合は一人暮らしですから、それだけの仕事でもなんとかなるかもしれません」

「臭うな。ほかに裏の収入があるんじゃないのか」

「はい、あるかもしれません。でも断言はできません」

「なんだかあやふやだな」

「あやふやだからこそ、こうして私たちが調べに来たんです」

「へいへい、わかっているって」

殿歩に叱られて、伏見が首をすくめた。

理由は不明だが早田は昨夜から出かけていて、現在も仲間の刑事たちが尾行している。本当なら殿歩もそちらに行きたかったのだが、コンビを組む伏見のいかにも敏腕刑事らしい見た目は、尾行ではかえって不利になると判断され、早田の自宅周辺で聞きこみをする役目に回されたのである。

もっとも、主婦や子どもが多い昼の住宅街では、男の刑事より女の殿歩のほうがはるかに話を聞きだしやすく、それはそれで理にかなった役割分担ではあった。

「不自然な遠出をしたということは、早田は『仕事』をするつもりかもしれませんね」

「なんだかじれったいな。とっとと逮捕しちまえばいいのに」

「いくらなんでも、それはできませんよ」

殿歩はきっぱりと伏見へ言った。

「動くのはあの情報の裏付けがきちんと取れてからです」

「じ、冗談だって、そうおっかない顔をするなよ」

伏見がさらに首をすくめた。このままでは亀みたいになってしまいそうだ。

「まあ、こんなところまで来たんだ。労力に見合った成果があることを期待するさ」

すくめていた首を伸ばして秋晴れの空を見あげ、伏見は軽くため息をついた。


殿歩たちがそのまま公園のほうへ歩いてゆくと、公園の横の狭いスペースに有料駐車場が見えてきた。車三台分のスペースしかない、本当に小さな駐車場である。

そこに駐車してある一台の車を目にした瞬間、殿歩の足が思わず止まった。緑色の車体に戯画化したカメレオンが描かれたワゴン車だ。

「あのマーク。もしかしてオフィス・カメレオンの車かしら」

「おうい、どうかしたのか」

「すいません班長、ちょっとそこで待っていてくれますか。さっきの猫捜しの彼女の車を見つけたもので」

　殿歩は駐車場まで早足で歩いて、緑色のワゴン車をよく調べた。

「いくら刑事でも、勝手に他人の車をベタベタ触るのはよくないぜ」

　眉をひそめている伏見にはかまわず、殿歩はワゴン車のワイパーの根元に挟まっている小さな赤いものをつまみあげた。折れ曲がって紅葉したカエデの葉である。

　殿歩は葉を持ったまま頭上へ視線を移した。見事に紅葉したカエデの枝が、車の上にまで張り出している。あの枝から落葉したのだろう。

　殿歩はしばらくカエデの葉とワゴン車のワイパーを見比べていたが、やがて伏見へカエデの葉を突きつけて、静かにこうたずねた。

「班長、このカエデの葉をどう思いますか」

　鼻先にカエデの葉を突きつけられて、伏見は困惑気味に頭をかいた。

「どうと言われても、俺には風流なんてわからんぞ。俳句でもひねればいいのか」

「そういう意味じゃありません」

　殿歩は首を左右に振った。

「このカエデの葉は折れ曲がってワイパーの根元に挟まっていました。普通に落葉したのでは、こんなふうになってワイパーに挟まることはありません。フロントガラスに葉が落ちた瞬間、ワイパーは動いていて木の葉を巻きこんだんです」

殿歩にそう言われて、伏見は空を見あげた。

「ああ、そういや早朝のまだ暗い時間に雨が降ったはずだ。昨日の天気予報で見たよ」

「雨が降ったのは何時ぐらいだったか正確にわかりますか」

「はっきりとはわからないが、俺が起きたときは雨なんか降っていなかったし、おそらく午前六時ぐらいじゃないのかね」

「つまりこの車は雨が降っていたまだ暗い時間に、すでにここへ来ていたわけです。雨が降っていなければ、ワイパーなんか動かしませんからね」

「で、でもそれのどこが重要なんだ」

困惑の表情を浮かべつつ、伏見が頭をかく。

「あきれるぐらい真っ当で単純な疑問ですよ、班長。ただの猫捜しのために、そんなに早起きして、ここへ来る必要があるでしょうか」

「早い時間に来たとも限らないぞ。早朝の雨が乾いたことで窓が汚れ、ウオッシャー液で窓をきれいにするためワイパーを動かしたタイミングで、落ちてきた葉が挟まったという可能性もあるんじゃないのか」

「いいえ、ウオッシャー液を使うほど窓が汚れていたなら、ワイパーで拭いた跡が残っているはずです。でもこのフロントガラスにはそんなものはありません」

殿歩はあっさりと伏見の考えを否定した。

「それに窓をきれいにするなら出発のときか、走っている最中でしょう。目的地の駐車場に到着したときにウオッシャー液は使わないと思いますよ」

「なるほどね。納得した。だが今ここで優先すべきことではないな」

「わかっています。でも」

沙汰菜は殿歩たちになにかを隠している。どうやら今回もまた、オフィス・カメレオンは警戒すべき対象のようだ。殿歩はカエデの葉を握りしめた。


「さて、もうぼちぼち早田の自宅の近くまで来たはずなんだが」

そんなことを言って周囲を見回しながら歩いていた伏見が、おもむろに足を止めて、少し離れたところに建つ一軒の家を殿歩に指さした。

「おっ、住所からすると、あれが早田の家だぞ」

殿歩は伏見が指さした家へ目をやった。黒い屋根とくすんだ黄土色の壁の平屋。みすぼらしいというほどではないが、周囲の家に比べると少しだけ古く見える。

家は人の身長ほどもある高い塀に囲まれているが、鉄柵の門はそれほど高くはない。門に塗られた塗料が剝がれて、各所に赤い錆が浮いているのが遠目にもよくわかる。

「さしずめ親の代からの持ち家ってところかねえ。うらやましい話だ」

指をおろして早田の自宅をながめながら、のんびりと伏見が言った。

「よっしゃ、もう少し近づいて見てみるか」

早田の家そのものに用事があるというわけではないのに。心の中でそうぼやきつつ、殿歩は伏見のあとに続いた。

家の近くまで来ると、古めの家にはあまりそぐわないアンテナや何かの装置が、薄汚れた黄土色の外壁や木製の玄関のドアに取りつけられていることがわかった。

家の近くまで行こうという伏見の提案は、めずらしく正解だったかもしれない。そう思いながら殿歩が横を見ると、提案した当人が早田の家に取りつけられた機械を見ながら、しきりに首をひねっていた。

「うむ、なんの装置だ、こりゃ」

「おそらく警備用の機器だと思います」

苦笑しながら殿歩は伏見に答えた。もし早田が本当に窃盗事件の犯人なら、これ見よがしな警備装置で自宅を厳重に守っていることが、なんとも皮肉で滑稽な気がする。

殿歩はそのまま早田の自宅の玄関先をよく観察して、茶色に塗られた玄関ドアの下のほうに、メカニカルな外観の四角い枠がついていることに気づいた。

縦横はそれぞれ二十センチほどだろうか。材質は灰色のプラスチックだ。枠の上辺にはセンサーらしき部品も見える。

「猫用のドアみたいですね」

猫を捜していたという沙汰菜のことが、ふと殿歩の脳裏に思い浮かんだ。

猫用のドアを見つめながら殿歩はしばらく考えをめぐらせていたが、おもむろに背後から聞こえた猫のか細い鳴き声が、彼女の思考を止めた。

「黒猫、まさかこの子が」

鳴き声に振りかえった殿歩は、そこにいた猫の毛色を見て目を丸くした。だがその猫がしている首輪の色が赤色であることに気づくと、軽く首を振った。

「首輪が赤なら、あの社長さんの捜している子ではないようね」

赤い首輪の黒猫は殿歩を無視してそのまま鉄柵の隙間をくぐりぬけ、玄関に取りつけられた猫用ドアの前へと進んだ。

枠の上辺についたセンサーらしきものが光り、四角い枠の内側が開口する。赤い首輪の黒い猫はそこから屋内へ入り、殿歩たちの目前から消えた。

「ほほっ、早田のやつ、猫を飼っているみたいだな」

伏見が鼻の頭をかきながら、殿歩の背後でのんびりと言った。

いつまでも無人の家を見ていても仕方がない。殿歩たちは早田の家の前を離れた。そこから殿歩たちが少し歩くと、垣根に囲まれた白い壁の家の庭先で、三歳ぐらいの子どもを遊ばせている若い母親を見つけた。

「ちょっとすいません」

殿歩は軽く手を上げながら、垣根越しに母親に声をかけた。

「はい、どちらさまでしょうか」

「警視庁捜査三課、巡査部長の御小曽殿歩というものです」

殿歩が上着のポケットから警察手帳を出して見せると、母親の表情はあからさまに緊張したものになった。

「あ、あのう、なにか事件でも起きたのでしょうか」

「この周辺で聞きこみをしているだけです」

「そうですか」

母親が安堵の息をついた。

「少しだけお時間をいただいてもよろしいですか」

「それは構いませんが」

そう言いながら母親は、子どもに一瞬だけ視線をやった。

「ご心配なく。お子さんに不安を抱（いだ）かせるような話ではありませんから」

母親を安心させるため、殿歩はなるべく柔らかい笑顔を作った。

「この近辺で不審な行動をしている人物を見たことはありますか」

母親はすぐに首を横に振った。

「うちも小さい子がいるので、あやしい人には気をつけていますけど、そういう人が近所をうろついているなんて話は知りませんね」

「そうですか」

「あっ、でも待ってください。ひょっとしたら」

「なにか心当たりでも」

「はい、今からほんの少し前、あやしいというか変な人を見かけました」

それを聞いた途端、思わず殿歩は垣根から上半身を乗り出していた。

「すいません、もう少し具体的にお願いします」

「わかりました」

母親は声をひそめながらうなずいた。

「変な大きめの眼鏡をかけて緑の服を着た小柄な女性です。なんだかあちこちをのぞきこみながら歩いていて、ちょっと気味が悪かったです」

「ああ、そっちでしたか」

殿歩は気の抜けた声でそう言うと、大きく肩を落とした。

さて、ここで具体的に早田の名前を出していいものか。殿歩が考えていると、庭にこの家のペットと思われる白い首輪をした茶色の猫が出てきた。

「またしても猫の登場ね」

「どうかしましたか、刑事さん」

「いや、なんだか猫が多い街だな、と思いまして」

　殿歩はあわててごまかした。

「そうですね。ペットを飼っている家は多いかもしれません」

「あの子はお宅の猫ちゃんですか」

「ええ、そうです」

「出入り自由で飼っているんですね」

「はい、おかげで夜遊びしてくることも多いですけどね」

　大人しそうな顔をして、なかなかの不良猫らしい。

「夜中に帰って来てもいいように、うちでは猫用のドアをつけています」

「猫用のドアですか」

　猫用のドア。たしか早田の家の玄関にもあった。

「首輪が鍵になっているドアです。だから首輪をしていない猫が入りこむことはないんですけど、同じメーカーの首輪をしている猫だと開いてしまう場合もあるみたいで、うちの子がよその家に勝手に入って家の中を荒らしてしまい、一度だけトラブルになったこともあります」

「トラブルですか。それでどうなりました」

「こちらがきちんと謝(あやま)って、相応のお詫(わ)びをしたらそれまででした。別にゴタゴタが尾を引いたってことはないですよ。それから同様のことは起きていませんし」

「よその家に入らないよう、猫をしつけたんですか」

「いいえ」

母親は首を横に振った。

「うちはなにもしていません。きっとあちらのお宅がドアのキーとなる首輪を新しくしたんだと思います。その家の猫ちゃんを次に外で見たときは、それまでうちと同じく白かった首輪が、赤いものになっていましたから」

「赤い首輪。もしかして黒猫ですか、その家の猫」

「そうですけど。どうして刑事さんがご存じなんですか」

「はい、この近くでそういう猫を見かけたもので」

あごに手をやりつつ殿歩は答えた。

「そのトラブルがあって、首輪が白から赤へ替わったのはどれぐらい前ですか」

「ええと、半年ぐらい前でしょうか」

「半年か。そんなに前なら、あの子の猫捜しとは関係がなさそうね」

殿歩は小声でつぶやくと、若い母親にこうたずねた。

「あのう、参考までにお聞きしますが、つい最近、この近辺で白い首輪をした黒い猫を見かけたことはありますか」

しばらく無言で考えてから、若い母親は殿歩にきっぱりと答えた。

「いいえ、ありません。今、近所にいる黒猫は、あのお宅の赤い首輪の黒い猫だけです」

殿歩たちの聞きこみが開始されたのとほぼ同時刻。沙汰菜は公園のベンチに腰をおろして、携帯電話を耳に当てていた。


「どもっ、沙汰菜です。そっちはどんな感じですか、師匠」

「変化らしい変化と言えば、早田が眼鏡をいつの間にかサングラスに替えていたことぐらいかね。まあ、お前よりはマシにやれているのはまちがいないさ」

良和の嫌（いや）みに沙汰菜が顔をしかめた。

「そっちこそどうなんだ」

「殿歩さんと鉢（はち）合わせしちゃいました」

「ゲッ、あいつがそっちに行ったのかよ。まずいな」

電話の向こうの良和の声が、あからさまに動揺した。

「お前がそこにいることを、あいつにどう説明したんだ」

「猫捜しの依頼だと言ってごまかしました。猫を捜しているのは本当のことですし」

「よし、お前にしては上出来な対応だ」

なんでこの人は素直に私を褒めることができないのか。沙汰菜はさらに顔をしかめた。

「それから師匠は今、雑誌の原稿を書いていることになっていますからね」

「わかった。顔見知りの刑事に見つからないうちに、早田の監視を切り上げて、そっちへ戻るとしよう」

「やはり刑事が早田を尾行しているんですか」

「ああ、入れかわり立ちかわりでくっついているな」

「早田の監視を途中でやめて大丈夫ですかね」

「ああ、早田のやつが『仕事』を中止して帰る気配はなさそうだからな」

「そうですか」

「俺が戻るまでに猫を見つけておけよ。出来れば今日のうちに仕掛けたい」

「なにも今日中にやらなくても、後日またチャンスはあるんじゃないですか」

「殿歩のやつがそっちへ行った以上、早く仕事を終わらせて退散するのが賢明だ。いつまでも騙されていてくれるような相手ではないからな」

「むう、たしかにあの人は手ごわいですからね」

沙汰菜が眉間に小さなしわを寄せた。

「それに早田って男は自分で思っているほど賢くはない。今も俺や刑事の監視に気づいていないし、『仕事』をして警察に捕まるのも時間の問題だ。そうなってしまっては仕事がやりにくくなる。今のうちに依頼を片付けるのがベストだ」

「はい、わかりました」

携帯電話を耳に当てて、沙汰菜はうなずいた。


「とは言ったものの、まいったな、ふう」

通話を終えた携帯電話をポケットに入れて、沙汰菜はため息をついた。

「白い首輪の黒い猫。どこに行ったんだろう」

ベンチに座りながら沙汰菜が公園を見回していると、赤い首輪をした黒い猫がベンチの横の植え込みの中から彼女の前に姿を見せた。

「なんだ、またあんたか。よく会うわね」

沙汰菜は肩をすくめると、つまらなそうに猫に言った。

「でも、あんたはお呼びじゃないの。同じ黒猫でも首輪の色がちがうもの」

猫は沙汰菜をほんの一瞬だけ見つめると、すぐに反対側の植えこみの中へ消えた。

「まったく、お目当てでもない黒猫が横切るなんて、縁起(えんぎ)が悪いったらありゃしない」

赤い首輪の黒い猫がいなくなると、沙汰菜は苦い顔でベンチから立ちあがった。

「この住宅街のどこかに、白い首輪の黒い猫がいることはまちがいないんだけどなあ」

二日前に良和が早田の自宅で白い首輪の黒い猫を見ているし、なにより沙汰菜自身、今日の早朝、白い首輪の黒い猫を早田の家のすぐ近くで見ている。

まだ日も完全に出ていない薄暗い時間で雨も降っていたが、黒い体と白い首輪というはっきりしたコントラストは、沙汰菜のあまりよくない視力にもしっかりと確認できた。

しかし沙汰菜が白い首輪の黒い猫を見たのはそれっきりだった。

沙汰菜がその猫を目撃してほどなくして、太陽が完全に昇って雨が止んだ。沙汰菜は明るくなった住宅街で猫捜しをはじめたが、先ほどの赤い首輪の黒い猫には何回か遭遇したものの、肝心の白い首輪の黒い猫を見かけることはなかった。

まるで日の出とともに、あの白い首輪の黒い猫が、この世界から忽然と消えてしまったかのようにさえ思われた。

「あのとき猫を捕まえ損ねてさえいなければ、こんな苦労はしなくてもよかったのに。もうバカ、私のバカ」

沙汰菜は低くうめいて頭を抱えた。つくづく自分のドジが恨めしい。

ちなみに今日の早朝、目的の猫を一度は見つけておきながら捕まえ損ねたことは、良和には言っていない。言えばまちがいなく嫌みつきで説教される。

「早田の家の近くで張りこんで、あの猫が帰って来るのを待つという手もあるけど」

それには殿歩の存在が危険すぎる。早田の家の前で遭遇というのは避けたい。

「はあ、やっぱり地道にあちこち捜すしかないか」

沙汰菜は大きく肩を落とし、引きずるような足どりで歩きだした。

公園を出た沙汰菜は、あてもなく住宅街の中を歩きまわった。

「猫なんて狭いところにも入るし、高いところにも上る。でも、さほど広い範囲を行動する生物でもないんだよね。本当に道に迷って遠くまで行ってしまった猫ならともかく、今回はそうじゃないわけなんだし」

少し歩いては立ち止まり、猫が隠れていそうな場所をのぞきこんだり、上っていそうな場所を見あげたりしては、また少し歩く。

そんなことを繰り返しているうちに、沙汰菜は早田の家の近くまでやってきたことに気づいた。

「ありゃりゃ、いつの間にか、ここらへんまで来ちゃったのか」

沙汰菜は前方の早田の家へ目をやりつつも、なるべくさりげない素振りで歩いた。それほど大きな家ではないが、それでも一人暮らしには持て余しそうな一軒家である。

実際、あの家をおとずれた良和の話によれば、早田は居間しか生活空間に使っていなかったらしい。複数のパソコンもテレビも猫の餌皿も、なにもかも居間に置いて、かなり大ざっぱな生活をしていたようだ。

「まったく警備装置さえなければ楽な仕事なのに」

あの家に取りつけられている警備装置のほとんどは、早田が自作したものである。精度などはそれなりだが、外部からの解除はきわめて困難だ。

良和が隠しカメラで撮影してきた屋内の画像から、沙汰菜はこれらの機器が、居間にある警備装置の制御専用のパソコンにより一括管理されていると推測した。

警備装置を停止させるには、早田が肌身離さず持っている専用のリモコンを使うか、どうにかして警備装置で守られているこの家の中に入り、居間のパソコンをなんとかするしかない。だが、それは金庫を開けるための合鍵が、その金庫の中に収納されているようなものだと言える。

まったくこの世で泥棒ぐらい防犯に長けた連中はいないな。沙汰菜の見立てを聞いた良和はそう言いながら、いまいましげな舌打ちを何度もしていた。

「でも、そこは師匠と私とで少し見解がちがうんだよね」

早田が警備装置を自作したのは、防犯能力を高めるためというより、自分の城を守るシステムを自分の手で開発したかっただけ。沙汰菜にはそう思えた。

まちがいなく早田は警備装置マニアだ。彼の一連の犯行にしても金だけではなく、他人が作った警備装置を突破することそれ自体が、目的の一つとなっているにちがいない。

「まあ、どちらにせよ突破が厄介なのはまちがいないけどね」

早田の家の前を通り過ぎる瞬間、沙汰菜は顔をしかめてつぶやいた。ただ厄介な仕事というだけではなく、沙汰菜自身も技術者ゆえ、今回の標的である早田には同族嫌悪のような感情を抱いていた。

とはいえ、そこは良和と沙汰菜のほうが上手だ。ほんの数時間のうちに警備装置を突破する基本的なプランはできた。あとは実行のために必要なものを揃えるだけ。

「と、そのはずだったんだけどなあ」

沙汰菜が本日何十回目かになる愚痴をこぼしたところで、またしても赤い首輪の黒い猫が前方のブロック塀の上に姿を見せた。

「ああっ、また出たな、こいつ」

そんなに私に相手をしてほしいなら、白い首輪につけ替えて出直しなさい。そう思いながら沙汰菜は腰に手を当てて、黒い猫をにらみつけた。

実際、首輪さえ白ければ、この黒い猫は沙汰菜が捜している猫そのものなのである。猫捜しを始めた当初は、何度こいつの出現でぬか喜びさせられたかわからない。

「本当に雰囲気は似ているのよね」

それだけにこれ見よがしに目の前をうろつかれると、無性に腹が立ってくる。

「そうだ、もし首輪が白から赤に取り替えられていたとしたら」

ふとそうつぶやいたものの、沙汰菜はすぐに苦笑して、その考えを都合のいい妄想として脳内から振り払った。

「昨夜から遠出している早田が、日の出前に猫の首輪を取り替えられたはずはないよね。もしここへ戻ったなら、師匠や張りこみの刑事が見逃すはずないもの。見逃したとしたら早田が眼鏡を替えたタイミングぐらいか」

あれっ、でも待って、もしかしたら。沙汰菜は自分自身が口にした言葉の中に、不可能を可能にするかもしれないヒントを見つけた。だが、すぐにまた沙汰菜は首を大きく左右に振ると、自信なげに口元に自嘲の笑みを浮かべた。

「事象の説明だけならそれでいいけど、これを師匠に話したりしたら『わざわざそんなことをする理由がない』って即座に却下だろうね」

良和だけでなく、殿歩もそう考えるにちがいない。自分だって同じ。

「いいや、ちがう。私ならそうは考えない」

沙汰菜は顔を上げた。同族嫌悪を覚えるほど、早田と自分は同じタイプの人間。だからこそ、これは自分でなければわからない。

「そうか、そういうことだったんだ」

良和や殿歩ではおそらく届かない真実。それが今この手の中にある。沙汰菜の自嘲の笑みはいつの間にか会心の笑みに変わっていた。

その日の真夜中。

「というわけで、私は見事にお目当ての猫を推理で見つけたわけですよ」

大きなバッグを肩からさげて夜の住宅街を歩きながら、沙汰菜は得意げな顔をした。

「まったく、たまにまぐれ当たりするとこれだからな」

やはり大きなバッグをさげて沙汰菜の横を歩く良和が、鬱陶しそうにぼやいた。

「それより問題の首輪はちゃんと入手できたんだろうな」

「もちろんですとも」

そう言いながら沙汰菜は猫用の白い首輪をポケットから取りだした。

「この首輪には普通の塗料ではなく、フォトクロミック塗料が塗られていたんです」

「だからそれは何度も聞いたって」

良和がうんざりした顔をしかめる。

「要するに紫外線に反応して着色する塗料なんだろう」

「そのとおりです」

自分の手柄を誇示するべく、沙汰菜が大げさにうなずいた。

「早田の眼鏡も同じだったんです。日光が当たっている間だけ、透明なレンズからサングラスになる眼鏡があるんですよ。調光レンズって言います」

「早田が普通の眼鏡からサングラスにかけ替えた瞬間を、俺が見落としていたわけではなかったんだな」

「ええ、それでもしかしたら猫の首輪にも同様のギミックがあるのではないかと思ったんです。もっとも眼鏡は市販品で、首輪は早田の自作物という相違点はありますけど」

「その首輪も普段は白い色だが、紫外線、つまり日光が当たっているときだけ赤く発色するってわけだ。そして日光がさえぎられると白に戻る、と」

「はい、だから師匠が夜中に見たときは白い首輪だったんですよ」

太陽が完全に昇ってから、沙汰菜の前に何度も現れた赤い首輪の黒い猫こそ、彼女がずっと捜していた白い首輪の猫だったのである。

「しかしどうして早田は、そんな無意味でややこしい機能を猫の首輪につけたんだ」

良和が不思議そうな顔をした。

「今回の俺たちのプランは、はっきり言ってかなりイレギュラーなものだぜ。普通は猫の首輪を狙おうなんてだれも考えない。仮にそういうことを想定していたとしても、カモフラージュとしては中途半端だ。こんなギミックを首輪に仕込む意味なんてない」

沙汰菜はここぞとばかりに得意げに鼻の下を指でこすった。

「深い意味なんてありませんよ。そういう塗料が手に入ったから作ってみただけです」

「ううむ『作ってみただけ』だと」

良和が困惑気味の顔になった。

「あとは自分の眼鏡とおそろいのギミックを、ペットにも持たせたかったという気持ちもあったのかもしれませんね。なにしろ早田はペットにだけは、思い入れと愛情のある人間のようですから」

なるほど。良和は心の中だけでうなずいた。ギミックの作製そのものが趣味の一環だったというわけだ。早田と同じ嗜好を持つ沙汰菜しか出せない結論だろう。

「しかし、その首輪が赤くなるなんてなあ。どう見ても白い首輪にしか見えないぞ」

沙汰菜が持った首輪を見ながら、良和がしみじみと言った。

「ええ、私も早朝に見たときはまんまとだまされましたからね」

沙汰菜のその一言を聞いた瞬間、良和の目つきが鋭くなった。

「早朝に見たときだと」

「うげっ、しまった」

失言に気づき、沙汰菜があわてて口を押さえた。

「お前さ、早朝のうちに猫と遭遇したのに、逃がしていたとかないよな」

良和が突き刺すように沙汰菜をにらみつけた。

「俺が言った白い首輪の黒い猫が、運悪く暗いうちに見つからなかったならともかく、白い首輪の猫を一度見つけておきながら、ドジで逃がしたとしたら話は別だぞ」

「えっ、あの、それは、その」

「まさかとは思うが、実は自分の不手際(ふてぎわ)で無駄な手間をかけただけなのに、その経緯(いきさつ)を手柄話にしていた。なんてことはないだろうなあ」

「い、いやだなあ、そんなことないですよ、いやホント」

沙汰菜はタイミングよく前方に見えてきた早田の家を必死に指さした。

「それよりほら、もう早田の家ですよ。仕事に集中しましょう。ねっ」


良和と沙汰菜は手袋を着けて、早田の家の門の前に立った。門にはこれといった警備装置はない。錆びついた門をできるだけ静かに開けて敷地内に入る。

「ドアや窓をもし強引に開けたら、大音量の警報が鳴り響いて、早田の持っている端末にも即座に連絡が入るはずです」

良和は腕を組んでドアをにらみつけた。

「おまけにこの家の内部は受動型の赤外線センサーだらけだった。人間の出している赤外線、つまり体温に反応する熱感知システムだな。これに引っかかっても同じだな」

「よくご存じで」

「お前ほどではないにせよ、防犯装置のたぐいにはそれなり以上の知識はあるさ。俺だって元刑事だからな」

良和は腕組みを解いて、軽く肩をすくめた。

「ドアか窓をどうにかして突破しても、内部の熱感知装置が次の難関となるわけだ」

「そこでこれが二つの難関の突破口というわけですね」

沙汰菜はポケットから白い首輪を取りだした。

「これを使えば猫用のドアを開けることができますし、熱感知装置も人間サイズの熱源には反応しても、猫より小さな熱源には反応しないようにしてあるはずですからね」

「この家の内外に取りつけられている防犯装置は、飼っている猫の出入りに干渉されないように設計されている。それがこの家の死角ってわけだな」

この家のあらゆる開口部の中で、たった一つだけ警備装置に引っかからないこの二十センチ四方の小さな入り口を確保するため、良和たちは早田の飼い猫の首輪を手に入れる必要があったのである。

「しかし警備装置だけではなく、猫用のドアと鍵の首輪まで自作とはね」

良和は玄関のドアへ目をやりながら、いまいましげに舌打ちした。市販されている猫用ドアの鍵の仕組みなんて、そう複雑なものではない。もしこの猫用ドアと鍵の首輪が市販のものなら、沙汰菜が簡単に開けていただろう。

だが、よその猫が中に入らないようにするためか、早田は市販のものよりずっと複雑な構造をした鍵を自作して、猫用ドアと飼い猫の首輪に取りつけていたのである。

「ぼちぼち始めるか。ヘリを用意してくれ」

「了解です、師匠」

沙汰菜はバッグを開けて分解された機械部品を取りだして、その場で手早く組み立てはじめた。一分もたたないうちに、不要な部品を極力排除して、フレームだけで構成された不格好なミニサイズのヘリコプターが完成した。

「そいつの組み立ては大丈夫だろうな。途中で落ちたりするのは勘弁だぞ」

「ご心配なく。私の仕事は完璧ですよ」

沙汰菜は口をとがらせて良和にそう答えると、完成したヘリコプターを地面に置いて、バッグの底から、小さなボタンがついたリモコンを取りだして、ポケットにしまった。

「まず猫用のドアを開けますね」

沙汰菜が猫の首輪をポケットから出して玄関ドアへ近づけると、即座に猫用ドアのセンサーが反応して、枠の内側に小さな入り口が開いた。

沙汰菜は片手でドアに首輪を近づけたまま、もう片方の手を伸ばして地面に置かれていたヘリコプターをつかみ、猫用のドアから慎重に家の中へと入れた。

「師匠、ヘリを設置しました」

手にした小さな機械で、設置したヘリコプターに赤い光を当てながら、沙汰菜が良和に報告した。

「ヘリの設置位置は大丈夫なのか。スタート地点に誤差があれば、その時点で失敗だ」

「わかっていますって。猫用ドアから正確に三十センチの位置。レーザー距離計で計測しましたから、まちがいありません」

「よろしい、それではフライト開始」

「了解です」

沙汰菜がポケットからリモコンを出してボタンを押すと、軽いモーター音を鳴り響かせながら、ヘリコプターが静かに浮き上がった。

「あのヘリには、あらかじめラジコンで操作された動きを記憶して、そのまま再現する機能がありますからね。スイッチを入れると、事前に師匠が操縦した動きを再現して、目的地まで自動で飛んでくれるというわけです」

「ふむ、何度聞いても、たいしたものだ」

良和が感心したようにつぶやいた。

「機能自体は玩具（おもちゃ）レベルのものですよ。師匠の力がなければ、こんな用途に使えません」

良和はあらゆる立体構造を座標に変換して脳に記憶し、さながら三次元のコンピューターグラフィックのような画像として自分の視界に再現することができる。この世で彼だけが持つ脳機能の突然変異。ささやかな超能力だ。

もちろんそのためには一度は早田の家の中に入らなければならない。そのために良和は早田の表の仕事を利用した。インターネットサイトを通じて、偽名で早田に電子機器の製作を依頼し、それを受けとりに来た代理人という名目で、この家をおとずれたのだ。

「早田に仕事を依頼したことを警察に知られる可能性は高いですね」

「なあに、違法な仕事を依頼したわけじゃない。あやしげな雰囲気を匂わせはしたがな」

良和は早田の家の内部構造を座標に変換して脳内に記憶した。そして帰ってから早田の家の内部を立体的な像として再現して、再現した空間の中でラジコンヘリを操作したのである。

先ほど沙汰菜が飛ばしたヘリコプターは、良和の能力で再現されたコースを元に、障害物を避けながら飛行しているというわけだ。

「家の内部構造を脳内で再現するよりも、ラジコンヘリの操作を覚えるほうに難儀した。俺はこの手の玩具には、あんまり向いていないらしい」

玄関のドアを見つめながら良和が苦い顔をした。

「師匠の操縦した飛行コースを信頼しないわけではありませんけど、カメラ付きのラジコンヘリを使えればもっと確実なんですよ」

「削れるところは極限まで削って、小さくしないと駄目だと言ったのはお前だろう」

「はい、猫用ドアから入るサイズのヘリというのは絶対条件でしたから」

リモコンを片手に沙汰菜がうなずいた。

「対象を確実に破壊するため、なるべく攻撃システムは大きくしたかったんです。だからカメラの搭載はあきらめるしかなくて」

良和と沙汰菜にはヘリコプターが順調に飛んでいるかどうかもわからない。ただ自分の能力と技術を信じるしかない。

「そろそろ着くはずだが」

良和がそう言ったのとほぼ同時に、リモコンのランプが光った。

「よし、ヘリが攻撃位置に着いたみたいだな」

「ほ、本当に撃っても大丈夫でしょうか」

「さあな、だが迷っていても意味なんかない。撃て」

「わかりました」

沙汰菜は思いきり目を閉じると、リモコンの中央にある赤いボタンを強く押した。しばしの沈黙ののち、良和は沙汰菜に静かに言った。

「さっきの首輪を猫用のドアに近づけてみろ。システムが落ちたなら開かないはずだ」

沙汰菜は言われた通り、ポケットから出した首輪を猫用のドアにゆっくり近づけた。

「どうだ」

猫用のドアは近づけられた首輪にも沈黙したままだ。

「やった、やりましたよ。警備装置は停止しています」

「バカ、声が大きい。ここが住宅街のど真ん中だってことを忘れるな」

良和は操縦装置を放り投げて、思わず大声を上げた沙汰菜の口をあわてて押さえた。

警備装置が沈黙したことを確認すると、良和たちは玄関のドアの鍵の開錠に取りかかった。早田は自作の警備装置によほど自信があったのか、玄関ドアの鍵はシンプルなシリンダー錠が一つだけだったため、さほど手間をかけずに開錠することができた。

「さっさと仕事を終わらせて退散するぞ」

良和たちは玄関のドアを開けて悠々と家の中に入ると、ペンライトで廊下を照らしながら、警戒しつつ居間へ向かった。

「あのう、師匠、一つ聞いていいですか」

「なんだ、こんなときに」

「玄関と居間の間にいくつかドアがありますが、そのうちの一つでも閉まっていたらどうするつもりだったんですか。ヘリコプターはドアを開けられませんよ」

「おいおい、今さらそんな疑問に気づいたのか」

ペンライトを持つ手を額に当てて、良和は顔をしかめた。

「答えは簡単、これも猫が答えだよ」

「留守中に外から帰ってきた猫が居間に置いてある餌皿のところへ行けるように、出かける前に屋内のドアは開けておくに決まっているだろうが」

「えっ、猫ですか」

「ああっ、そうか、そうですよね」

沙汰菜は舌を巻いた。餌皿とパソコンが同じ居間にあったのを見た瞬間、この男は「玄関と居間の間にあるドアが閉じられることはない」と確信したのである。

この人が味方で良かった。前を歩く良和の背中を見ながら沙汰菜はしみじみと思った。


廊下のつきあたりを曲がり、良和と沙汰菜は居間へと足を踏み入れた。

居間に入った良和は、部屋の一番奥にあるパソコン机の手前の床をペンライトで照らした。床の上には先ほど飛ばしたミニサイズのヘリコプターが横たわっている。

良和はヘリコプターを照らすペンライトの光を、そのまま上へと動かした。ヘリコプターからのびた銀色の極細のワイヤーが、机の上にあるパソコンへとつながっている。

ワイヤーの先には鋭い針が取りつけられ、この家の警備装置を管理していたパソコンの本体ケースをつらぬき深々と突き刺さっていた。もちろんパソコンは沈黙している。

ミニサイズのヘリコプターからワイヤーを射出してパソコンに突き刺し、そこから強力な電流を送りこむことで基盤を完全に無力化し、良和たちはパソコンの機能を破壊したのである。もっともヘリコプターもその電流に耐えることはできない。まさにハチの一刺しである。

「ワイヤーつきのスタンガンか」

良和は役目を果たし終えたミニサイズのヘリコプターを拾いあげた。

「なんのことはない、あいつ自身がヒントをくれたってわけだ」

「ありましたよ、師匠。捕獲対象の猫用ベッドです」

「よし、さっさと交換して帰るか。これにて捕獲完了だ」

暗闇の中、良和は自分のバッグを肩からおろして、居間に置いてあるのとまったく同型の猫用ベッドをバッグの中から取りだした。

そのころ、遠く離れた町で早田はあっけなく警察に逮捕されていた。刑事たちの尾行に気づかないままビルの警備装置を解除し、盗みに入ろうとしたところを、そのまま取り押さえられたのである。

早田の逮捕から一夜明け、殿歩は警視庁で昨日の聞きこみの内容を整理していた。早田が逮捕されたとはいえ、明らかにしなければならないことはまだまだ多い。

殿歩のパソコンの画面には、あの住宅街の地図が住人の名前つきで表示されている。殿歩はマウスを動かして、聞きこみをした家へ一つずつ印をつけていたが、ある家にカーソルを合わせたところで、マウスを操作していた手をふと止めた。

「たしかこの家は」

垣根に囲まれた白い壁の家。昨日、殿歩たちが最初に聞きこみをおこなった家だ。若い母親が子どもを庭で遊ばせていた。

「あっ」

あのときのことを思いだしていた殿歩が小さく叫んだ。たしかあの若い母親は殿歩にこのように言っていた。

「変な大きめの眼鏡をかけて緑の服を着た小柄な女性です。なんだかあちこちをのぞきこみながら歩いていて、ちょっと気味が悪かったです」

しまった。殿歩は軽く唇をかんだ。あの日の沙汰菜は、白い薄手のジャンパーを着ていて、いつもの緑色の服は着ていなかった。殿歩たちがあそこをおとずれるほんの少し前、あの母親が緑の服を着た沙汰菜を見たはずがない。

「くっ、私としたことがうかつ」

殿歩は軽く自分の頭を叩いた。あの母親は普段の沙汰菜の服装を知っているにもかかわらず、沙汰菜と面識がないふりをするため、殿歩にあんな嘘をついた可能性が高い。

「思えば、私があそこで白い首輪の黒い猫についてたずねたときも変だった。あの人はしばらく考えてから『見ていない』と断言した。それなりの時間をかけて考えていながら、まったくの迷いも見せず、不自然なぐらいきっぱりと否定した」

あのとき、あの若い母親が考えていたのは、記憶をたどっていたのではなく、白い首輪の黒い猫を見た事実を殿歩に言うか言わないかを、考えていたのではないだろうか。そして猫を見た事実を隠そうという結論に至ったのだとしたら。

もしそうだとしたら、あの若い母親はどこでその猫を見たのか。そしてなぜそれを殿歩に隠さなければならなかったのか。

「おそらくあの人は、あの日より前にオフィス・カメレオンと接点があった。もしかしたら依頼人かもしれない」

とはいえ「殿歩の記憶ちがいだ」と言われればそれまでの話である。なんの証拠もない。

あの場には伏見もいたが、お世辞(せじ)にも記憶力に優(すぐ)れているとは言えない彼が、殿歩の質問の詳細まで覚えているはずもない。

「あっちでなにをしていたか、いろいろ気になるけど、今はそれどころじゃないか」

殿歩は軽くため息をついて、自分の作業を再開した。

同時刻。

「それでは奥さん、俺はこれで失礼します。今回のことに懲りたら、出来心の火遊びなんて金輪際やめることですな。お子さんのためにもね」

玄関先で仕事の成功を簡潔に報告した良和は、最後に軽く会釈をして、今回の依頼人に背を向けた。

背後でドアが閉まる音がすると、彼はわずかに振り向いて、垣根に囲まれた白い壁の家を横目で見あげた。

複雑なようで簡単な構図の依頼だった。

きっかけは猫が迷い込んだ一件。そこでこの家の夫人は、早田が高校時代の初恋の相手ということに気づいた。

そしてあれこれ話しているうちに、夫人は高校時代の想いがよみがえり、気持ちが制御できなくなってしまったのである。

さいわいというべきか、早田のほうは彼女が高校の時の同級生であることにまでは気づかなかった。

気持ちを制御できないほど思いつめた夫人はある行動に出た。迷惑をかけたお詫びの品として贈った猫用ベッドに、盗聴マイクと隠しカメラを仕込んだのである。

ところがその少しのち、盗聴した内容から早田が犯罪者であることを知り、夫人は道ならぬ恋どころではなくなってしまった。

よみがえった初恋などあっという間に冷(さ)めた夫人は、急いで警察に匿名の通報をした。そしてなんとも粗忽(そこつ)な話だが、その夫人は通報を終えたところで、自分が贈った猫用ベッドのことに気づいたのである。

早田が逮捕されれば、いずれ早田の家に鑑識が行き、裁判のための様々な証拠を集めることになる。もし、そこで盗撮と盗聴の装置を仕込んだ猫用ベッドが見つかれば、警察はそれをどうやって入手したのかを早田にたずねる。

彼はそのベッドを夫人から贈られたことを警察に説明するだろう。猫用ベッドには彼女の指紋がついているから言い逃れもできない。

そこで彼女はオフィス・カメレオンに「猫用ベッドの捕獲」を依頼したというわけだ。

「いやはや、恋する女の暴走ってやつは怖いもんだ」

良和は、依頼人の家から少し離れたところで待っていた沙汰菜にしみじみと言った。

「しかしあの奥さん、あんな男のどこが良かったのやら。どう見ても俺のほうが男前だ」

「師匠って、意外とナルシストですよね」

これ以上ないぐらいうんざりした顔で良和を見ながら沙汰菜が言った。

「ちょっと思うぐらいならいいだろう」

「口に出さないで思うだけにしておいてくださいよ」

「わかっているって」

いつになく強い口調で沙汰菜に釘を刺されて、良和は軽く首をすくめた。

「しかしあの奥さんが、早田なんぞに熱をあげた理由はやっぱり理解できないね。なんでも高校時代の初恋だったたって話だが」

「きっと高校時代、早田の持つ技術を尊敬していたのが、少しずつ恋愛感情に変わっていったんだと思います。あの奥さんもまちがいなくエンジニア志向の人ですから」

はてさて、これも沙汰菜でなければわからないことなのだろうか。良和はあごに手を当ててしばらく考えていたが、やがて軽く息をついてこう言った。

「まあ、そうでなければ、盗撮と盗聴の機械を猫用ベッドに仕込むなんて無理だな」

しかし早田もつくづく間抜けな男だ。自身の持つ技術を駆使した防犯用の機械で要塞のように自宅を囲んでおきながら、あっさり盗撮用のカメラと盗聴用のマイクを家の中に入れてしまったのだから。

「しかし早田はどうして盗聴器チェックを怠ったんだ」

ちょっとだけ考えてから、沙汰菜はこう良和に答えた。

「それだけ侵入防止の設備に自信があったんだと思いますよ。きっと『何者も侵入できないのだから、盗聴器を仕掛けられるはずがない』と思っていたんです。また送った人が不明の品物ならばともかく、普通の主婦からのお詫びの品に、そういう仕掛けがあったとは思わなかったんでしょう」

「得意分野だからこそ、逆にそこから攻められれば油断と盲点だらけになる。一種の教訓だな。俺たちも気をつけないと」

「そうですね」

「さて、あと懸念(けねん)があるとすれば、警備装置を制御していたパソコンが不自然な壊れかたをしていることを、鑑識にいぶかしがられるかもしれないことだが」

「さしたる問題にはならないと思いますよ。自作した機械がトラブルを起こすなんてよくある話ですから」

「ううむ、そうなのか」

良和は顔をしかめた。こいつの作ったものに頼りすぎるのも考えものかもしれない。

「さて、次は早田からの依頼に取りかかるとするか」

「早田からの依頼ですか」

沙汰菜が首をかしげた。

「ああ、最初にあいつの家に行ったとき、便利屋を名乗ったらついでに頼まれたんだよ。もし自分になにかあったら、そいつの里親を探してくれ、ってな」

良和はそう言って、沙汰菜が片手にさげているペット用のキャリーケースを指さした。

「おそらくタダ働きだが、いいよな」

「まあ、仕方ないですね」

まるで主人をしのぶように、ケースの中から猫がかん高く一声鳴いた。

第六話　前日譚（ぜんじつたん）　夜行奇人

オフィス・カメレオン二代目社長に阿過沙汰菜が就任する約一年前のこと。

まるでスイカじゃないか。線路上に散らばったほんの少し前まで人間だった残骸を、視界の端に捉えてしまった年若い駅員と年配の駅員は、ホームの上で顔をしかめた。

「運転士の話だと、自分から飛びこんだそうだぞ」

年配の駅員は若い駅員にそう言いながら、緊急停止した急行電車へ目をやった。フロントガラスに入ったひびは、真っ白い蜘蛛の巣のようにも見える。

「急行電車が通過する直前、吸いこまれるように、こう、スウッと、な」

彼はそう言いながら片手で放物線を描いた。

「そんでもってグシャーンだ。ブレーキなんて間に合うはずもないわな」

年配の駅員は大輪の花火を表現するように、両腕を大きくひろげた。不謹慎な態度にも思われるが、こうやって少しぐらいおどけていないと、やっていられないのかもしれない。彼らの足元のすぐ下、線路上の光景はそれほどまでに凄惨だった。

「足を滑らせたとか、だれかに後ろから押されたわけじゃなく、自殺ですか」

線路のほうをなるべく見ないようにしながら、若い駅員がたずねた。

「おう、一番見晴らしがいい運転席から見てる運転士が言っているんだ。自殺でまずまちがいないだろうよ。もっとも、そういうのは俺たちではなく警察が考えることだけどな」

年配の駅員はそう答えると、あごに手をやった。

「しかしまあ、どこのどいつがどんな事情で自殺なんぞしたのかは知らないが、後始末する側の身にもなってもらいたいもんだな、まったく」

その意見に心の底から同意しつつ、若い駅員はホーム上に一つだけ残されている鞄を見つめた。

「自殺者の持ちものですかね、あれ」

「いいや、目撃者の女の子の持ちものだよ。大きな眼鏡をかけた野暮ったい子さ。自殺の瞬間をモロに見て倒れちまったんで、奥で寝かせている」

「それはまた運が悪い人ですね」

「よほどショックだったのだろうな。『私の今回の出番、マジでこれだけですか』と、意味不明なうわごとをつぶやいていた」

「へえ、それは完全に錯乱していますね」

若い駅員はそう言いながら鞄に近づいた。鞄には名札がついている。

「ええと『AKA・SATANA』か。これはまた力が抜けるような珍名だ」

若い駅員は困惑気味に頭をかいた。


同日の午後二時。遺留品や指紋から、自殺した人物が東京都在住の劇作家の千堂蠢老、本名千堂郁郎であることが判明した。


「どういうことなの」

警視庁の廊下で、捜査一課の刑事である御小曾殿歩が、前を歩く浜谷良和の背中に向かって大きな声でたずねた。

「どうもこうもない。説明した通りだ」

良和は足を止めると、振りかえりもせず淡々と言った。

「たった今、上に辞表を出してきた。俺はもう刑事じゃない」

「なんてバカなことしたの。早く取り消してきなさい。今なら間に合うわ」

殿歩は良和の前に出て、行く手をさえぎると、強い口調で言った。

「きみの気持ちはありがたい。だが、もう決めたことだ」

にべもなく言うと、良和は目の前に立ちはだかる殿歩を軽く押しのけて、警視庁の長い廊下を再び歩きはじめた。

「そりゃあ、たしかにこの前の銀行強盗の一件では、あなたは軽率だったわ。だけど刑事を辞めることはないでしょう」

殿歩は良和を追いかけるように歩きながら、説得を続けた。

「そんなことで責任を取れると思うなら、大きなまちがいよ」

「やれやれ。なんだか学校の先生に怒られているみたいだな」

良和は腰に手を当てて苦笑した。

「茶化さないで」

殿歩は再び良和の前へ立ちふさがると、その顔をまっすぐにらみつけた。

「私は真剣なのよ」

「俺も真剣だ」

良和も殿歩を見つめながら静かに言った。

「きみの気持ちはありがたい。でもなにも言わず、このまま行かせてくれ」

良和の声には覇気がなく、顔は能面のように無表情だったが、その双眸だけは、殿歩すら気圧されるほどの異様な光を宿していた。

「行かせないわ。あなたに刑事は辞めさせさせない」

殿歩の声が鋭さを増した。

「今のあなたはまともじゃない。こんなときだからこそ、刑事という身分を捨てるべきではないわ。そう、あなた自身への枷として」

それを聞くと良和は、鼻を鳴らして軽く肩をすくめた。

「まともじゃない男なら、なおさら刑事にはしておけないんじゃないのか。自分がまともだと強弁するつもりもないが、時間が経てば俺がまともに戻るなんて保証はないぜ」

「それは」

殿歩が良和になにか言いかえそうとしたそのとき、殿歩の背後から大声が聞こえた。

「なんだ、こんなところにいたのか、浜谷」

廊下の向こう側から、三人の男がこちらにやって来た。男のうち二人は捜査一課の刑事だが、もう一人は髪を金色に染めた見たことがない初老の男性だった。

「謹慎中のお前が、ひょっこり本庁に顔を出したから、なにをしに来たのかと思えば『辞表を出した』と聞いてひっくり返ったぞ。なにを考えているんだ」

現れた二人の刑事のうち、年下のほうがあきれ顔で良和に言った。

「すいません、伏見さん」

声をかけてきた伏見刑事に、良和は素直に頭をさげた。いかにも切れ者に見える外見に反して、あまり優秀な刑事とは言えない伏見でも、お人好しで面倒見の良い性格のおかげで、優秀だが曲者の良和や殿歩との相性は悪くない。

「伏見さんのほうからも、彼になにか言ってください」

「不安定な世の中だ。転職すると言っても、民間は甘くないぞ、厳しいぞ」

説得してくれるのはありがたいけど、私がこの男に言いたいのは、そういうことではありません。思わず殿歩が苦い顔になり、心の中でつぶやく。

「引きとめていただけるのはありがたいんですが、これ以上俺が刑事でいると、みんなに迷惑をかけちまうかもしれませんので」

良和が再びその場を離れる素振りを見せたため、殿歩は助けを求めるように、年配の刑事に視線を送った。

「その件なら知っている。昨日、こいつに相談されたからな」

殿歩に視線を送られた年配の刑事、警部の海科は、まるで今日の夕飯の献立について話すような淡々とした口調で良和を示して言った。

「まあ、浜谷が自分で決めたことだ。俺がなにか言うことじゃない」

浜谷は無言で海科に深々と一礼した。

「それより浜谷、つい先ほど、千堂蠹老が自宅近くの駅のホームから列車に飛びこんだという情報が入った。おそらく自殺だ」

「千堂が自殺ですって」

思わず良和が海科に聞き返した。

「あの事件以来、ほとんど廃人みたいになっていたからな。犯人の可能性が低いという理由で、千堂に見張りをつけなかったのは、こっちのミスだったかもしれん」

「警部殿」

殿歩は一声そう叫んで、とがめるように海科をにらんだ。刑事を辞めるという良和の決断に殿歩が納得していないとはいえ、今の良和は形式上、刑事を辞めることになるかもしれない人間であることもまた事実だ。捜査情報を漏らすのはよろしくない。

「これぐらい秘密にすることもないだろう。どうせすぐに夕方のニュースで流れる情報だからな」

海科は冷静に殿歩へ言った。

「ともかく、またしても状況が変わったわけだ。御小曾と伏見は仕事に戻って、この件についての情報を集めておけ。俺はもう少し浜谷と話をしてから、そっちへ行く」

「わかりました」

不本意そうに殿歩はうなずいて、伏見と一緒にその場を離れた。

殿歩と伏見が行ってしまうと、良和は海科の背後に立っている珍妙な姿の初老の男性を指さした。

「海科さん、このいかにも胡散臭い人はだれですか」

年甲斐もなく髪を金色に染めあげ、上半身は南国の果物を図柄にした派手なアロハシャツ、下半身は原色のハーフパンツにゴムのサンダル履きという季節外れの服装である。警視庁の建物にこれほど相応しくない人物もいないだろう。この人物が何者かはわからないが「刑事ではない」ことだけは、はっきり断言できる。

「もしかして自称アーチストの寸借詐欺師でも逮捕しましたか」

「おいおい、詐欺事件の捜査は捜査第一課の仕事じゃないだろう」

少しだけあきれたように海科がため息をついた。

「はあ、しかし強行犯にしては気の抜けた顔と格好をしているもので」

そう言いながら良和はあごに手を当て、首を軽くひねった。

「むう、なんだか失礼なこと言われているなあ」

憤慨したように男がつぶやいた。

「海科ちゃん、私のことを彼にちゃんと紹介してくれたまえ」

「ああ、悪かったな」

海科は派手な男に頭をさげた。

「こいつと俺とは、いわゆる腐れ縁ってやつでな」

海科の紹介がまだ終わりきらないうちに、派手な男は良和の正面へ出てきて、強引に握手を求めてきた。

「やあやあ、どうもどうも、お前さんが浜谷良和クンだね」

「ええ、そうですが」

思わず差しだされた手を握り返しながら、良和が男に答える。

「私はこういう者でね。よろしく頼むよ」

派手な初老の男は良和と握手をしたまま、空いているほうの手で名刺を渡した。

「シンデレラ出版代表取締役社長、諏訪院雲斗さん、ですか」

持ち主の服装の割には地味な名刺を片手で受け取ると、良和は握手を続けた状態で、そこに書かれた文字を読んで、首をひねった。聞いたことのない出版社である。

「社長であると同時に、編集長として『季刊パンプキン』って雑誌を作っているんだけどね。聞いたことがないだろうなあ」

ようやく握手の手を離すと、諏訪院は笑顔で良和に言った。

「まあ、ゴッタ煮みたいな雑誌だけど、オカルト絡みの記事が多めかな」

「オカルトですか」

オカルトと聞いた瞬間、良和の表情にあからさまな嫌悪と敵意と警戒が浮かんだ。

「おっとっと、そう怖い顔でにらまないでくれたまえ。今回の事件についてもきみについても、記事にするつもりはないからさ」

あわてて諏訪院は両手を振った。

「私にだって面白おかしく書きたててはいけないものぐらいはわかるよ。それに」

諏訪院は横目で海科の顔を見て、さらに話を続けた。

「海科ちゃんは、私の昔からの友人だ。お前さんが普通の人とほんの少しだけちがうことも、今回の事件についても聞かされている。もし、きみにまつわるあれこれを玩具にすれば、彼が黙っていない。私だって古い友情を壊すようなことはしたくないよ」

「はあ、海科さんとあなたが友人、ですか」

良和は眉間にしわを寄せながら諏訪院を見つめた。冷静沈着で人望も厚い海科と、年齢不相応に軽薄なこの男は、見るからに正反対だ。気が合うとは思えない。

「海科さんは友人をもっと選ぶべきだな」

顔を横にそむけて、良和は聞こえないように小声でつぶやいた。

「それで諏訪院さんは、警視庁にどういうご用件でいらしたのですか」

「なあに、つまらない野暮用だよ」

諏訪院は振りかえると、海科に軽く手を振った。

「それじゃあ、海科ちゃん、私はこれで失礼する。なにかと時間が惜しいもんでね」

「ああ、あまり無茶はするなよ」

「あいよ」

ようやくこの派手な男から解放されるな。良和は内心安堵の息をついた。

「さて、それじゃあ出発しようか、浜谷クン」

「はあ」

思わず良和の口から変な声が漏れた。

「私は海科ちゃんから、お前さんの子守を頼まれているんだ」

「どういうことですか、海科さん」

「浜谷、刑事を辞めるのは勝手だが、この一件が片付くまでは、そいつと行動しろ」

海科が厳しい口調で良和に言った。

「謹慎中のお前は今回の事件を追えない。もし無理に事件に介入すれば、問題行動を重ねることになり、捜査一課の仲間や上司である俺にまで迷惑がかかる。だからお前は刑事の身分を捨てた。ちがうか」

「そんな立派な心がけじゃありません」

良和は小さく鼻を鳴らした。

「俺には刑事としての資格がない。そう思っただけです」

「それならなぜ独力で事件を調べようとする。お前が今までコソコソとなにをしていたのか、俺が知らないとでも思っているのか」

海科の指摘に良和は無言で唇をかみしめた。

「事件解決のためなら、刑事としての身分どころか、命を捨てることすらいとわない。いや、むしろそれを望んでさえいる。はっきり言うぞ、浜谷。今のお前は危うい」

「ええ、殿歩にも言われました。『まともじゃない』ってね」

良和は苦笑しつつ答えた。

「自覚があるなら、俺の最後の命令だと思って聞け。諏訪院についてゆくんだ」

「どうしてですか」

「深い意味はないさ。ただ」

海科は少しだけ表情を緩め、いかつい風貌にあまり似合わない、いたずらっぽい笑顔を見せた。

「こんな気の抜ける格好の足手まといがいれば、お前もうかつな行動は自重するだろうと思ってな」

「やれやれ、友人に対してひどい言い草だ」

諏訪院は首を振りつつ、大げさに肩をすくめた。

歓楽街のネオンサインみたいな道連れができてしまった。そう思いながら良和は警視庁を出た。海科にあそこまで言われては、良和としても断れなかった。

初冬の日はすでにわずかに傾きかけて、空はほんのりとオレンジがかっているものの、よく晴れていた。

そういえば五日前もよく晴れた日だったな。なにげなく空を見あげた良和の脳裏に、あの日の記憶がよみがえった。


海岸沿いの崖の上に建つ二階建ての古びた洋館。その二階のベランダに、季節外れの白いノースリーブのワンピースを身につけた一人の若い女性が座っていた。

ベランダには木製の丸テーブルが一つ。テーブルの周囲には四つの椅子。中央には大きな日よけのパラソルが取りつけられている。

女性がティーカップを片手に、雲一つない夕暮れどきの空と濃い青にきらめく海をながめていると、突如として雷鳴が鳴り響いた。

女性はすぐにカップをテーブルに置いて明るく晴れた空を見あげた。そしてまるで夕立が降ってきたかのように、小走りで屋内へ入った。

女性が屋内へ入ると、雷鳴の音はなぜか屋外よりもさらに強く鮮明になり、雷鳴に続いて激しい雨の音までが広い部屋の中に響き渡った。

「ねえっ、ちょっと音声がしつこすぎるんじゃないの」

今回の「主演女優」である白いワンピースを着た女性、佐凪香苗が耳を両手で押さえながら大声で怒鳴った。

「ここでは使える設備が限られている、視覚効果にあまり頼れないんだ」

がっしりとした体格の坊主頭の青年が、音響装置に繋がれたパソコンを操作してスピーカーからの雷と雨の音を止めると、淡々と佐凪に答えた。彼の名は根岸新二。舞台の音響や特殊効果の専門家である。

「これぐらい音を大きくしないと、状況をわかってもらえない。今回の参加者には年配の人が多いから、状況を示す音声は大げさなほうがいいだろう」

「そうだね。今回の千堂先生の誕生会の参加予定者の多くは、千堂先生も渋々言うことを聞くしかない業界のお偉いサン、つまり年寄りばかりだ」

部屋の壁にもたれかかるようにして立っていた背広姿の長髪の青年が、坊主頭に続けるように言って気障な動作で肩をすくめた。若手劇作家の中財亨だ。

今回はシナリオだけではなく、メイク用具や小道具などの準備も担当している。佐凪が着ているワンピースや雷雨の効果音のデータも、この男が用意してきたものであり、実質的に今回の中心人物である。

「ショッキングな描写も控えめにしておくべきだな。来賓の心臓が止まっても困る」

中財の悪趣味な冗談に顔をしかめながら、佐凪がノースリーブのワンピースの上に厚手のカーディガンを羽織った。

「あなたがこうやって本番で使う衣装や音声データを用意してきたということは、もうシナリオは完成しているのよね」

「いいや、まだ完成していないよ。でもシナリオの中心となる事件パートはすでに九割ができている。本番で使う道具なんかはほぼ調達済みさ」

中財がにやけながら女に答えた。

「千堂先生の誕生祝いは再来週だぞ。本番に間にあうんだろうな。このミステリーの寸劇はパーティの肝なんだ」

根岸が中財を横目でにらみつつ、ぶっきらぼうにたずねた。

「もちろんだとも。残っているのは細かい部分だけだ」

「それなら完成している部分だけでも、俺たちに教えてくれてもいいんじゃないか。このままでは満足なリハーサルもできない」

「もう少し待ってくれないかなあ。ここでテストしなきゃならないことがある。そいつが終わってから、二人には今回のプロットを説明するよ」

中財は肩をすくめ、薄笑いを浮かべながら根岸に答えた。

「ま、ぼくのシナリオがどういう話かは、それまでお楽しみってことで」

中財のわざとらしいウィンクを鬱陶しそうに一瞥すると、佐凪は眉をひそめたまま、窓の外のよく晴れた風景へ目をやった。

「本番ギリギリになっているのに、まだシナリオもできていないなんてね。まったく、小学生が学芸会の準備をしているほうが、まだマシじゃないかしら」

「明日、先生が北海道から帰ってくるころまでには、プロットを説明できるはずさ」

「もったいぶるのは勝手だが、なるべく早く頼む」

根岸が中財に低い声で言った。

「アトラクションだけじゃなく、俺たちはパーティ全体の設営や演出についても、検討しなきゃならない。そこのところを忘れるなよ」

「そういうこと。私たちは三人とも、それなりに忙しい身なんだからね。こうやって集まる機会なんて、そう何度も作れないわ」

「まったくだ。ここのところは忙しすぎて、テレビも夕方六時のニュースぐらいしか見ていないや」

「見られるだけマシよ」

佐凪からそう言われた中財は、苦笑しながら部屋の中を見回した。

「そもそもぼくたちに準備を丸投げして、自分は取材旅行を優先するなんて、先生に今回のパーティを成功させる気は、あまりないようにも思えるけどね」

「そこはちょっと否定しがたいかも」

佐凪は腰に手を当てると、うんざりした顔で大きなため息をついた。

「この別荘に来るようにメールで指示されたのなんか、今朝になってからだし」

「とはいえ、数日前から『予定を空けておけ』って通達があっただけでも、先生にしては良心的かもしれない。これもぼくたちへの期待と信頼の表れと思っておこうよ」

「期待と信頼ねえ」

佐凪が形のよい唇を尖らせた。

「それだけぼくたちに臨機応変の対応力があると思われているのさ」

なおも不満げな佐凪をなだめるように中財が言った。

「先生が乗り気でないことも、まちがいないけどな」

音響装置につながれたパソコンの画面を見つめながら、根岸が小声でつぶやくように二人に言った。

「祝いたいという周囲の顔を立ててやっただけの話で、そもそも先生は、『還暦祝い』なんて古臭くて儀式的なことは大嫌いだ」

「ホント、しょうがないよね。権威や伝統、そして権力に対し反骨をつらぬく。それが異端の劇作家千堂蠢老のポリシーってやつなんだからさ」

茶化すように言う中財を、根岸が目を三角にして思いきりにらみつけた。

「まあ、半分遊びと思って気楽にやろうよ」

あんたはいつだって遊び気分で気楽じゃないか。そう言いたげな顔で二人が中財を見つめていると、今までずっと無言で部屋の隅に立って、三人の様子を見ていた若い男女二人のうち、女性のほうが軽く手を上げて声をかけてきた。

「みなさん、ちょっとよろしいですか」

「どうかしたんですか、朱音さん」

「そろそろ、お茶を淹れてこようかと思って。コーヒーと紅茶、どちらにします」

朱音と呼ばれたカジュアルな服装の若い女がそう言いながら佐凪に微笑みかけた。

「いやそんな、おかまいなく」

恐縮したように佐凪が手を振った。

「お茶ぐらいださせてください。いそがしい中、父の誕生祝いのため、こうして集まっていただいたんですから」

父親に対する愚痴めいた話題をずっと聞き流していたその若い女性は、三人に丁寧に頭をさげた。

「私たちはみんな、朱音さんのお父さまにはお世話になっていますから、これぐらい当然のことですよ」

あわてた佐凪が手を振る速度がさらに上がった。

「父があそこまで気まぐれでへそ曲がりでなければ、みなさんにこのようなご苦労をかけることもなかったんですけど」

「先生の気まぐれとへそ曲がりは、いつものことですよ。そして俺たちはそんなところも先生の魅力だと思って尊敬しています」

根岸が朱音と呼ばれた女に、朴訥（ぼくとつ）な口調で告げた。

「ところでそちらのかたはどなたです。先ほどからそこへおられるのに、まだ紹介していただいていません」

朱音の隣に立つ明るいグレーのスーツを着て、白いコートを片手に持った若い男についで根岸がたずねた。

「浜谷良和さんです」

朱音に紹介されて、良和は無言で三人に一礼した。

「は、はまやらわさん、ですか」

男の年齢の割に落ちついた雰囲気と、いささかそぐわない珍名を朱音から聞かされた根岸は、困惑気味に頭をかいた。

「父が取材のときにお世話になったかたなんです。それ以来、個人としても父と懇意（こんい）にしていただいていまして」

「先生の取材というと」

「浜谷さんは警視庁捜査一課の刑事さんなんですよ。実際に起きた殺人事件について、いろいろと父にご教授していただいて」

そこまで朱音が紹介したところで、良和は再度三人に無言で一礼した。

「ええっ、刑事ですって」

中財がおどろいたように目を見開く。

「うへえ、警察嫌いで有名な先生が、刑事なんかと仲良くしているなんて、こいつは季節外れの大型台風でも来そうだな」

「こらっ、失礼なことを言うもんじゃないわ」

佐凪が顔をしかめて、中財の脇腹をつつく。

「ごめん、ぼくの失言だ」

口ではそう言ったものの、中財は特に反省した素振りも見せず薄笑いを浮かべた。

「浜谷さん、こちらは佐凪さん、中財さん、そして根岸さんです」

朱音に紹介された順で、三人が良和に軽く頭をさげた。

「三人とも父の愛弟子（まなでし）のような人たちなんですよ」

「で、弟子なんておこがましいですよ」

佐凪がまたしても激しく手を振った。恐縮したときの彼女の癖（くせ）なのだろうが、いいかげん手首を脱臼（だっきゅう）しないか心配になってしまう。

「同じ演劇の世界で、ちょっと目をかけていただいているというだけです」

「謙遜しないでください、佐凪さん。三人とも演劇の世界ではそれぞれの分野で注目の若手じゃないですか」

「もうっ、やめてくださいよう、朱音さん」

佐凪は手を振り続けながら大声を上げた。

「そんな大層な立場じゃないんですから、本当に」

佐凪に助けを求めるように横目で視線を送られた中財は小さく苦笑すると、話題を変えるように良和にたずねた。

「刑事さんも先生の誕生祝いには参加されるんですよね」

「公休が取れれば、うかがわせていただきます」

ずっと黙っていた良和が、ここでようやく口を開いた。

「取れれば、ですか。まあ年の瀬が近いと忙しくなるのは、刑事さんも例外ではないでしょうからね」

中財は両腕を大きく広げた。

「でも、ぼくとしては是非とも刑事さんにパーティに来ていただきたいものです。本物の刑事さんに挑戦できる機会なんて滅多にありませんからね」

「挑戦とはどういうことですか」

「なあに、パーティのアトラクションとして、ぼくたちでちょっとした推理劇を披露するんです。探偵役は来賓のみなさんです。まあ、ちょっと凝ったクイズですよ」

「ふむ、推理劇のクイズですか」

良和は一言つぶやくと、根岸の立っている音響装置の近くへ歩いた。

「先ほどの雷雨の音声はこの装置からですね」

「ああ、そうだ」

「立派な装置ですね。もしかして劇場から借りて持ってきたんですか」

「いいや、先生の私物だよ」

根岸が首を振りながら良和に答える。

「今日はパーティのため、特別にお借りしている」

「ええっ、これが私物ですか」

それまで冷静そのものだった良和が、わずかに驚きを見せた。

「父のこだわりなんですよ。完璧な戯曲を書くには、舞台で使う効果となるべく同じ音を聞いて、本番をイメージしなければならないと」

根岸に代わって、朱音が苦笑しながら良和の疑問に答えた。

「でも、さすがに街にある自宅にこんな装置は置けないので、この別荘に置いているんです」

「なるほど。音声データはあなたが用意したものですか」

良和はあごをなでつつ装置を見ながら、根岸にたずねた。

「いいや、そこにいる中財が持ってきたものだよ」

根岸に指をさされた中財が、笑みを浮かべながら軽く手を上げた。

「あなたや朱音さんにも、この音は聞こえましたよね」

「はい、屋敷のどこにいても聞こえるぐらい大きな音でした。こういう場所でなければ、きっと近所から苦情が来たでしょうね」

良和の余計な一言に、根岸が不快そうな顔をしたが、良和はそれに動じる様子もなく、音響装置に背を向けて、部屋の隅にあるテーブルの前へと歩いた。

テーブルの上にはメイク用の道具が詰めこまれた箱が置かれている。良和はその中を見ると、メイク用の濃い色のドーランを一つ取りだした。そしてそれを自分の手の甲にほんのわずかつけて色をたしかめて、軽くうなずいた。

「たしかに古典的な推理クイズのようですね」

良和は小声でそうつぶやくと、興味を失った様子でドーランを箱の中へ戻した。

「俺はこれで失礼します。みなさんの練習の邪魔をしても悪いですから」

三人に一礼すると背を向けて、良和は部屋のドアを開けた。

「ちぇっ、なんだい。刑事だかなんだか知らないが、感じの悪い男だ」

良和の背中を見ながら口を尖らせた中財が、わざと聞こえるような大声で面白くなささそうに言った。

あんたに言われちゃオシマイだわ。部屋を出るとき、良和がさりげなく背後へ目をやると、佐凪と根岸はそう言いたげな目で、中財を見つめていた。

廊下に出て少しだけ歩くと、良和は足を止めて、一緒に部屋を出てきた朱音に小声でたずねた。

「あの三人に、千堂さんが俺に『実際に起きた殺人事件について』世話になったと言ったね。ということは、あの三人に本当のことを言っていないのかな」

朱音が良和に無言でうなずく。

「それでは彼らは千堂さんを悩ませているあの一件のことも、俺が〝夜行奇人〟のモデルであることも告げられていないわけか」

「ええ、父からあの三人には〝夜行奇人〟のことを言わないように口止めされているの。話したほうがいいかな」

「いいや、今は秘密にしておくべきだろうね。あの三人の中に〝夜行奇人〟がいる可能性が高いわけだし」

良和は朱音に余計な不安を与えないよう、なるべく優しい口調で言った。

「それに俺がここへ来ているのは刑事の仕事ではなく、あくまでプライベートだ。余計な混乱が生じるのは避けたほうがいいよ」

「本当にごめんなさい。警察の人で、父が接触を許しているのは、良和さんしかいないから。父が警察嫌いでなければ、素直に警察に相談しているんだけど」

良和は苦笑するしかなかった。千堂蠢老の警察嫌いは有名なのだ。

今よりもっと血気盛んだった若いころ、千堂は知り合いの役者の逮捕に抗議して、警察署に殴りこんだことがある。

その暴挙を止めようとした警察官に持参した棒で殴りかかり、取り押さえられたときのはずみで怪我をしたことがきっかけで、さらに警察嫌いになったらしい。

良和からすれば、そんなのは自業自得の逆恨みとしか言えない。千堂が警察を嫌うのと同じぐらい、良和も千堂の行動や考えかたに否定的だったが、数少ない接点が奇妙な縁を維持している現状もまた否定できなかった。

「仮に今、警察に相談しても同じことだと思う。現段階ではただの悪戯の域を出ていないからね。刑事の俺が言うのもなんだけど、警察はもっと具体的で深刻なことが起きるまで介入できないんだ」

良和は先ほど三人がいた部屋のほうを見つめた。

「とりあえず、あの三人が打ち合わせを終えて帰るまでは、俺もここにいるつもりだ」

「それなら父の書斎を使って。父が言っていたの。『良和さんがここへ来たら、書斎で待機してもらうように』って」

「えっ、書斎に」

良和は少し意外そうな顔で口元に手を当てた。

「そうよ。あの父が仕事場に刑事さんを入れるなんて前代未聞かも」

「ふむ」

良和がなにか言おうとしたそのとき、ポケットの中の携帯電話が鳴った。良和は電話に出ると何回かうなずき、電話を切って朱音のほうを見た。

「まいったな。事件が起きて呼び出しがかかった。今日は非番だったのに」

「えっ、もしかして殺人事件」

「いいや、銀行強盗だよ」

良和は首を振りながら朱音に告げた。

良和は携帯の時刻表示を見た。午後四時二十二分。今の季節ならば、あと一時間もしないうちに日が落ちるはずだ。

この別荘が建っている海沿いの丘は、都心部からさほど遠くない場所にあるという事実が信じがたい陸の孤島だ。周囲には街灯すらなく、日が落ちれば即座に闇に包まれる。

「かなり厄介(やっかい)な事件だけど、解決まで長引くことはないと思う。ただ、すぐにここへ戻るのは無理っぽいな」

「私は大丈夫よ。どうせ父の杞憂だと思うし」

朱音はそう言ってくれたものの、ここへ来てからずっと、理屈ではなく刑事の勘とでもいうべきものが、良和に嫌な予感を告げていた。優先すべきは銀行強盗の一件とはいえ、朱音を残してここを離れるのは、良和にはどうも気が進まなかった。

良和が朱音になにか言おうとしたそのとき、背後から雷鳴が鳴り響いた。きっとあの根岸という男が、再び音響装置を動かしたのだろう。


「冬なのに雷鳴か」

稲妻の閃光から一拍置いて周囲の空気を震わせた雷鳴が、記憶をさまよっていた浜谷良和の心を五日後の現在へと引き戻した。


良和たちが警視庁を出たときには快晴だった天気は、夕方ごろから急速に崩れた。降りしきる激しい雷雨の中、暗闇に包まれた海岸沿いの細い道路を、旧型の白い軽自動車が走っていた。

車の屋根に雨粒が叩きつけられる音を聞きながら、助手席に座る良和は、運転席に目をやった。繁殖期の野鳥みたいな色の諏訪院が、やや緊張した面持ちでハンドルを握っている。

せわしなく左右に動くワイパーも、それでもフロントガラスへ叩きつけられる雨の勢いには追いつけず、前方の視界をほんの一瞬だけ確保するのがやっとだ。

奔流のような雨を真正面から受けながら、軽自動車は道路標識の制限速度からさらに十キロ落とした速度で、海沿いを慎重に前進していた。

良和は警視庁に電車で来たが、諏訪院は車で来ていた。どうせ一緒に行動するなら、車に乗ったほうが合理的だと思い、彼の車に同乗したのだが、どうやらこの派手な男は、車の運転はあまり上手ではないらしい。

まあ、安全運転は心がけているようだ。事故を起こさない以上のことは望むまい。

「なあ浜谷クン、本当にこの先に家なんてあるのかね。このボロ車にはナビなんかついてないから、お前さんの案内だけが頼りなんだぞ」

ドライブの最中、ハンドルをしっかり握りしめながら、諏訪院は良和にたずねた。

「ええ、千堂蠢老の別荘はこの先です」

良和が静かに答える。

「念のために聞くけど、お前さん、道をまちがえたなんてことはないよね」

「その心配は無用です」

俺にとっては忘れたくても忘れられない場所ですから。良和は心の中でつけ加えた。

「それにしても千堂蠢老と刑事のお前さんに接点があるとは驚いたね」

「千堂蠢老をご存じなんですか」

「私だってこういう仕事をしているんだ。もちろん知っているとも」

諏訪院の声が少しだけ得意げになった。

「異端の劇作家千堂蠢老。その作品のほとんどは反社会的なテーマの猟奇的なもので、狂信的なファンがいる反面、悪趣味と嫌う人も多い。ついでに病的な警察嫌いでも有名だ。はっきり言って、かなり癖が強くて評価はわかれる人物だね」

そこまで言うと、諏訪院は少し顔をしかめて、さらにこう続けた。

「しかしこんな辺鄙(へんぴ)な場所に住むほど変人とは思わなかったよ」

「ここで暮らしていたわけじゃありません。千堂の自宅は都心部のマンションです。集中しなければならない仕事があるときだけ、彼は都会から姿を隠して、この先にある別荘で生活していたんです。彼の最後の戯曲もそこで書かれました」

「最後の戯曲か。まあ、そうなってしまったね」

諏訪院が軽くため息をついた。

「はい、千堂蠢老の最後の戯曲。それが『夜行奇人』です」

「へえ『やこうきじん』ねえ」

「ご存じですか」

「いいや、知らないなあ。これでも予習はしてきたんだけどね」

正面を見つめたまま諏訪院が答えた。

「そうでしょうね。完成していたそうですが、未発表の戯曲ですから」

「ちょいと興味あるなあ。どういう内容の劇なんだい」

良和は軽く目を閉じて、諏訪院の問いにこう答えた。

「空間と立体を脳内で記憶再現できる正体不明の殺人鬼が、その力を駆使して暗闇の中で連続殺人をする。そんな悪趣味でつまらん話ですよ」

「ええっ、それって、もしかして」

「この悪天候でよそ見なんかしないでください」

思わずこちらを向こうとした諏訪院を一喝して、良和は苦々しげにこう続けた。

「あなたは俺の持つ特殊能力のことを知っているんですよね」

「ああ、海科ちゃんから聞いている。お前さんが超能力者だってことをね」

「超能力者か。まあ、そういう認識になるのかな。オカルトではなく、あくまで科学的な事象ではあるんですけど」

良和は軽くため息をついた。

「『夜行奇人』のモデルはこの俺なんです」

車の窓の表面に大きな雨粒が流れるのを見つめながら、浜谷は諏訪院に告げた。

「脳で記憶した空間の座標を元に、立体物を視界に三次元的な虚像として再現できる。そんな奇天烈な脳の機能を持つ人間がこの世にいることを聞きつけて、千堂は戯曲『夜行奇人』を創作しました」

その力を持つ浜谷良和という人物が、大嫌いな警察の人間だということを知っても、千堂はより良い創作のために取材を優先した。

良和も千堂のあまり良くはない評判を知りつつも、芸術作品と思想人格は別であると考え、取材の依頼を承諾した。

このときから、それ以外のあらゆる点において、まったく相容れる要素のない刑事と劇作家の奇妙な交流が始まったのである。

「今回の事件は、その『夜行奇人』がきっかけでした」

「その戯曲が完成して、しばらくしてから、本物の〝夜行奇人〟を名乗る人物から千堂に脅迫の手紙が来るようになったんです」

「戯曲の中の人物が脅迫してきたのかい」

「ええ、『自分のことを無断で戯曲にしたのは許せない。千堂蠢老には、かならずその報いを受けてもらう』とね」

「ふうむ、でもお前さんの力って、ありふれたものじゃないよね」

「ありふれたどころか、学者が言うには世界でも俺しか例がない脳の突然変異だそうですよ」

　良和は諏訪院にうなずいた。

「だから千堂も本物だとは思いませんでした。もとより敵が多い性格で、嫌がらせや脅迫は慣れっこでしたから」

「でも、無視もできなかった、と」

「ええ」

　良和はうなずいた。

「問題は脅迫者が、未発表の劇の登場人物を名乗ったという点でした。それはつまり、手紙を出したのが、その作品の存在を知るほど、千堂に近い人物だということを示しているわけですからね」

　良和は車の窓の外へ目をやりながら話を続けた。

「激しい気性(きしょう)の人物にはよくあることですが、千堂は身内を大事にした反面、裏切りに対して神経質でもありました。千堂は『夜行奇人』という作品の存在を知る三人のうちのだれかが、裏切り者であると考えたんです」

　またしても閃光と雷鳴。良和の話に耳を傾けていた諏訪院が、少しだけ首をすくめた。

「事件の日、誕生祝いの打ち合わせという名目で、別荘に来ていた三人だね」

「はい」

「そんな三人を千堂が別荘に集めたのは、もしかして正体をさぐるためだったのかな」

「いや、そういうわけではありません」

良和が首を横に振る。

「自分の誕生祝いの設営を任せられるほど信頼しているのが、あの三人しかいなかったことも事実です」

「ふむ、それほど信頼していたからこそ、裏切りに神経質になったってところか」

「しかし打ち合わせの当日、千堂は急な仕事で家を空けなければならなくなりました。自分の留守中に、疑惑がある三人を別荘に呼ぶことはやはり不安です。だから俺は千堂に頼まれて、別荘に様子を見に行ったんです」

「それは刑事として様子を見に行ったのかね」

「いいえ、たまたま非番だったので、私事として行きました。自分がモデルの戯曲が関係していましたから、気になったんです」

「本当にそれだけで、こんな辺鄙な場所まで足を運んだのかい。刑事ってそんなにのんびりした仕事ではないと思うがね。非番の日は『休み』とは少しちがうのだろう」

諏訪院の何気ない質問に、良和はほんの一瞬だけ言葉に詰まったが、すぐこう答えた。

「それだけです」

「で、お前さんはあの事件の発生まで現場にいたのかな」

「いいえ」

　良和は首を振ると、自分の右手を開いて見つめた。

「事件が起きたとき、俺はその場にいませんでした」

「それはどうして」

「事件が起きる直前に、銀行強盗事件が発生して呼び出しがあったんですよ。子どもを人質にして立てこもっている、とね」

「なるほど、お前さんがやらかした一件だな。海科ちゃんが言っていたよ」

　諏訪院がいつもよりはやや真剣な顔でつぶやいた。

「ま、俺だって一つだけの事件の失態で挫折するほど脆くはないってことです」

　良和はそう告げて、諏訪院からの質問を拒むように目を閉じた。

「慎重に行動すべき状況にもかかわらず、焦燥からリスクの高い手段を提案して、それを強行した挙句、人質の子どもに怪我をさせた。さらに千堂の別荘を離れたせいで、もう一つの事件も防げなかった。まさしく、虻蜂取らずってやつですよ。だから俺は自分が刑事失格だと確信したんです」

「きみが千堂の別荘を離れたことは、私には不可抗力だと思えるんだが、どうかな」

　良和は諏訪院の問いには答えず、目を閉じたまま顔をそむけた。

五日前の午後六時。千堂蠢老の別荘において火災が発生した。

火元である地下室付近を中心に、別荘のほぼ半分が炎で焼きつくされたが、かけつけた地元の消防団の消火活動のおかげで、別荘の全焼だけはまぬがれた。別荘が辺鄙な場所にあったにもかかわらず、全焼の前に消防団が間にあったのは、日本には珍しい本格的な石造りの洋館で、燃えにくかったことが原因である。

当時、千堂邸にいた佐凪香苗、中財亨、根岸新二の三名は無事に避難できたものの、千堂の一人娘である千堂朱音だけは、焼け跡（あと）の地下室から死体で発見された。

なお家主である千堂蠢老は、このとき北海道で仕事をしており留守であった。

当初は、火事に気づいた朱音が、消火のため火元の地下室へ行き、煙にまかれるなどして焼死したと考えられた。しかし検死の結果、朱音は肺の中に煙や煤（すす）を吸いこんでおらず、火災発生前に死んでいたことが判明したのである。

焼死したのではないなら、朱音の死因はなんだったのか。検死により導（みちび）きだされた死因は「溺死（できし）」であった。彼女は炎に包まれる前に、水により息絶えていたのだ。

また千堂の証言から、事件前夜から地下室を通る水道管が水漏（も）れしていて、脛（すね）ぐらいの深さまで水が溜（た）まっていたことや、以前から照明が壊れていたため、地下室のコンセントに劇場用の古いスポットライトを繋ぐことで代用していたことがわかった。

コンセントは高い位置にあったものの、スポットライトのコードは長く、その一部が床に溜まっていた水に浸かっていた状態にあったとしても、おかしくはないと考えられた。

「水に浸かっていたスポットライトのコードは、絶縁体が経年劣化（けいねんれっか）していたことで銅線が露出していた。そのため地下室へ来た千堂朱音は、照明であるスポットライトのスイッチを入れると同時に感電して気絶してしまった。そしてそのまま地下室に溜まっていた水の中に顔が浸かり溺死した」

「それが警察の考えなのかね」

諏訪院が良和にたずねた。

「はい、確定したわけではありませんが、どうやら事故説に傾きつつあるようです」

良和が静かにうなずく。

「それを裏付けるように、生還した三人の証言から、彼らが火災に気づく十数分前に、別荘は停電して暗闇に包まれていたことが判明しています」

「となると、火災の原因もそれかな。被害者の感電のせいで電気系統がショートして停電となり、スパークした火花がなにか燃えるものに引火して、火災の原因となった、と」

「たしかに地下室には暖房用の灯油が保管してありました。朱音が地下室に行ったのも、それを取りに行ったからではないかと考えられているようです」

「ふむふむ、そうするとやはり不幸な事故だったのかねえ」

「しかし保管してあったのは、ガソリンではなく灯油です。仮に容器の蓋が開いてこぼれていたとしても、よほどの偶然が重なって条件がそろわなければ、火花程度で引火はしません。まして地下室は水浸しだったんですよ」

「それもそうだな」

灯油は意外と燃えにくい。諏訪院は片手をハンドルから離して鼻の頭をかいた。

「それに、千堂が〝夜行奇人〟を名乗る人物から脅迫めいた手紙を送られていたことや、佐凪、中財、根岸の三人の中のだれかが〝夜行奇人〟である可能性が高いことは、警察も俺の証言から把握しています」

「殺人説も捨てきれないわけだね」

「そういうことです」

「事故説が有力とはいえ、殺人の可能性も否定できないのであれば、佐凪、中財、根岸の三名は千堂朱音殺害の容疑で、さぞ厳しく取り調べられたのだろうね」

「ところがそうでもないんですよ。三人はすぐに釈放されました」

「どうしてだい」

諏訪院が不思議そうな顔で良和にたずねる。

「たしかに絶縁体が劣化したスポットライトのコードを、地下室に溜まった水に浸けておけば、明かりをつけようとしてスイッチを入れた者を、意図的に感電させることができるでしょう。でも、あの三人は、その日まで現場となった別荘をおとずれたことはなく、地下室の存在すら知らなかったんです」

「ええっ、知らなかったの」

諏訪院が素っ頓狂な声を上げて、助手席の良和のほうを向いた。

「そうです。当然、地下室の照明が壊れていてスポットライトで代用していたことや、前日から水が溜まっていたことも知りません。あと、運転中は前を見てください」

良和に言われて、諏訪院はあわてて前を向いた。

「いや失敬。しかし三人には漏電の罠を仕掛けるだけの予備知識がないわけか」

もしこれが殺人事件だとしたら、凶器は地下室の構造を利用した罠ということになる。単純なものとはいえ、即興で用意されたとは考えにくい。

「なにしろあの三人が、別荘へ来るように千堂にメールで指示されたのは、事件当日の朝でしたからね」

「ま、そうだよね。仮になんらかの手段で地下室の存在を知っていたとしても、前日の水漏れまでは、千堂から聞かないとわからないもんね」

「もちろん千堂が以前、別荘の地下室について三人に話をしたということもありません。

これは千堂自身が証言していますから、まちがいないかと」

「被害者、つまり千堂朱音の口から聞いた可能性は」

「それも考えにくいですね。停電後こそ、三人は原因を探るため携帯電話のライトを使って、別荘の中を別行動したそうですが、それまではほとんどの時間、二階の部屋で三人一緒にいました」

良和は指を三本立てた。

「その間、被害者から地下室に関して話が出たことはなかったと、三人とも口をそろえて証言しています。これは三人には、地下室へ仕掛けをする時間などなかった裏付けの一つでもあります」

「仕掛けの件はともかく、被害者から地下室の話を聞かされるだけなら短い時間でも可能だろう。本当に一人になる時間はなかったのかな」

「あることはありますが、トイレや着替えなんかは、俺と被害者が一緒に行動していた時間に済ませています。つまり俺自身が証人です」

「うむ、なるほどねえ」

諏訪院が低くうなった。

「ならば三人の共犯という説はどうだ。本当は被害者から地下室について聞いたのに、口裏を合わせて『聞いていない』と言っている可能性もゼロとは言えないぞ」

良和は冷たい目で諏訪院を見つめた。

「あのう、それ、本気で言っているんですか」

「事実は小説より奇なり、だ」

親指を立てて得意げな顔でのたまう諏訪院の顔を見て、良和は深いため息をついた。

「そもそも彼女が話したという説には根本的な問題があるんです」

「えっ、どこらへんが問題なんだね」

「おそらく彼女も地下室の水漏れは知らなかったってことですよ。もし知っていたら、あの三人より先に俺に話したはずですからね」

「ふむ、ということは、お前さんも地下室がどうなっているかについては、よく知らなかったんだな」

良和は小さくうなずいた。

「さらにつけ加えるなら、三人のうちのだれかが〝夜行奇人〟の名をかたり、千堂を脅したという証拠も見つかっていません」

しばらく無言が続いたのち、運転席に座る諏訪院が、ふとつぶやいた。

「なあ浜谷クン、犯人は三人の中にはいないんじゃないかなあ」

「どういうことです」

「ほら、もっと犯人にふさわしい人間がいるってことさ」

ハンドルを握ったまま諏訪院が良和に答える。

「地下室の存在や状態を事件の前から知っていて、感電の罠をあらかじめ仕掛けておくことができた人間が、たった一人だけいるじゃないか。そう、千堂蠢老だ」

それを聞いた途端、良和はあからさまに不快そうな顔になって、運転席の諏訪院をにらみつけた。

「千堂が実の娘を殺害したとでも」

「いやまあ、たしかにどんな親でも娘は可愛いものだ。実際、私にも一人娘がいるんだけど、これが賢くて器量よしで、笑顔が輝くようで、そう、まさしく太陽か天使のような子でね。これもきっと私の遺伝子を受け継いだおかげだと、しみじみ神に感謝する日々で」

「ははあ、遺伝子受け継いじゃいましたか。しかも女の子とは。それはご愁傷さまで」

「なんかとてつもなく失礼なことを言われた気がする」

「気のせいでしょう。続きをどうぞ」

「まあとにかく、心の底から我が子を愛しているからこそ、千堂が心中というようなことを考えたとしても、不思議ではないんじゃないかなあ」

「心中ですか」

「ああ、現実に千堂蠢老は自殺したわけだろう。上手く娘を殺害できたので、思い残すことなく自殺したんじゃないのかね。偏見かもしれないが、ゲージッカってもんはナイーブだからなあ。私たち凡人には理解できないようなふとした理由で、家族と心中に及んだとしてもおかしくはあるまい」

「たしかに諏訪院さんの仮説には一理あります」

良和は指を一本立ててそう言うと、二本目の指を立ててこう続けた。

「でも二理はありません」

「ほう、では私の説が二理目に届かない理由をお聞かせ願おうか」

「同居している家族と心中するのに、罠による遠隔殺人を画策する必要なんてないってことですよ。二人きりのときに直接殺害して、その後で首を吊るなり、崖から飛び降りるなりすればいいだけの話です」

「ううっ、それもそうか、うむむ」

諏訪院が顔をしかめてうなった。

「だ、だが、実の娘を直に殺害するのはしのびなかったので、自分には見えないところで殺そうとしたとも考えられるぞ」

「そこまで情があるなら、娘を暗い地下室に溜まった汚い水の中で殺害しますかね。冷蔵庫の中の飲食物に毒を仕込んでおけば、もっと綺麗に苦しませずに殺せるのでは」

「たしかにそうだ」

少し考えてから、諏訪院は自信がなさそうに、別の可能性を提示した。

「あのさ、千堂が娘に正攻法で歯が立たなかったなんてことはないよね」

「老境に差し掛かっているとはいえ、若いころから暴れ者で名が知れた千堂です。娘に対して腕力で劣っていたわけではありません。罠を仕掛ける意味は皆無です」

「そうか、そうなのか、ううむ」

諏訪院はしばらくうなっていたが、やがてふと思いついたように良和にたずねた。

「しかし、お前さんは捜査に関われる立場にはなかったんじゃないのかね」

「そうですよ。千堂たちと無関係ではなかった俺は、むしろ被疑者に近い立場にいます。犯人扱いされないのは、あの三人と同じ理由にすぎません」

「その割にはお前さん、捜査の進展をよく把握しているよね」

「ええ、まあ、なんと言うのかな、みんな気遣ってくれたんで」

建前上、捜査情報に触れることすら許されない良和だったが、それでも親しい人を失った彼に、内心では同情的な刑事は少なくはなかった。良和が捜査の進展について、断片的ながらもこうして情報を得ることができたのは、その表れである。

「いい仲間じゃないか。なんで自分から距離を置こうとするのか理解できないね」

「いい仲間だからこそ、俺のエゴで振りまわせない。それだけです」

良和は即座に答えた。

「私もお前さんに振りまわされているんだけど、それはどうなの」

「あなたは俺に無理についてきたんだから自己責任ですよ」

　良和はそっけなく言った。


　良和たちを乗せた車は海沿いの大きな道から、丘の上へと続く小さな脇道へ入った。鬱蒼とした雑木林と空に垂れこめた厚い雲は、ヘッドライトの照らす範囲以外のすべてを漆黒に染めるのに充分な闇を作りだしていた。

　闇と激しい雨、そして満足に舗装もされていない崖の上へと続く急な坂。諏訪院が今まで以上に緊張した面持ちでハンドルを操作する。

　坂を上りきったところで雑木林が途切れ、空がほんのわずかだけ明るくなった。そして次の刹那、巨大な建物が車の前方に姿を見せた。

　諏訪院はブレーキを踏んで別荘の前に車を停めると、助手席の良和に言った。

「浜谷クン、到着したぞ」

　空が明るくなったと言っても、それは地上との対比の問題でしかない。相変わらず空は厚い雲に覆われている。それでも天と地のわずかな明暗の差は、別荘のシルエットを空に黒々と浮かび上がらせていた。

　いかに有名とはいえ一介の劇作家が、これだけの大きさの建物を個人で購入できるはずもない。故人である千堂の叔父にあたる人物が事業で成功していたバブル期に、資産として購入していたものらしい。

この叔父には子どもがなく、千堂にも遺産の一部を相続する権利があったのだが、偏屈で変わり者の劇作家は、叔父からの遺産相続の際、今となってはほとんど資産価値がなくなったこの巨大な洋館のみを譲り受けたのである。

別荘の窓には光は見えない。ただ黒々とした影として眼前にそびえるそれは、人工物というより、むしろ自然の岩山のように思われた。

良和はまずポケットから携帯電話を出すと、電波状況からこの場所で通話が可能であることをたしかめた。そして次に小型の懐中電灯を取りだして、それが問題なく点灯することを確認した。

「情報通りだ。警備の警察官はもういない」

「もしかして中を調べるつもりかい」

「はい、そのために辞表を出したんです。さすがに事件後から今まで、謹慎中の刑事である俺がここに来ることは許されませんでした」

「たとえ刑事を辞めたとしても許されないんじゃないの。ほら、思いっきり『立ち入り禁止』のテープが貼ってあるよ」

「そうですね。ただ、今なら責任を負うのは俺一人で済みますから」

それだけ言い残し、良和は雨具も身につけず車から降りた。

「やれやれ、私もあの小僧についてゆかなきゃならんのだろうなあ」

そうつぶやくと、諏訪院はうんざりした顔で自分も車を降りた。


激しい雨に打たれながら、良和は手にした懐中電灯で別荘の壁面へ光を当てた。火災の無残な痕跡が、か細い光に照らしだされる。

火災の被害を受けた部分にはさすがに入れないため、行動可能と思われる範囲は以前の半分以下になっているが、それでも個人の家としては規格外に巨大である。

良和は小さくうなずくと、雨よけの軒(のき)がある玄関へ早足で歩いた。

そのまま懐中電灯で周囲を照らし、内部へ入れる場所を探す。火災があったおかげで、人が入れる大きさの外壁の破損を見つけるのには、さほど苦労しなかった。

壁の大穴に貼ってある立ち入り禁止のテープを外さないよう注意しながら、良和と後からついてきた諏訪院は、別荘の内部へと入った。

玄関のホールに明かりはなかった。外界以上の暗闇に包まれている別荘の内部を、良和は手にした懐中電灯でくまなく照らした。

「お前さん、暗闇を自由に行動できるんじゃないのかい」

「俺が暗闇で動くには、その空間をあらかじめ見て記憶しておく必要があります。それをやっていない以上、ここでの俺は人並みです」

「ふむ、意外と不便なんだね」

「今は人並みに間取りの記憶さえあれば充分ですよ」

そうつぶやくと、良和は懐中電灯の光を頼りに注意深く闇の中を進んだ。ホールの正面には二階への階段。その反対側には先が直角に曲がっている長い廊下が見える。

ほんの少し考えたのち、良和は廊下のほうへと進んだ。

ほんのわずかの手がかりも見落とさないように、良和は闇の中、懐中電灯の頼りない光を廊下の壁面にくまなく当ててゆく。そうやって長い廊下を少しずつ調べながら進んでゆくうちに、良和はふと足を止めた。

「どうかしたのかな」

良和は諏訪院の問いには答えず、目の高さほどの壁面に光を当てて、その一点を穴が開くほど見つめた。

「そういうことか」

良和が小さくつぶやく。

白い壁に近づいて「それ」をもう一度確認しながら、良和は背後の諏訪院にたずねた。

「諏訪院さん、今何時ですか」

「ええと、午後六時少し前だけど」

腕時計を見ながら諏訪院が答える。

「もしかしたら、まずいかもしれないな」

「ちょっと、いきなりどうしたんだい、お前さん」

「夕方のニュースですよ」

それだけ諏訪院に言うと、良和は踵(きびす)を返して別荘の外へと走った。


それから二日後。


その日、良和は火葬場へと足を運んでいた。荼毘(だび)に付された千堂朱音の遺骨を引き取るためである。

千堂蠢老は自他ともに認める無宗教の唯物(ゆいぶつ)論者であり、娘である朱音の死に関して、一切(いっさい)の宗教的、儀式的なことをしていなかった。その後、すぐに自殺してしまったため、遺骨すら火葬場に預けっぱなしになっていたのである。

しかるべき手続きを済ませ、簡素なカバーのかかった箱に入れられた朱音の骨壺(こつつぼ)を引き取った良和が外へ出ると、火葬場の出口に見覚えのある派手な人物が立っていた。

「よう、浜谷クン」

良和を見つけた諏訪院が、軽く手を上げてあいさつした。

「それ、もしかして千堂朱音の遺骨かな」

「はい」

「お前さんが引き取るのかい」

「彼女の母方の親戚が遠い場所にいるので、そこで葬儀をして埋葬してもらうことになっています。俺はそこまで彼女を送るだけですよ」

「彼女を送り終えたらどうするつもりだね」

「ついでにほんの少しだけ、世の中ってやつを、あちこち見てまわろうと思っています。そこから先はまだ考えていません」

「そうか。旅もいいもんだね」

諏訪院はそう言って目を閉じると、再び目を開けて良和に言った。

「急ぎの旅ではないのなら、ちょいとだけ私に時間をもらえるかなあ。海科ちゃんからの伝言があるんだ」

良和は無言でうなずいた。


そのまま二人は火葬場の前にあるバス停へ向かって歩いた。

「病院で意識を取り戻したあいつが、なにもかも白状したよ」

諏訪院がバス停のベンチに腰をおろしながら良和に言った。

「そうですか」

良和はベンチに朱音の遺骨を大切そうに置いて、自分もその隣に座った。

「薬を飲んで意識不明だったところを、間一髪でかけつけたお前さんに命を救われたのが大きかったみたいだね。命の恩人のお前さんが刑事を辞めたと聞かされて、すっかり反省して観念しているみたいだよ」

「千堂の自殺のニュースを聞いて、自分も自殺しようとしていたのに勝手なものだ」

良和は冷たく言い放った。

「気の迷いってやつはあるもんさ。手遅れになることのほうが多いがね」

諏訪院は良和をなだめるように言うと、ゆっくりと首を左右に振った。

「しかしお前さん、あいつが自殺しようとするなんて、よくわかったね」

「最悪のケースを想定して、それを前提に行動しただけです。もしあいつがあんな過激なことをしたのなら、動機は千堂への度が過ぎた個人崇拝であることは明白でしたからね。夕方のニュースで千堂の自殺を知れば、あとを追う可能性もあった。それだけです」

そう言い終えた良和は、朱音の遺骨が入った箱に目をやった。

「さて、お前さんが望むなら、私は事件のあらましについて報告させてもらう。ただ望まないというなら、なにも言わないで立ち去るつもりだ」

「受け入れるには覚悟の必要な真実というわけですか」

「そういうことだ。どうする」

「聞くまでもありませんよ。報告をお願いします」

「やれやれ、そう言うと思ったよ」

諏訪院も覚悟を決めたように小さくうなずいた。

「お前さんの考えでほぼ正解だ。あの日、別荘に火をつけたのは中財亭だ。そして」

諏訪院は良和を指さした。

「千堂蠢老が地下室に仕掛けた罠で殺そうとしていたのは、お前さん、浜谷良和だ」

それを聞くと、良和は観念したように目を閉じて、ため息をついた。

「やはり朱音は俺の代わりに死んだんですね」

そう言いながら良和は、朱音の遺骨が入った箱にそっと手をふれた。

「あの日、たまたま銀行強盗発生の呼び出しがなければ、暗い地下室の冷たい水の中で息絶えていたのは、おそらく俺だった」

千堂蠢老が罠を仕掛けていたと考えにくかったのは、標的となったのが朱音だったからだ。別の人間が標的だったと考えれば、一切の矛盾は消える。

「お前さん、最初からそのことに薄々気づいていたんだな。ただ、どうあっても認めたくはなかった」

良和は無言でうなずいた。

「だからお前さんは、別荘を離れて生き残った自分が許せず、自身に過剰なペナルティを科したし、娘を殺したのが千堂である可能性に私が言及したときは、あからさまに不快そうな顔をした。その可能性を突き詰めて考えることで、お前さんにとって残酷な真実にたどりついてしまうからだ」

良和は静かにうなずいた。

「最後の最後まで俺の中で否定し続けた可能性でした。でも、内心は真相に気づいていたから、朱音の代わりに自分がのうのうと生きていることが、辛かったのでしょうね」

「お前さんと千堂朱音は恋愛関係にあった。そうだね」

「否定はしません」

良和は落ち着いた態度で諏訪院に答えた。

「となると、事件の動機は明白だな。千堂の娘への独占欲だ。娘に対する常軌を逸した愛情か、蛇蝎のように嫌う警察官にだけは娘を渡したくなかったのか」

「おそらく両方だったと思いますよ」

ほんの一瞬だけ悲しそうな目をして良和がつぶやいた。

「なぜ脅迫者は〝夜行奇人〟を自称したのか。俺はまずそこを考えました。そしてこう思ったんです。すべては俺をあの別荘に誘いこむための餌だったのではないか、とね」

「警視庁捜査一課の刑事としてのお前さんではなく、浜谷良和の私事として事件に介入させる。そのため警察が本気で動かない程度の事件を自作自演で起こし、あやしげな〝夜行奇人〟の存在をちらつかせたわけだ」

「そういうことです。表に出すのがはばかられ、俺にしか相談できないことが不自然ではない悩みであること。さらに俺の好奇心を刺激する内容であること。俺がモデルの未発表の作品に絡んだトラブルというのは、まさにうってつけだったんです。実際、朱音が心配だったということもありますが、俺は見事に食いついたわけですからね」

　良和は自嘲しながら軽く両手をひろげた。

「最初から〝夜行奇人〟なんて存在しなかった。送られてきた脅迫の手紙は、千堂の自作自演で、あの三人は『夜行奇人』という作品を知っているというだけで選ばれた囮だったんです。もっとも、あの別荘に呼ばれた時点での話ですがね」

「千堂に呼ばれてさえいなければ、中財もあんなことはしなかっただろうになあ」

　諏訪院がしみじみとつぶやいた。

「さて、ここからはお前さんの知らない話になる。もっともお前さんのことだ。ある程度の推測はできていただろうがね」

「中財はあの日、地下室で千堂が殺人を目論んでいたことを示すなにかを見つけて、それを隠滅するため火をつけた。まあ、これぐらいは推測できています。それが具体的になんだったのかは、さすがにわかりませんけどね」

「さすがだね。大筋はあっている」

諏訪院は感心したようにあごをなでた。

「千堂蠢老は事件の日、お前さんに宛てて、地下室に行くように指示をしたメモを書斎に残していた。『どうしても渡さなければならないものが地下室に置いてあるから、取ってきてほしい。それがなにかは行けばすぐにわかる』とな」

あの日、千堂が書斎で待機するように、朱音を通じて自分に伝えたのはこのためか。良和は、今さらながらに納得した。

「もちろんそれは、事故に見せかけてお前さんを感電死させるための罠だ。ちなみにメモの紙は水溶性で、水に濡れれば溶けてしまうものだったそうだよ。証拠を残さないための仕掛けだな」

「水浸しにした地下室には、そういう意味もあったんですね」

よく考えたものだ。良和はむしろ感心してしまった。

「ところがここで不慮の事態が起きる。銀行強盗の発生だよ。お前さんがそっちへ行ってしまったため、本当ならお前さんが見るべき書斎のメモを、代わりに彼女が見ることになってしまった。彼女はそんなに大切なものなら、自分の手でお前さんに渡してあげようと考えて、父親のメモの指示のままに地下室へ行ったんだ」

「ちょっと待ってください」

良和が諏訪院の話をさえぎった。

「どうして警察はそこまで知り得たのです。死んだ朱音しか知らない事実のはずだ」

「あの日、仕掛けられていた罠の効果は不十分だったんだよ」

なんとも言いにくそうに諏訪院は良和に告げた。

「感電した千堂朱音には意識があって、溺死もしていなかったんだ」

そう聞かされて良和が思わず目を見開いた。さすがにこの事実は予想外だったらしい。

「しかし感電のショックは大きかったんだろうね。死亡や気絶は免れたものの、身動きは取れなくなっていた。そんな彼女を見つけたのが、停電の原因を探るため、手分けをして別荘の中をうろついていた中財だったんだよ」

「そういうことでしたか」

「中財は朱音の口から、地下室に来るように指示したメモを千堂がお前さんに残していたことや、仕掛けられていた罠について聞かされた」

「メモを書いた紙が水溶性だった事実に気づけば、たまたまの事故などではなく、殺意ある罠だとわかるでしょうね。どう考えても証拠隠滅を図っていますから」

諏訪院が良和の言葉に無言でうなずく。

「朱音には父親のしたことを庇う選択肢はなかったんですね」

「ああ、中財はそう持ちかけたそうだ。だが彼女には、お前さんを殺そうとしていた父を庇うことはできなかった」

「だからあいつは口封じのために朱音を殺したんですね。崇拝する千堂蠢老を殺人者という汚名から守るために」

態度こそふざけていて、千堂を軽んずるような発言ばかりしていたが、今にして思えば「反逆児」という千堂の基本姿勢を、三人の中で忠実に踏襲していたのは中財であった。

良和が刑事であると知った途端、やけに挑発的な態度になったことといい、おそらくあの男は、自分こそが千堂蠢老の最大の理解者だと思っていたはずだ。

「千堂朱音は感電で気絶して水の中に顔が浸かって溺死したんじゃない。中財が彼女の頭を押さえて、溜まっていた水の中に沈めたんだ」

それを聞いた瞬間、良和が手を震わせながら拳を握りしめた。その様子を横目で見た諏訪院は、口調をわざとのんきなものに変えて、こう続けた。

「しかし、それは結果的に千堂蠢老に『自分の手で娘を殺してしまった』と認識させることになった。千堂を守ろうとした中財の行為が、結局は千堂を絶望させた挙句、自殺にまで至らしめたんだ。自分のせいで千堂が死んだことを知り、中財も千堂と同じぐらい、いや、あるいはそれ以上に絶望して自殺をくわだてた。なんとも皮肉なもんだよ」

しばらくの沈黙ののち、良和は握りしめていた拳を開くと、深いため息をついて、落ち着いた口調で諏訪院に告げた。

「あるいはそうじゃないかとも思っていました。火をつけてまで証拠を隠滅したいと考えるには、中財自身も現場で相応のことをしでかしていたはずですから」

「お前さんは、なぜ別荘に火をつけたのが中財だとわかったんだね」

「その件について海科さんから聞いていないんですか」

「ああ、そこから先のことについては、まだ聞いていない。私も部外者だからね」

諏訪院が肩をすくめたのを見ると、良和は仕方なさそうに話し始めた。

「三人の中で火をつける理由があったのが、あの男だけだったからです」

「その理由とは」

「ドーランですよ。俺は壁にわずかにドーランがついているのを見つけたんです」

「ふうむ、別荘を調べた警察はそれに気づかなかったのかね」

「パッと見は古い家の壁の汚れにしか見えませんし、もし気づいても劇作家の家なら、そういう汚れがついていても、おかしくないと見逃したのかもしれません。でも、俺はそのドーランの色に見覚えがありました。だから気づいたんです」

そう言うと、良和は自分の手の甲を見つめた。

「隠滅すべき証拠がなんであれ、火をつけるというのはよほどのことです。そこまでしないと消せない大層な証拠を、千堂が見落として残してしまったというのは、さすがに考えにくかった。だから俺は、火をつけた人間自身も、通常の手段では消しがたいなにかを現場に残してしまったのではないかと思ったんです」

「それが中財のドーランだったわけだ」

「はい。中財はあの日、特別に濃い色のドーランを肌に塗っていました。それが朱音の体や現場に残ってしまったから、痕跡を消し去るために火をつけるしかなかったんです。一度なにかに付着したドーランは落ちにくいものですからね」

「しかしわからないな」

　諏訪院が首をかしげた。

「その日、集まったのは打ち合わせのためなんだろう。ドーランを塗る必要なんかないんじゃないのか。しかも被害者の体や現場のあちこちに付着したということは、顔だけではなく、手にまで塗っていたということになる」

「あの日の中財には必要があったんですよ」

「どういう必要だね」

「千堂の誕生パーティは年の瀬も迫ったころの寒い季節。それなのに中財たちが企画していたアトラクションの推理劇は、夏の風物詩である夕立の効果音を使っていて、佐凪もノースリーブの夏服を着せられていました。つまり中財が考えていた推理劇の季節設定は夏だったんです」

「ふむ」

「では、なぜわざわざ冬に夏の劇をしようとしたのか。おそらく、その理由は彼が考えていた推理クイズにあります。詳細はわかりませんが、きっと中財は日焼け跡の有無を謎解きのポイントに使おうとしたんでしょう」

「なるほど、手に重点的に塗っていたということは、とくに手の日焼け跡が解決のヒントとなる推理クイズだったわけだな」

「そうです。たとえば半そでなのに手首から先だけ日焼けしていて証言と矛盾するとか、腕時計をつけていたのに、手首の日焼けにその跡がないとか」

「そいつはわかりやすいや」

　諏訪院が腕を組んだ。

「そんなクイズなら私でも解けるだろうな」

「まあ、彼らにしてみれば、ほんのお遊びのつもりでしたからね。きっと中財は、見ている側が日焼けに自然に気づくには、どれぐらいドーランを肌に塗るべきなのか、あの場で確認しようとしていたんだと思いますよ」

事件について一通りの話が終わると、良和はバス停の時間と時計を見比べた。ぽちぽちバスがやって来る。諏訪院とのおしゃべりも、そろそろ終わりだ。

「お前さん、犯人に復讐するどころか、恋人を殺した人間の命を救ったことになるな」

「結果的にはそうかもしれません。でも俺はこの結末にそれなりに満足しています」

良和は朱音の遺骨が入った箱を持って、ベンチから立ち上がった。

「恋人を失い、職を失い、自分を責め続け、雨に打たれて必死に駆けまわり、お前さんは果たしてなにを得たのかな」

「真実を得ました」

良和はそっけなく答えた。

「それで満足したとは、お前さん、つくづくバカだねえ」

頭の後ろで腕を組んで諏訪院が苦笑する。

「まあ、嫌いじゃないタイプのバカだけどさ」

「きっと近くにいた人のバカが伝染したんでしょう。どこのだれとは言いませんが」

良和が諏訪院にそう答えたのと同時に、こちらへやって来るバスが視界に入った。

「なあ、ちょいと聞くけど、お前さん、学生のときに作文は得意だったかね」

「大嫌いでした。今でも原稿用紙を見るだけで頭痛と吐き気がします」

「オカルトやゴシップに興味は」

「あんなものクソくらえ、ですね」

「期日や締め切りは守れるほうかな」

「始末書すら期日中に出したことはありません」

良和がそこまで言ったところで、バスが目の前に停まった。ドアが開くと、良和は諏訪院のほうを見ようともせず、遺骨の箱を持って乗車ステップに足をかけた。

「お前さん、あつらえたように、うちにピッタリの人材だ」

背中越しに諏訪院のやけに嬉しそうな声が聞こえた。

「旅から帰って、もし気が向いたなら、以前に渡した名刺の住所に来てくれたまえ。どうせ次の仕事のあてなんかないんだろう」

もしかしたらこれは「腐れ縁」ってやつの始まりなのか。背後でバスのドアが閉まった瞬間、良和は顔をしかめて小さく舌打ちした。

捕獲屋カメレオン。今回の仕事は自社の新入社員候補の捕獲。浜谷良和がこの事実を知るのは、もう少し先のことである。

（本書は平成二十七年四月、小社から四六判で刊行されたものです）

一〇〇字書評

切・り・取・り・線

購買動機（新聞、雑誌名を記入するか、あるいは○をつけてください）	
□（　　　　　　　　　　　　）の広告を見て	
□（　　　　　　　　　　　　）の書評を見て	
□ 知人のすすめで	□ タイトルに惹かれて
□ カバーが良かったから	□ 内容が面白そうだから
□ 好きな作家だから	□ 好きな分野の本だから

・最近、最も感銘を受けた作品名をお書き下さい

・あなたのお好きな作家名をお書き下さい

・その他、ご要望がありましたらお書き下さい

住所	〒				
氏名		職業		年齢	
Eメール	※携帯には配信できません	新刊情報等のメール配信を 希望する・しない			

この本の感想を、編集部までお寄せいただけたらありがたく存じます。今後の企画の参考にさせていただきます。Eメールでも結構です。

いただいた「一〇〇字書評」は、新聞・雑誌等に紹介させていただくことがあります。その場合はお礼として特製図書カードを差し上げます。

前ページの原稿用紙に書評をお書きの上、切り取り、左記までお送り下さい。宛先の住所は不要です。

なお、ご記入いただいたお名前、ご住所等は、書評紹介の事前了解、謝礼のお届けのためだけに利用し、そのほかの目的のために利用することはありません。

〒一〇一・八七〇一
祥伝社文庫編集長　坂口芳和
電話　〇三（三二六五）二〇八〇

祥伝社ホームページの「ブックレビュー」からも、書き込めます。
http://www.shodensha.co.jp/bookreview/

祥伝社文庫

捕獲屋(ほかくや)カメレオンの事件簿(じけんぼ)

平成30年 8 月20日　初版第1刷発行

著　者　滝田務雄(たきたみちお)

発行者　辻　浩明

発行所　祥伝社(しょうでんしゃ)

東京都千代田区神田神保町 3-3
〒101-8701
電話　03（3265）2081（販売部）
電話　03（3265）2080（編集部）
電話　03（3265）3622（業務部）
http://www.shodensha.co.jp/

印刷所　錦明印刷
製本所　ナショナル製本
カバーフォーマットデザイン　芥 陽子

Printed in Japan ©2018, Michio Takita ISBN978-4-396-34446-7 C0193

〈祥伝社文庫　今月の新刊〉